FSC
www.fsc.org
MIX
Papier aus ver-
antwortungsvollen
Quellen
Paper from
responsible sources
FSC® C105338

SAWYER BENNETT
WYLDE
ARIZONA VENGEANCE

plaisir d'amour

Sawyer Bennett
Arizona Vengeance Teil 7: Wylde

Aus dem Amerikanischen ins Deutsche übertragen
von Joy Fraser

© 2020 by Sawyer Bennett unter dem Originaltitel
„Wylde (Arizona Vengeance, Book #7)"
© 2022 der deutschsprachigen Ausgabe und Übersetzung by Plaisir d'Amour Verlag, D-64678 Lindenfels
www.plaisirdamour.de
info@plaisirdamourbooks.com
© Covergestaltung: Sabrina Dahlenburg
(www.art-for-your-book.de)
© Coverfoto: Shutterstock.com
ISBN Print: 978-3-86495-572-3
ISBN eBook: 978-3-86495-573-0

KAPITEL 1

Wylde

Ich liebe es, in der Innenstadt von Phoenix zu leben. Meine Eigentumswohnung liegt am Rand des Szeneviertels mit allen Trend-Cafés, Fine-Dining-Lokalen und Luxusläden. Abends brauche ich nur einen Block zu Fuß Richtung Westen zu gehen und schon bin ich mitten im Nachtleben. Fünf Blocks südlich befindet sich das Stadion, in dem die Vengeance Eishockey spielen. Daher steht mein Geländewagen meistens in der Tiefgarage, es sei denn, ich fahre damit zum Flughafen wegen eines Auswärtsspiels, aber dann rufe ich oft ein Uber.

Schon immer habe ich das Stadtleben vorgezogen. Bevor ich zu den Arizona Vengeance gekommen bin, spielte ich in Dallas für die Mustangs. Das Stadtleben ist für einen ledigen Mann ein toller Spielplatz, das ich nicht gegen ein Haus in den Vororten tauschen würde. Einige meiner Teamkameraden haben sich dorthin zurückgezogen, um in schicken Villen zu wohnen.

Ich lasse den Aufzug in den vierten Stock links liegen und nehme lieber die Treppen hoch zu meiner Wohnung. Schließlich bin ich ein Profisportler und sollte vier Stockwerke rauf und runter bewältigen können.

Als ich in die Luft des Junimorgens trete, muss ich mich erst kurz von dem Schock der trockenen

Hitze erholen. Man sollte meinen, dass ich mich nach vielen Jahren im Südwesten zwischen Dallas und Phoenix daran gewöhnt haben sollte, aber als jemand aus New England tue mich immer noch schwer, ohne jegliche Luftfeuchtigkeit zu existieren.

Dennoch will ich heute wieder mein Training aufnehmen und lasse mich von brennenden Lungen nicht abhalten.

Erst vor zehn Tagen hat mein Team den Stanley Cup gegen den Titelverteidiger, die Carolina Cold Fury, gewonnen. Zehn Tage voller Faulheit, ungesundem Essen und zu viel Bier. Fast jeden Abend war ich mit meinen Kumpels auf der Rolle, betrank mich und nahm immer ein anderes Puck-Häschen mit nach Hause. Aber Mann, ich ertrage so viel Vergnügungssucht nur bis zu einem bestimmten Grad. Denn als Profisportler muss man sich einen besonderen Lebensstil angewöhnen.

Ich habe das Training schon immer ernst genommen. Meine Trainer haben mir schon früh ein Talent bescheinigt, doch meinen Körper zu fit zu halten, gehörte auf jeden Fall dazu. Das bedeutete gesunde Ernährung, Training und die geistige Einstellung, gewinnen zu wollen, sogar außerhalb der Saison.

Dort befinden wir uns jetzt, in der herrlichen Sommerpause, was allerdings nicht bedeutet, dass ich nichts zu tun habe.

Ab heute trainiere ich wieder voll. Das Trainingscamp beginnt erneut in drei kurzen Monaten, und der Druck, der auf uns lastet, mindestens genauso gut zu spielen wie in der letzten Saison, und möglichst noch besser, ist enorm. Dazu kommt, dass mein Vertrag am Ende der nächsten Saison ausläuft. Auf keinen Fall werde ich weniger als hundert Prozent geben.

Heute starte ich also wieder. Ich laufe üblicherweise mindestens dreißig Kilometer die Woche, aufgeteilt in vier oder fünf Morgenrunden.

Viele meiner Defense-Kollegen laufen nicht, sondern konzentrieren sich lieber auf Krafttraining und Muskelausdauer. Das ist auch wichtig, aber aus irgendeinem Grund habe ich das Laufen schon immer geliebt. Dabei kann ich völlig abschalten, und das ist sehr meditativ. Außerdem verbrennt es jede Menge Kalorien. Dadurch kann ich mehr essen, was super ist, denn ich liebe Essen.

Ich halte auf dem Gehweg an und mache ein paar Dehnübungen für die Beine. Es folgen zwei Wiederholungen den ganzen Block zu meiner Wohnung entlang. Leute, die mich anstarren, weil sie mich erkennen, beachte ich nicht weiter. Das passiert nicht oft. Zwar bin ich ein bekannter Spieler der Arizona Vengeance, ein First Line Defenseman, aber nicht die ganze Stadt besteht nur aus Eishockeyfans. Meistens kann ich überall hingehen, ohne erkannt zu werden, was natürlich auch davon abhängt, wo ich mich aufhalte. In Sportbars werde ich um Autogramme gebeten. Im Supermarkt ist es dagegen eher unwahrscheinlich. Besonders, weil ich gern Sonntagfrüh einkaufe, und da sind die Märkte wie ausgestorben.

Nach den Dehnübungen beginne ich mit langsamem Joggen Richtung Osten. Nach dem ersten Viertel der Strecke erhöhe ich das Tempo. Die Kopfhörer sind aufgedreht und DJ Khalil treibt mich an.

Meine Gedanken wandern und beschäftigen sich damit, wie ich den Sommer verbringen möchte. Bisher habe ich noch nicht viel darüber nachgedacht. Ich bin generell eher der spontane Typ. Ich sollte nach Hause nach New Hampshire fliegen und meine Mom besuchen, doch der Gedanke ist deprimierend und demotivierend. Ich verwerfe die Idee. Wir haben nicht die beste Beziehung zueinander, und ich besuche sie nur ab und zu aufgrund eines Pflichtgefühls, und nicht etwa, weil ich mich freue, sie wiederzusehen. Das mag krass klingen, aber sie würde dasselbe sagen.

Normalerweise würde ich den Sommer an einem Strand verbringen, aber in zwei Wochen fliege ich auf die amerikanischen Jungferninseln zu Brooke und Bishops Hochzeit. Das ganze Team wird eine Woche den Stanley Cup und die Hochzeit feiern. Das wird eine einzige lange Party und ich freue mich darauf.

Vielleicht kann ich mich für ein paar Tage nach Wyoming absetzen und angeln gehen. Das habe ich mir in den vergangenen Jahren angewöhnt und es macht mir viel Spaß. Oder ich könnte ein bisschen durch Europa touren. Ein paar meiner Teamkameraden wären zu einem solchen Abenteuer jederzeit bereit. Doch alle Pläne müssen bis nach der Hochzeit Anfang Juli warten, und die Wochenenden bis dahin sind schon verplant.

Weiter vorn sehe ich, dass sich auf dem Gehweg eine Baustelle befindet. An der nächsten Ampel will ich links abbiegen und warte auf der Stelle joggend auf Grün. Andere Fußgänger gehen los und ich laufe weiter. Der morgendliche Berufsverkehr ist schon vorbei, die meisten Leute sind bei der Arbeit, und dennoch muss ich Fußgängern ausweichen.

In dieser Straße war ich noch nie. Ich komme an einem Café, an einer kleinen Drogerie und einem Buchladen vorbei. Ich schaue durch das Fenster der Buchhandlung und sehe eine unglaublich schöne Frau an der Kasse sitzen. Im Vorbeilaufen sehe ich sie nur kurz, aber das rotbraune Haar, zu einem lockeren Knoten hochgesteckt, und die auffallend schönen Augen hinter einer viereckigen, schwarz gerahmten Brille erregen meine Aufmerksamkeit.

Ich mag Brillen nicht besonders, doch ihr steht sie. Ich konnte nicht sehen, ob sie grüne oder blaue Augen hat. Jedenfalls haben sie eine helle Farbe, die in starkem Kontrast zu ihrer feurigen Haarfarbe steht. Einzelne Strähnchen umrahmen ihr schönes Gesicht.

Und genauso schnell, wie ich sie gesehen habe, bin ich auch schon an dem Buchladen vorbei und am Ende des Blocks. Um auf meine Runde zurückzukommen, sollte ich rechts abbiegen und mich stadtauswärts wenden, aber ich werde den Gedanken an die Schönheit nicht los und beschließe, noch einen Blick auf die Frau zu werfen. Anstatt umzudrehen, erhöhe ich meine Geschwindigkeit und umrunde den Block, um meine Kilometer zu absolvieren.

Als ich vor dem Laden ankomme und langsamer werde, um sie genauer zu betrachten, muss ich enttäuscht feststellen, dass sie nicht mehr an der Kasse sitzt. Sie ist nirgends zu sehen. Zugegeben, in dem Laden ist viel los. Er ist mehr als nur ein Buchladen. Ich sehe Tische und frei stehende Regale mit allem möglichen Schnickschnack. Er wirkt gemütlich, einladend und vollgestellt, aber ich sehe keine schöne Rothaarige.

Und wieder lasse ich den Laden hinter mir, und die Gelegenheit, die diese Frau dargestellt hat, existiert nicht mehr.

Am Ende des Blocks bin ich fest entschlossen, rechts abzubiegen und meine Runde wieder aufzunehmen. Aus irgendeinem Grund überquere ich jedoch nicht die Straße, als es Grün wird. Ich jogge auf der Stelle, blicke zum Buchladen zurück und überlege.

„Ach, scheiß drauf", murmele ich und laufe in diese Richtung.

Kurz vor dem Laden werde ich erneut langsamer, atme tief ein, bis sich mein Herzschlag normalisiert hat. Ich schalte die Musik am Handy, das an meinem Bizeps befestigt ist, aus. Meine Atmung beruhigt sich schnell, denn trotz der faulen zehn Tage bin ich immer noch gut in Form. Ich wische mir mit dem Ärmel den Schweiß von der Stirn und atme tief durch. Ich lese das Schild über der Ladentür. *Clarke's Corner*, steht dort in Goldschrift gemalt. Ein Türglöckchen kündigt mich an, als ich die Tür öffne.

Eine raue Stimme ruft von irgendwo hinter den Regalen: „Bin gleich bei Ihnen!"

„Keine Eile", antworte ich und sehe mich um. Der Laden ist wirklich hübsch. Das gesamte Mobiliar, inklusive der vier langen Reihen Bücherregale, ist hochglanzweiß lackiert. Die Regale sind übervoll, Paperbacks reihen sich an Hardcover-Ausgaben. An den hellblauen Wänden hängen Gemälde, die von lokalen Künstlern stammen könnten. Sie sind mit Preisschildern ausgezeichnet, also stehen sie wohl zum Verkauf. Es gibt Tische mit Lesezeichen, Kerzen, kleinen Lämpchen, Bilderrahmen und anderen Dekoartikeln.

„Hallo", sagt die Stimme von vorhin, doch diesmal aus der Nähe.

Ich drehe mich um und sehe die schöne Frau. Möglichst unauffällig betrachte ich sie genauer. Sie trägt verwaschene Jeans, rosa Sandalen und ein weißes Tanktop mit einem durchsichtigen, weiten, mintgrünen Oberteil darüber, das ihr von einer Schulter gerutscht ist.

Ihre Augen sind haselnussbraun-grün und die Brille ist aus Schildpatt mit einem dünnen Goldrand. Verstohlen schaue ich hin und sehe, dass sie keinen Ehering trägt. Überhaupt keinen Fingerschmuck. In den Ohrläppchen hat sie goldene Stecker, sie blitzen unter den losen Haarsträhnen hervor, die ihr Gesicht umrahmen, das klassisch schön ist, ohne geschminkt zu sein. Ich kann nicht einmal Augen-Make-up wie Mascara oder Lidschatten entdecken. Nur frische, klare Haut und wache Augen, die mich anschauen.

„Willkommen bei *Clarke's Corner*", sagt sie freundlich. „Kann ich Ihnen helfen?"

„Äh …" Ich bin sprachlos. Schließlich kann ich schlecht sagen: *Nein, danke. Ich habe Sie beim Joggen durchs Fenster gesehen und will Sie anbaggern, weil Sie so schön sind.*

Doch, eigentlich könnte ich genau das sagen. Das habe ich schon getan, wenn mir eine Frau sehr gefiel. Ich sehe nicht schlecht aus und habe Umden-heißen-Brei-Schleichen nie als bereichernd empfunden. Ich bin eher der direkte Typ.

Mit dem Daumen deute ich hinter mich. „Eigentlich bin ich gerade vorbeigejoggt …"

„Es ist ganz schön heiß heute, um einfach so herumzurennen. Geht es Ihnen wirklich gut? Wollen Sie sich kurz hinsetzen oder so?"

Cleveres Mädchen. Und sie steht anscheinend auf Offenheit.

Grinsend hebe ich die Arme, als ob ich bei etwas erwischt worden wäre, und beeindrucke sie mit meinen Grübchen beim Lächeln. „Okay, ertappt. Ich war joggen und noch nie in dieser Straße. Als ich den Laden gesehen habe, ist mir eingefallen, dass ich am Wochenende zu einer Hochzeit muss und noch kein Geschenk habe."

Gelogen.

Also, fast.

Am Wochenende findet wirklich eine Hochzeit statt. Mein Teamkamerad Erik heiratet seine Verlobte Blue. Ich habe bereits ein Geschenk, aber kein Problem damit, noch eins zu kaufen.

„Haben Sie schon eine Vorstellung oder brauchen Sie ein paar Vorschläge?"

„Vorschläge, bitte." Ich schenke ihr ein leicht verlegenes, doch hoffentlich charmantes Lächeln. „Shoppen gehen ist nicht mein Ding."

Sie geht zu einem Regal mit Töpferware, das mit interessanten Einzelstücken befüllt ist. Sie nimmt eine Vase in die Hand, die zimtfarben und mit gelben Mustern verziert ist.

„Wie wäre es mit so etwas?"

Ich nehme die Vase in die Hand und tue so, als ob ich sie gründlich betrachten würde. „Ich glaube eher nicht, dass diese ihren Geschmack trifft."

In Wahrheit käme die Vase schon hin. Ich kenne mich nicht allzu gut aus mit solchen Dingen, aber wenn ich das erste akzeptiere, das sie mir zeigt, ist das Gespräch schnell zu Ende und ich muss wieder gehen.

Als Nächstes zeigt sie mir zwei Messingkerzenständer.

„Zu formell", sage ich.

Dann einen Porzellanbilderrahmen.

„Zu weiblich."

Eine Spieluhr.

„Auch zu weiblich.“

Als Nächstes zeigt sie mir einen ausgefallenen Weinflaschenöffner. Das ist das ideale Geschenk. Zögerlich nicke ich lächelnd. „Perfekt.“

„Super.“ Sie geht an mir vorbei zur Kasse.

Sie riecht nach Vanille mit einem Hauch von Orange. Ich mag den Duft und weiß gar nicht mehr, wann mir der Geruch einer Frau je so gefallen hat.

„Soll ich es als Geschenk einpacken?“

„Das wäre fantastisch.“ Alles, was mir die Möglichkeit gibt, sie um ein Date zu bitten, ist mir recht.

Und das werde ich auf jeden Fall tun.

Sie ist heiß und hat etwas Nerdiges mit der Brille und dem unschuldigen Duft. Ihre Kleidung ist leicht zu groß, nicht figurbetont und nicht so offenherzig wie bei den meisten Frauen, mit denen ich sonst ausgehe. Sie ist wie eine Brise frischen Winds. Was mich erstaunt, denn ich habe noch nie auf diesen Typ Frau gestanden.

„Wie lange arbeiten Sie schon hier?“, frage ich genial einfallsreich, während sie unter dem Tresen nach dem Geschenkpapier greift.

„Der Laden gehört mir“, antwortet sie, ohne mich anzusehen.

In ihrem Ton schwingt ein Lachen und gleichzeitig Stolz mit, weil ich nicht auf die Idee gekommen bin, sie könnte die Besitzerin sein.

„Wow“, sage ich überrascht und ehrlich beeindruckt. Der Laden muss recht gut laufen, denn das hier ist ein Bezirk in Phoenix, in dem die Mieten teuer sind.

„Vor einem halben Jahr habe ich eröffnet. Ich habe mir meinen Lebenstraum damit erfüllt und so."

„Wie schön." Ich sehe sie bewundernd an, als sie mir den Rücken zudreht. „Dann nehme ich an, dass Sie Clarke sind von *Clarke's Corner*?"

Schnell dreht sie sich um und ich kann gerade noch den Blick von ihrem Hintern nach oben heben. „Genau. Ich bin Clarke Webber."

„Aaron Wylde", antworte ich. Ich beobachte sie genau, um festzustellen, ob sie mich erkennt, denn schließlich bin ich hier ein bekannter Eishockeyspieler. Doch schon beim Reinkommen schien sie mich nicht erkannt zu haben, oder sie ist eine exzellente Schauspielerin.

Sie nickt nur freundlich. „Schön, Sie kennenzulernen."

Tja, sie hat keine Ahnung, wer ich bin, was bedeutet, dass sie kein Eishockeyfan ist. Das überrascht mich nicht. Auch wenn die Vengeance letztes Jahr viel Aufmerksamkeit damit erregt haben, nach Phoenix zu kommen, ist nicht jeder ein Fan. Erst letztens habe ich einen Artikel gelesen, der von 2,9 Millionen TV-Zuschauern beim Finale des Stanley Cups sprach. Im Vergleich dazu haben 19,3 Millionen Menschen das Finale von *Game of Thrones* gesehen. Eishockey ist offensichtlich eher eine Nischensportart.

Clarke wendet sich mir zu und holt mich aus den Gedanken.

„Wird die Hochzeit formell oder eher locker gefeiert?"

Sie hält mir zwei verschiedene Geschenkpapiere hin. Wahrscheinlich ist eins davon schicker als das andere, aber woher zum Geier soll ich das wissen?

„Sie findet im Freien statt, also tippe ich auf locker."

„Okay." Sie beschäftigt sich mit dem Einpacken und entfernt zuerst das Preisschild.

Ich plappere weiter, was ziemlich ungewöhnlich für mich ist. „Es war eine spontane Entscheidung. Das Paar ist verlobt und wollte eigentlich größer feiern, aber eine plötzliche Schwangerschaft kam dazu, und jetzt haben sie entschieden, noch vor der Geburt zu heiraten."

„Oh, wie schön." Man hört ihr das Lächeln an. „Und falls sie schon einen Flaschenöffner haben, was sehr gut der Fall sein könnte, ist es immer gut, noch einen in Reserve zu haben."

Nachdem das Geschenk eingepackt ist, geht sie an die Kasse. Ich gerate in Panik, denn gleich ist alles erledigt. Dann wird von mir erwartet, dass ich mit dem Flaschenöffner, den ich gar nicht brauche, den Laden verlasse – und die schöne Frau wird nur noch eine Erinnerung sein.

Ich zerbreche mir das Hirn, um das Gespräch in die Richtung zu lenken, die ich brauche, um sie zu einem Date einzuladen.

Fuck. Das ist echt schwer.

Das kommt sicher davon, nichts Besseres als ein Playboy zu sein, der von Bett zu Bett hüpft. Normalerweise kann ich mich auf mein Aussehen oder meine Bekanntheit verlassen. Die meisten meiner Eroberungen finden nach den Spielen in Bars statt, in denen sich mir buchstäblich Dutzende Puck-Häschen an den Hals werfen und von denen ich mir nur eins aussuchen muss, das mir am besten gefällt.

„Was für Bücher verkaufst du denn?" Ich gehe zum Du über, da wir beide noch jung sind.

Clarke blinzelt mit diesen verträumten Augen und zieht die Brauen leicht zusammen, als wäre das eine abwegige Frage an eine Buchladenbesitzerin.

„Ähm, ein bisschen von allen Genres. Und wenn ich etwas nicht habe, kann ich es problemlos bestellen. Hast du ein bestimmtes Buch im Sinn?"

Schon wieder eine Unterhaltung, die in eine Sackgasse führt. Ich habe seit Jahren kein Buch mehr gelesen.

KAPITEL 2

Wäre der Mann nicht so verdammt attraktiv, würde ich das Gespräch abwürgen, damit er endlich geht.

Aber nur, weil er der schönste Mann ist, den ich je gesehen habe, bedeutet das nicht, dass er ein guter Mensch ist. Ich weiß selbst am besten, dass gutes Aussehen nichts mit dem Inneren eines Menschen zu tun hat. Im Gegenteil. Wahrscheinlich ist es eher ein guter Hinweis darauf, dass es sich um ein egoistisches Arschloch handelt. Zumindest nach meiner Erfahrung, die wahr ist und bestätigt wurde.

Und, Gott, er ist außerdem ein bisschen seltsam. Er ringt um Worte und versucht krampfhaft, ein Gespräch am Laufen zu halten. Wirkt nervös und benimmt sich absolut merkwürdig. Wäre er nicht so höflich, könnte ich glatt Angst bekommen, doch ich glaube, er ist einfach nur seltsam.

„Leider fehlt mir momentan die Zeit zum Lesen", erwidert der Mann auf meine Frage nach dem Buch.

Wie hieß er noch gleich? Ervin? Allen?

Aaron?

Ich betrachte ihn genauer. Er ist definitiv einer dieser Freizeitsportler. Seine Fitnessklamotten sind teuer. Er trägt eine edle Armbanduhr, was bedeutet, dass er gut verdient. Vielleicht ein Vermögensberater? Einer von denen, die gern in Form bleiben, um im Anzug gut auszusehen. Sicherlich ist er Mitglied in einem exklusiven Club, in dem man an fünf Tagen die Woche Golf und nebenher Flag Football spielt.

Ich lächele höflich, möchte aber am liebsten die Augen verdrehen, wenn jemand sagt, er hätte keine Zeit zum Lesen. Wenn man Bücher liebt wie ich, dann findet man die Zeit dazu. Wenn jemand nicht liest, dann weil er es nicht mag, was ihn in meinen Augen zu einem dummen Menschen macht. Ich meine, wer mag denn keine Bücher? Man lernt etwas aus ihnen, sie bringen einen zum Weinen und zum Lachen und befördern einen in andere Welten.

Der Mann ist wirklich seltsam.

„Ich tippe das schnell in die Kasse ein …“

Er schlägt sich mit der Hand vor die Stirn, als wäre ihm etwas eingefallen, bei dem es um Leben und Tod geht. „Da ist ja noch eine Hochzeit! In zwei Wochen muss ich zu noch einer Hochzeit und brauche dafür auch ein Geschenk. Und wenn ich darüber nachdenke, ist im Juli noch eine, also brauche ich noch zwei Geschenke.“

„Oh, okay“, murmle ich, lege das eingepackte Geschenk auf den Tresen und gehe nach vorn. Der Typ ist echt komisch drauf. „Mal sehen, was wir noch finden.“

Fünfzehn Minuten später haben wir für das eine glückliche Paar eine Vase ausgesucht und für das andere einen Bildband mit Fotos aus dem Südwesten. Ich soll alles ebenfalls einpacken, was ich schnell erledige, bevor ich es dann in die Kasse eintippe.

„Ich weiß, dass das etwas plötzlich kommt", sagt der Mann zögerlich, „aber würdest du zu der Hochzeit am Wochenende als meine Begleiterin mitkommen? Es gibt eine tolle Party danach mit einem super BBQ und einer Live-Band."

Ich hoffe, dass mein Lächeln höflich und bedauernd genug ausfällt. „Das ist nett von dir, aber nein, danke."

„Hast du einen festen Freund?"

„Nein." Dumm von mir, ich hätte einfach Ja sagen sollen.

„Bist du verheiratet?"

Verdammte Wahrheit. Ich schüttele den Kopf. „Nein, aber …"

„Dann sag bitte Ja." Er verströmt Selbstsicherheit, lehnt sich an den Tresen und lächelt keck.

Zugegeben, es ist ein umwerfendes Lächeln, komplett mit Grübchen und allem Drum und Dran. „Es tut mir leid, Ervin …"

Das nervt ihn ein wenig. „Aaron."

„Aaron", wiederhole ich und verkneife mir ein Lachen. „Aber, nun ja … du bist leider nicht mein Typ."

Sein überraschtes Blinzeln sagt mir, dass das wohl noch keine zu ihm gesagt hat.

Er runzelt die Stirn. „Und was genau ist dein Typ?"

Eigentlich habe ich keinen bestimmten. Ich war

schon mit verschiedenen Männern aus. Mit einem DJ, einem Sommelier, einem Dachdecker, allein in den vergangenen zwei Monaten. Doch dieser Mann bringt meine Alarmglocken zum Läuten. Nicht aus Angst, sondern er scheint geradezu nach Komplikationen zu riechen.

Da ich stets auf meine Intuition höre, tische ich ihm noch eine weitere Lüge auf, von der ich weiß, dass sie bei ihm funktionieren wird, schließlich hat er schon einiges von sich preisgegeben. „Ich stehe mehr auf intelligente Nerds. Du weißt schon, diese Leute, die ständig die Nase in ein Buch stecken und auf Anhieb Marcel Proust zitieren können.“

Er blinzelt irritiert und hat kein Wort verstanden. Wirklich ein reiner Sportlertyp. Anscheinend habe ich ihn so schockiert, dass er verstummt ist. Er sagt nichts mehr, während ich die Kasse bediene.

„Das macht dann 179,32 Dollar.“

Aaron holt einen Clip aus der Hosentasche, in dem Geldscheine und eine Kreditkarte stecken. Er zahlt mit der Karte.

Ich stecke seine Geschenke in eine Tragetüte, während er einen neuen Versuch startet, mich zu einem Date zu überreden.

„Wie wäre es mit einer kleinen Wette? Wenn ich gewinne, gehst du mit mir zu der Hochzeit“, sagt er plötzlich.

Er ist hartnäckig, das muss man ihm lassen. Ich muss zugeben, dass er meine Neugier geweckt hat. Ich neige den Kopf leicht zur Seite. „Woran hast du dabei gedacht?“

„Nun ja, ich habe früher viel gelesen“, sagt er schnell und stützt sich mit beiden Unterarmen auf dem Tresen ab. Seine Augen funkeln herausfordernd. „Damals in der Highschool und so. Gib mir ein Zitat aus einem bekannten Klassiker, der dir gefällt, und wenn ich errate, wer es geschrieben hat, kommst du mit zur Hochzeit.“

Ich frage mich, ob das eine wohlüberlegte Falle ist. Aber nein, er ist wirklich nicht an Büchern interessiert. Er hat noch nicht einen Blick auf meine Bücherregale geworfen, in denen sich wunderbare Literatur befindet. Er schießt ins Blaue hinein, und egal, welches Zitat ich ihm gebe, er wird wahrscheinlich sagen, es sei aus Melvilles *Moby Dick*, oder mit irgendetwas anderem herausplatzen, das eine phallische Symbolik hat.

„Okay.“ Ich schaue an die Decke und denke an die wunderbaren Klassiker, die ich liebe. Ein paar, die zu leicht zu erraten wären, lasse ich außer Acht. Zum Beispiel *Der Ruf der Wildnis, Wer die Nachtigall stört* und *Gullivers Reisen*.

Eines erscheint mir im Moment sehr passend.

Ich lächele ihn verschmitzt an. „*Einen unreifen Menschen erkennt man daran, dass er edel für eine Sache sterben will, während ein reifer Mensch demütig für eine Sache leben will.*“

Aarons Gesicht ist leer wie eine unbemalte Leinwand. Er wirkt nicht, als ob er überhaupt nachdenken würde, runzelt nicht die Stirn oder reibt sich das Kinn.

Ich stecke den Kassenbon in die Tüte, schiebe sie

über den Tresen und versuche, nicht selbstgefällig zu grinsen.

„Das ist von Salinger", sagt Aaron in neutralem Tonfall. „*Der Fänger im Roggen*, glaube ich."

Ich bin überrascht, dass mir nicht das Kinn auf den Tresen hinunterfällt. Ich muss feststellen, dass ich den Mann ernsthaft unterschätzt habe. Ich habe ihn für einen Hinterwäldler gehalten, für ein ungebildetes Individuum, und das nur aufgrund seines Aussehens und seiner Aussage, keine Zeit zum Lesen zu haben.

Oder er verarscht mich irgendwie.

Skeptisch verenge ich die Augen, was ihn amüsiert.

„Möchtest du Verdoppeln oder nichts spielen?", schlägt er vor. „Ich brauche an dem darauffolgenden Wochenende auch noch eine Begleitung zur Hochzeit."

Er muss es zufällig erraten haben. *Der Fänger im Roggen* war doch zu einfach. Jeder mit einem Highschool-Abschluss kann das wahrscheinlich erraten. Ich habe es ihm viel zu leicht gemacht.

„Deal", antworte ich und bin sicher, dass er es nicht noch mal erraten kann. Ich suche nach einem Buch. Etwas Romantisches. Und zur Situation passend.

„*Wir alle wissen, dass er ein stolzer, unangenehmer Mann ist. Aber das bedeutet nichts, wenn du ihn wirklich magst.*"

Erleichtert sehe ich, dass Aaron auch Sinn für Humor hat, denn er ist nicht beleidigt, sondern lacht auf. Er schüttelt den Kopf. „Touché." Eine Welle des Triumphgefühls wäscht über mich, doch dann spricht er weiter. „*Stolz und Vorurteil*. Jane Austen."

„Wie zur Hölle … du veräppelst mich doch!"

Er zeigt mir seine leeren Hände. „Wie denn? Habe ich etwa ein geheimes Zitatenbuch irgendwo versteckt?"

„Du hast mich reingelegt!"

„Nein", korrigiert er. „Ich habe dir einen Wettstreit angeboten und du hast ihn angenommen."

„Ich komme mir aber verarscht vor", murmele ich.

„Wenn du mich vorher gefragt hättest, ob ich belesen bin, hättest du nicht mitgespielt. Ich kann nichts dafür, dass mein Dad Professor für Englische Literatur war. Ich glaube, dass ich viel mehr Klassiker zitieren kann als du als Buchhändlerin."

Bevor ich etwas sagen kann, wird die Ladentür schwungvoll geöffnet, sodass sich das Glöckchen fast überschlägt und die Tür an einen Schautisch knallt.

Peinlich berührt zieht die Frau das Genick ein und sagt: „Sorry."

Veronica, meine beste Freundin. Was das Aussehen angeht, hat sie alles, was ich nicht habe. Lange Beine, große Brüste und Haare in der Farbe California-Goldblond. Sie trägt ein Designer-Fitness-Outfit und hat einen Becher mit einer Kaffeespezialität aus dem Café nebenan in der Hand.

Aaron sieht sie kurz an, doch sein Blick verweilt

nicht auf ihr. Er wendet sich direkt wieder mir zu. Er nimmt sein Handy aus dem Band um seinen Arm. „Gib mir deine Handynummer."

Alles in mir rebelliert dagegen. Doch nur, weil ich mir selbst übel nehme, ihn derartig falsch eingeschätzt zu haben. Nun bin ich in ein Date mit einem Mann geraten, bei dem sämtliche meiner Alarmglocken läuten.

Vorwurfsvoll rattere ich meine Nummer herunter. Er tippt sie in sein Handy und ruft mich sofort an. Mein Handy befindet sich in meiner Handtasche hinter dem Verkaufstresen, doch ich ignoriere es. Er will mir damit nur seine Nummer übermitteln. Ich werde sie bei mir einspeichern und mir später eine Ausrede einfallen lassen, um das Date abzusagen. Eine kurze Textnachricht sollte genügen.

„Ich sehe dir an, was in deinem hübschen Kopf vorgeht", sagt er neckend. Meine Wangen werden heiß. „Du willst mir nachher per Nachricht absagen. Aber das ist eine Gewissenssache. Ich habe fair gewonnen, und wir werden sehen, wie viel Ehrgefühl in dir steckt."

Ich knurre tief in meiner Kehle. Er wagt es tatsächlich, mir den Fehdehandschuh hinzuwerfen. Da mir Integrität wichtig ist, kann ich jetzt auf keinen Fall mehr absagen.

„Aber du kannst mir gern deine Adresse schreiben." Er zwinkert und nimmt seine Einkaufstüte vom Tresen. „Damit ich weiß, wo ich dich am Samstag abholen soll. So um fünf Uhr nachmittags.“

Ich werfe einen Blick zu Veronica. Sie tut so, als würde sie die Waren betrachten, aber ich weiß, dass sie genau zuhört.

Ich sehe Aaron an und hebe das Kinn. „Ich gebe meine Adresse keinem Fremden. Du kannst mir schreiben, wo die Hochzeit stattfindet, und wir treffen uns dort.“

„Okay, auch gut.“ Er dreht sich um und geht zur Tür.

Veronica steht ihm im Weg, doch er nickt ihr nur höflich zu und geht an ihr vorbei. Hinter seinem Rücken fächert sie sich theatralisch Luft zu, womit sie zeigt, wie heiß sie ihn findet. Ich kann kaum erwarten, sie darauf hinzuweisen, dass er dies wahrscheinlich in der spiegelnden Scheibe der Tür vor ihm sehen kann.

Aaron legt die Hand an die Klinke und dreht sich noch einmal um. „Wenn du Lust hast, mich vor der Hochzeit noch ein bisschen besser kennenzulernen, brauchst du mich nur anzurufen. Wir können gern etwas trinken oder essen gehen. Oder einfach über klassische Literatur reden, wenn du magst.“

Mein Gesicht wird schon wieder heiß. Eine weitere Erinnerung daran, wie falsch ich lag und dass wir tatsächlich etwas gemeinsam haben.

Der dumme Sportler ist anscheinend gar keiner.

Das Glöckchen klingelt fröhlich, als er die Tür öffnet und hinausgeht. Veronica verrenkt sich den Hals, um ihm so lange wie möglich hinterherzusehen. Als er außer Sichtweite ist, dreht sie sich verwundert zu mir um.

„Clarke Angelica Webber", sagt sie anklagend und kommt auf den Tresen zu. „Du kleines Luder. Flirtest mit Kunden und ergatterst ein Date mit Adonis. Wow."

„Ach, sei still", knurre ich völlig humorlos. Das kann ich mir bei ihr erlauben, denn wir sind schon seit dem Kindergarten befreundet.

„Nein, sei du still", antwortet sie sofort übertrieben schnippisch. Dann lacht sie und winkt ab. „Nein, sei lieber nicht still, sondern erzähl mir alles von Anfang an."

Das tue ich und beginne bei dem Moment, als er den Laden betrat.

„O Mann", sagt sie beeindruckt. „Und er hat einfach so Salinger erkannt? Wow."

„Ich hätte mir denken können, dass es eine Falle war."

„Was ärgert dich daran denn so sehr?", fragt sie und bietet mir ihren Kaffee an.

Ich rieche Zimt. Köstlich. Ich gehe mit dem Becher in der Hand um den Tresen herum und wir setzen uns in die Leseecke im viktorianischen Stil. Ich nippe noch einmal an dem Kaffee und gebe Veronica den Becher zurück.

„Er ist einfach nicht mein Typ." Hoffentlich bohrt sie nicht weiter nach. Aber es handelt sich um Veronica. Sie kennt mich und all meine Schwächen und fiesen Ängste.

„Du meinst, er ist selbstbewusst, gut aussehend

und gesellig."

„Ich mag selbstbewusste Männer." Sogar in meinen Ohren klingt das gelogen.

Sie wirft mir einen bevormundenden Blick zu. „Ach, bitte. Du bist eine echte Beta-Daterin."

Ich winke ab. „Ich weiß nicht mal, was das sein soll."

„Doch, das weißt du. Es ist das Gegenteil von Alpha, und du tendierst dazu, dich mit Männern einzulassen, die nicht viel Durchsetzungsvermögen ausstrahlen. Kurz gesagt, du gehst auf Nummer sicher."

„Aus gutem Grund."

Veronicas Ausdruck wird milder. Sie hat mich an meinem Tiefpunkt erlebt, an dem ein Mann schuld war, der mich verletzt hat.

Sie legt eine Hand auf meine. Bevor ich wie ein Baby anfange zu heulen, weil sie Mitleid hat und ihre Finger mit meinen verschränkt, schnappe ich mir mit der freien Hand noch einmal ihren Kaffee.

„Bring mir das nächste Mal auch einen Kaffee mit, dann trinke ich dir nicht deinen weg."

KAPITEL 3

Wylde

Während unserer ersten Saison in Phoenix hat sich das Team das Sneaky Saguaro als Lieblingsbar ausgesucht. Es ist auch ein Restaurant mit Biergarten und bietet über hundert verschiedene Biersorten an. Das Sneaky befindet sich in einem zweistöckigen, riesigen Gebäude, in dessen Mitte ein fast acht Meter hoher Saguaro-Kaktus wächst. Der Laden ist jeden Tag gut besucht.

Ich komme gern her, weil das Essen scharf ist, das Bier kalt und die Kellnerinnen eine knappe Uniform tragen. Sie besteht aus abgeschnittenen Jeans-Shorts und einem karierten Cowboyhemd, das unter den Brüsten geknotet ist. Der dazu passende Cowboyhut und die Stiefel sind niedlich, aber unwesentlich.

Im Erdgeschoss befindet sich das Restaurant und dort wird das Essen serviert. Im ersten Stock ist die Bar und man bekommt nur etwas zu trinken. Da das Team dieses Lokal als offiziellen Treffpunkt auserkoren hat, bekommen wir hier eine Sonderbehandlung. Auch dass wir den Cup gewonnen haben, trägt dazu bei. Ein Anruf genügt und man reserviert uns im Barbereich einen großen Tisch.

„Cheers", sage ich und halte meinen Krug mit dem Narragansett-Lagerbier hoch. Vier Mann stoßen mit mir an, und wir trinken, um die Party in

Schwung zu bringen.

Nun ja, es ist nicht wirklich eine Party. Nur Abendessen und Bierchen mit ein paar Kameraden. Mit denen, die noch Single sind, wohlgemerkt. Das sind zwar nicht meine besten Freunde, aber wir sind Brüder im Geiste durch die Spielerkameradschaft.

Meine engsten Freunde sind diejenigen, mit denen ich in der First Line spiele. Mit ihnen bin ich am häufigsten zusammen. Ich weiß, wie sie denken, und kann ihre Spielzüge erahnen. Diese Jungs haben jetzt feste Beziehungen und führen ein anderes Leben, sodass unsere gemeinsame Zeit geschrumpft ist. Das nehme ich ihnen nicht übel, sondern im Gegenteil, ich freue mich für sie. Sie leben ein gutes Leben, so, wie es sein sollte.

Ich habe die Jungs heute eingeladen, weil einige neu im Team sind und andere möchte ich gern näher kennenlernen. Links neben mir sitzt Kane Bellan. Er ist unser neuestes Mitglied. Er wurde in den Play-offs von den Cold Fury gegen Rafe Simmons getauscht. Rafe wollte wieder nach Hause nach North Carolina, weil sein Vater Krebs hatte. Unser glorreicher Besitzer Dominik Carlson machte es möglich.

Kane ist eine Bereicherung. Als Center hält er die Second Line stabil. Das Team nennt ihn liebevoll neckend Superman. Nicht nur wegen seines Könnens auf dem Eis, sondern weil er wie Clark Kent aussieht. Er hat tiefschwarze Haare, stechend blaue Augen und ein kantiges Kinn.

Neben ihm sitzt James Steele, der Left Winger der Second Line. Er kam letztes Jahr von den Quebec Royals ins Team. Mit dreiunddreißig gehört er schon zu den älteren Spielern. Die Fans nennen ihn beim Nachnamen Steele, aber wir nennen ihn Jim. Er ist noch verheiratet, aber seit ein paar Monaten getrennt. Ich habe ihn eingeladen, damit er nicht allein zu Hause herumhängen muss.

Neben Jim und gegenüber von mir an dem runden Tisch sitzt Jett Olsson. Ein siebenundzwanzigjähriger Schwede, der auf den Schlittschuhen fast so schnell ist, wie sein Vorname vermuten lässt. Er ist der Right Winger der Second Line und ein Ladykiller. Seit unsere Kellnerin zum ersten Mal an den Tisch gekommen ist, zieht er sie mit Blicken aus, und ich bin ziemlich sicher, dass er heute Abend mit ihr nach Hause geht.

Neben mir sitzt Baden Oulett, unser Reserve-Goalie. Er ist wohl der Gefestigtste und Verlässlichste des ganzen Teams. Er ist der Ersatz für einen der besten Goalies aller Zeiten, unseren Legend Bay. Das bedeutet, dass er jederzeit in Bestform und bereit sein muss, spontan und unerwartet einzuspringen und genauso gut wie Legend oder sogar noch besser zu spielen. Eine riesige Verantwortung für einen Ersatztorwart. Ein enormer Druck. Zwar hat Legend die meisten Spiele der Saison selbst gespielt und ist noch nie wegen Verletzung ausgefallen – ich klopfe auf Holz –, doch Baden stand bei verschiedenen Gelegenheiten im Netz und machte seine Sache sehr gut. Das lässt unser Team glänzend aussehen, denn damit haben wir einen Goalie, der uns locker durchziehen kann, sollte Legend ausfallen. Und das ist ein Vorteil, um den uns so manches Team beneidet.

Das sind also meine neuen Kumpels, mit denen ich abhänge, während meine engsten Freunde die Harmonie der Monogamie und die wahre Liebe genießen.

Innerlich schnaube ich, denn auch wenn ich mich für meine Freunde freue, ist das nichts, was ich selbst anstrebe. Eines Tages vielleicht. Wenn ich mit dem Eishockey aufhöre und mich zur Ruhe setze. Bis dahin genieße ich es, jede willige Pussy zu bekommen, die ich möchte, mich niemandem gegenüber rechtfertigen zu müssen und die besten Freunde der Welt zu haben. Was könnte man sich noch wünschen?

Ich sehe Kane links neben mir an. „Hast du dich inzwischen gut eingelebt?"

Der arme Kerl musste direkt zu Beginn der Playoffs vor zwei Monaten durch das ganze Land umziehen. Wir hatten ununterbrochen Training, Teammeetings, Reisen und Spiele. Er musste praktisch aus seinen Kartons leben. Aber jetzt hatten wir zwei Wochen nach dem Stanley Cup frei und alle konnten sich in die Off-Saison verabschieden.

Kane nickt. „Ich konnte endlich alles auspacken. Aber irgendwann muss ich noch die leeren Kartons wegfahren. Ein Zimmer steht immer noch voll damit."

Kane wohnt ein paar Blocks von mir entfernt in

einem anderen Wohnkomplex mit Eigentumswohnungen in der Innenstadt.

„Sag mir Bescheid, wann du das machen willst, dann helfe ich dir. Wir können sie auf meinen Pick-up laden", biete ich ihm an.

„Oder ihr bringt sie zu mir", sagt Jim. „Wir machen ein Feuer in meinem Garten, verbrennen den Scheiß und trinken Bier."

„Ich glaube, das ist im Südwesten verboten", wirft Baden ein. „Sie werden dich verhaften."

Jim grinst und zuckt mit den Schultern. „Hey, was ist mit: *Was in der Off-Season passiert, bleibt in der Off-Season?*"

„Sag das mal Dominik." Ich sehe Jim scharf an. „Dann findest du dich schneller in der sibirischen Liga wieder, als dir lieb ist."

Unser hochverehrter Besitzer ist zwar großzügig und geduldig mit seinem Team, aber er verlangt auch Professionalität an allen Fronten. Verhaftete Spieler würden ihm nicht gefallen.

Obwohl es für Tacker gut ausgegangen ist. Er ist wegen Trunkenheit am Steuer verhaftet worden, aber Dominik stellte ihm ein paar heftige Bedingungen, damit er im Team bleiben konnte. Eine davon war eine Therapie. Tacker ist mein bester Freund. Wir haben schon einmal in Dallas zusammen gespielt und sind jetzt wieder im selben Team gelandet. Dazwischen lagen harte Zeiten für Tacker. Er verlor seine Verlobte bei einem Flugzeugabsturz, bei dem er selbst der Pilot war. Wenn jemand einen Grund hatte, die Kontrolle zu verlieren und betrunken seinen Wagen an eine Wand zu fahren, dann er.

Glücklicherweise liegt das nun hinter ihm. Er kämpfte sich durch die Therapie und verliebte sich in seine Therapeutin Nora. Noch ist keine Hochzeit geplant, aber ich bin sicher, dass das noch kommt.

Bei dem Gedanken an Hochzeiten werfe ich einen Blick in die Runde. „Kommt ihr auch alle morgen zu Eriks Hochzeit?"

Alle Jungs nicken, was ich erwartet habe, obwohl ich mir nicht ganz sicher war. Die Planung war nach Ende der Saison spontan und schnell gemacht worden. Wenn sich überraschenderweise ein Baby ankündigt, muss man wohl die Pläne anpassen. Erik und Blue tauschten eine große Hochzeit gegen eine Party in ihrem Haus ein und luden nur das Team und die Familie ein. Erik ist bekannt für seine Partys. Es wird Essen, Kuchen und Musik im Überfluss geben und alle werden sich amüsieren.

„Wollen wir uns morgen Abend wieder hier treffen?", fragt uns Jett. „Nach der Party? Wir könnten Erik den Stanley Cup klauen und mit hierhernehmen."

Wir lachen über die Idee. Es ist eine Tradition, dass jeder Spieler den Stanley Cup für einen Tag mit nach Hause nehmen darf. Morgen, am Tag seiner Hochzeit, wird er bei Erik sein. Aber es ist unmöglich, den Cup vor Eriks Nase zu stehlen, denn der Cup wird von einem Bewacher begleitet, der ihn keine Sekunde aus den Augen lässt.

Jim schüttelt den Kopf. „Ich kann leider nicht. Ich habe Lucy am Wochenende und muss mich mit ihr beschäftigen oder sie schließt sich in ihrem Zimmer ein und redet nicht mehr mit mir."

Autsch. Seit der Trennung von Ella hat er es nicht leicht. Es war bitter und beide Seiten machen sich gegenseitig Vorwürfe. Seine Tochter Lucy macht es Jim auch nicht leicht. Sie gibt ihm die Schuld. Ich weiß nicht, was da wirklich passiert ist, aber es ist schwer für Jim.

„Ich bin dabei", sagt Baden zu Jetts Idee, sich morgen wieder hier zu treffen.

Kane nickt. „Ich auch."

Alle sehen mich an und erwarten, dass ich mitmache. Schließlich bin ich der schlimmste Playboy im ganzen Team. Aus dem Grund nennen mich alle beim Nachnamen. Wylde, der Wilde.

„Ich kann auch nicht." Bei den erstaunten Gesichtern muss ich grinsen. „Ich habe ein Date", füge ich absichtlich wenig informativ hinzu. Schweigen. Fassungslose Blicke. „Ihr wisst schon, Mann führt Frau zum Essen aus?"

„Unmöglich." Kane schüttelt den Kopf. „Du verarschst uns und musst einen anderen Grund haben. Aaron Wylde hat keine Dates."

Ich muss herzlich lachen. Da hat er recht. Die heiße, nerdige Buchhändlerin um ein Date zu bitten, war definitiv untypisch von mir. Ich gönne meinen Freunden noch etwas mehr Infos. „Sie wird morgen auf der Hochzeit mein Date sein."

Kane sieht Jett an. „Man darf Dates zu Hochzeiten mitbringen?"

Jett zuckt mit den Schultern, als wäre ihm das Konzept fremd. „Vielleicht in diesem Land, aber in Schweden habe ich das noch nie gehört."

Alle lachen, doch Jim bohrt nach. „Du bringst ein Date mit? Ist es denn etwas Ernstes?"

Ich spiele den Entsetzten. „Nein! Es ist nicht ernst. Ich habe sie erst gestern kennengelernt. Sie hat einen Buchladen in der Innenstadt und ich bin da reingeschlendert …"

Baden schnappt nach Luft. „Du bist in einen Buchladen geschlendert?" Er wirft einen Blick in die Runde. „Jungs, ich glaube, Aaron Wylde wurde von Aliens entführt und einer von denen hat seinen Körper übernommen."

Ich lache in mich hinein. „Glaub mir, wenn du die Frau gesehen hättest, wärst du auch in den Laden gegangen."

„Glühend heiß?", rät Baden.

„Ich würde nicht sagen glühend", weiche ich aus und denke an ihr markantes Aussehen.

„Große Titten?", will Jett wissen.

Ich zucke die Achseln. „Konnte ich nicht sehen. Ihr Shirt war zu weit."

Stirnrunzelnd sieht Jett Jim an, um vielleicht eine Erklärung für meine Seltsamkeit zu bekommen. Doch Jim zuckt nur ratlos mit den Schultern.

„Sagen wir mal so", beginne ich und stütze die Ellbogen auf dem Tisch auf. „Sie hat etwas in mir ausgelöst. Und wenn alles glattläuft, wird aus der

Hochzeitsfeier ein nachtlanges Event in meinem Bett."

Kane klopft mir auf den Rücken und wirkt stolz. „Das ist der Wylde, den wir alle kennen und lieben."

„Ich weiß nicht so recht", sagt Jett nachdenklich. „Ich glaube, du lässt nach. Du wirst nicht mehr der Team-Playboy sein. Ich meine, wer zum Geier baggert jemanden in einem Buchladen an?"

Ich hebe das Kinn und grinse. „Ich werde immer der Team-Playboy sein."

„Beweise es." Jett lässt den Blick schweifen. „Jede Menge Ladys hier. Such dir eine aus."

Mir macht das gegenseitige Aufziehen Spaß. Das macht den Großteil des Vergnügens aus, mit meinen Teamkameraden zusammen zu sein. Ich halte die Hand hoch und spiele den Unschuldigen. „Hey. Ich will nur den Abend mit meinen Kumpels genießen, aber die Nacht ist ja noch jung."

Sie schnauben und schütteln die Köpfe, glauben mir kein Wort. Ich kann nicht zulassen, dass mein Ruf leidet, also schaue ich mich um.

Und da ist schon eine.

Eine heiße Blonde mit einer Gruppe Freundinnen, die zu uns herüberschauen und uns definitiv erkannt haben. Als wir Blickkontakt haben, bewege ich lockend den Finger, dass sie zu mir kommen soll. Ihre Freundinnen kichern und schieben sie neckend an, bis sie vom Stuhl aufsteht. Sie zerrt an ihrem kurzen Rock und eiert auf unfassbar hohen Schuhen auf mich zu. Meine Kumpels amüsieren sich über meine direkte Art.

„Er kann es noch", sagt Kane leise.

„Hi", haucht die Blonde und stellt sich zwischen Baden und mich.

„Auch hi", antworte ich und betrachte sie genauer. Sie entspricht genau meinem Typ. Zumindest dem, der mir bis gestern noch gefiel, bevor ich einen Blick auf eine rothaarige Nerd-Frau geworfen habe. Trotzdem heißt das ja nicht, dass ich heute nicht eine Blonde anbaggern kann.

Ich öffne den Mund, um ihr einen Drink anzubieten, da brummt mein Handy auf dem Tisch und das Display leuchtet auf. Und siehe da, es ist eine Nachricht von dem Bücherwurm, an den ich gerade denke.

Clarke: *Wie ist der Dresscode morgen?*

Lächelnd nehme ich das Handy auf. Die Blonde interessiert mich nicht mehr.

Ich: *Sommerlich. Sexy, wenn du magst.*

Gestern Abend habe ich ihr Eriks und Blues Adresse geschrieben. Ich habe ihr mitgeteilt, dass es einen Parkservice für die Autos geben wird und dass ich sie um 17:45 Uhr dort treffe. Sie hat mit einem simplen *Okay* geantwortet.

Das hat mich verwirrt.

Diese Frau zeigt nicht die geringste Neugier für den Mann, mit dem sie ausgehen wird. Auch noch ausgerechnet auf eine Hochzeit. Ich war enttäuscht, als sie mir sagte, dass sie kein Interesse an mir hat. Sie erfüllt nur ihre verlorene Wette. Jetzt ermutigt mich, dass sie sich gemeldet hat. Denn ehrlich gesagt hätte sie auch selbst herausfinden können, was man zu einer Hochzeit anzieht.

Ich warte auf eine Antwort, doch es kommt keine.

Die Blonde berührt mich am Arm. „Also, ich heiße Heather."

Ich zucke zusammen, denn ich habe sie völlig vergessen. Ich sehe auf und betrachte die gut aussehende Person vor mir, die mit den Wimpern klimpert. Dann sehe ich meine Freunde an, die ganz offensichtlich über mein Desinteresse lachen.

Ich sehe Baden an. „Bestellst du ihr bitte einen Drink? Ich kann gerade nicht."

„Ja, okay." Baden lächelt.

Die Blonde versteht sofort, dass sie bei mir abgeblitzt ist. Sie richtet ihren Charme auf Baden, legt einen Arm um seine Schultern und lehnt sich an ihn.

Ich konzentriere mich auf mein Handy und die Blonde ist jetzt restlos vergessen.

Ich: *Du musst dich nicht sexy anziehen, wenn dir nicht danach ist. Und dir ist nicht danach, stimmt's?*

Ich starre auf mein Handy und frage mich, was mit mir los ist. Soeben habe ich einen sicheren Fick abgelehnt, um eine faszinierende Buchhändlerin anzubaggern, die gar nichts mit mir zu tun haben will.

Als sie antwortet, bin ich so überrascht, dass mir fast das Handy aus der Hand fällt.

Clarke: *Es ist schwer, schriftlich sexy zu sein. Außerdem kann ich sowieso nicht flirten.*

Ich lache laut auf. Jim und Jett beobachten mich neugierig. Ich schaue wieder auf das Handy.

Ich: *Ob du es glaubst oder nicht, aber es ist irgendwie attraktiv, dass du das zugibst.*

Es dauert eine Weile, bis sie antwortet, was ein Zeichen dafür ist, dass das Gespräch jetzt wahrscheinlich vorbei ist.

Clarke: *Gute Nacht, Professor. Bis morgen.*

Das kann ich nicht so stehen lassen.

Ich: *Professor?*

Sie hat meine Frage erwartet, denn die Antwort kommt sofort.

Clarke: *Weil du mich gestern in klassischer Literatur besiegt hast.*

Mein Herz macht einen Satz, als sie den

Lach/Heul-Emoji hinzufügt.

Also findet sie mich zumindest ein bisschen witzig. Das ist doch schon mal etwas.

Eins wird mir nach diesem Austausch schlagartig klar. Morgen nach der Hochzeit wird sie nicht in meinem Bett landen. Das ist weder ihre Art noch ihr Stil.

Und seltsamerweise stört mich das überhaupt nicht.

KAPITEL 4

Clarke

Zum ersten Mal zweifele ich an der Korrektheit meines Navis, als es mich in eine Wohngegend voll riesiger Häuser führt.

Aaron hat gesagt, dass es einen Parkservice gibt, also habe ich angenommen, dass die Hochzeit an einem öffentlichen Ort stattfindet. Oder zumindest im Gemeindezentrum dieser Gegend. Aber das Navi führt mich zu einem lachsfarbenen Haus im mediterranen Stil, das mindestens siebenhundert Quadratmeter groß sein muss.

Tatsächlich stehen fünf Männer im Smoking vor der Tür, um die Autos der Gäste auf dem Grundstück und die Straße entlang zu parken, damit sie es nicht selbst tun müssen.

Ich stelle meinen kleinen Honda Civic, Baujahr 2009, hinter einen Ferrari, achte darauf, nicht zu dicht aufzufahren, steige aus und sofort eilt ein Parkwächter auf mich zu. In meiner Handtasche suche ich nach Kleingeld und finde leider nur einen Zehner. Ich gebe dem Mann den Schein, trete zurück und werfe einen letzten Blick auf mein Auto. Es war immer treu und zuverlässig und ich liebe es mehr als jeden Ferrari.

„Dieses Kleid ist definitiv sexy", sagt eine tiefe Stimme hinter mir.

Ich drehe mich um und sehe Aaron Wylde wie verabredet und mit dem Geschenk in der Hand, das er vor zwei Tagen bei mir gekauft hat.

Verdammt. Ich muss zugeben, dass er außerordentlich gut aussieht in der grauen Hose und dem lavendelfarbenen Oberhemd. Heute ist ein heißer Sommertag und wahrscheinlich trägt er deswegen das dazu passende Jackett nicht. Das blonde Haar hat er sich aus dem Gesicht gekämmt. Als er bei mir im Laden war, ist ein Bartschatten zu sehen gewesen, doch jetzt ist er glatt rasiert.

Ich habe mich für ein ärmelloses Kleid in einem hellen Korallenton entschieden, der meine Haarfarbe betont. Es ist aus Chiffon und weht mir beim Gehen locker um die Knie. Und mit *entschieden* meine ich, dass ich mich durch Veronicas Kleiderschrank wühlen musste, denn ich besitze nichts, was sich für eine Hochzeit eignet. Glücklicherweise hat Veronica mehr als genug Kleidungsstücke, um das auszugleichen. Ihren Schrank zu durchsuchen war genauso praktisch wie shoppen gehen.

Und billiger.

Ich gehe auf Aaron zu. Weitere Autos kommen an, Menschen steigen aus und strömen Richtung Haustür der riesigen Villa. Aaron mustert mich anerkennend, was mich leicht verlegen macht, aber mir auch das Gefühl gibt, gut auszusehen.

Galant bietet er mir den Arm an. „Du siehst sehr schön aus."

„Vielen Dank", antworte ich sittsam und überlege, wann das ein Mann zum letzten Mal zu mir gesagt hat. In Gedanken muss ich dafür weit zurück zu *ihm* gehen. Um nicht in Bitterkeit zu verfallen, was bei der Erinnerung an diesen Mann meistens geschieht, verdränge ich den Gedanken an ihn ganz schnell. „Du hast dich auch ganz schön herausgeputzt, Professor", sage ich, was eine enorme Untertreibung ist.

Er lacht und wir gehen auf das Haus zu. „Gefällt mir, das mit dem Professor."

„Schließlich hast du es mir so richtig gegeben." Noch immer ärgere ich mich, dass er mich so leicht besiegen konnte. Vor der Haustür hat sich eine kurze Schlange gebildet. Ich nutze die Zeit dafür, eine Beschwerde an ihn zu richten. „Du hast mir nicht erzählt, dass dein Freund steinreich ist. Sonst hätte ich wahrscheinlich ein anderes Geschenk ausgesucht als einen Weinflaschenöffner."

Aaron lacht erneut. Es ist die Art Lachen, die jemand von sich gibt, wenn er sich wirklich über etwas amüsiert. „Glaub mir, Erik und Blue sind zwar reich, aber trotzdem auf dem Boden geblieben. Tatsächlich wäre ein Bierflaschenöffner noch passender gewesen."

„Die Tatsachen sprechen dagegen", antworte ich und zeige auf das Haus.

Auf der Türschwelle befindet sich ein Junge in einem Rollstuhl. Nein, es ist vielmehr ein Mann, und ein großer Mann steht neben ihm. Anscheinend sind die beiden das Begrüßungskomitee.

Aaron begrüßt den Mann im Rollstuhl mit der Bro-Fist-Geste.

„Hi, Billy. Großer Tag heute, was?"

Billy lächelt strahlend, sagt aber nichts. Vielleicht ist er stumm.

Aaron stellt mich vor. „Billy, das ist meine Freundin Clarke." Und zu mir sagt er: „Das ist Billy, Blues Bruder."

Ich beuge mich auf seine Höhe hinab und weiß nicht so recht, was ich sagen soll. Ich entscheide mich für etwas, das sicherlich viele zu dem jungen Mann sagen. „Hi, Billy. Freut mich, dich kennenzulernen. Du siehst sehr schick aus für diesen Anlass."

Billy grinst.

Aaron berührt mich am Arm, um meine Aufmerksamkeit zu erlangen, und nickt zu dem Mann neben Billy. „Das ist mein bester Freund, Tacker."

Auf den ersten Blick wirkt der große Mann respekteinflößend, besonders wegen seines grimmigen Ausdrucks. Doch dann lächelt er und reicht mir die Hand. „Schön, dich kennenzulernen, Clarke."

„Dito."

Aaron und Tacker geben sich eine Männerumarmung. Der Blick, den die beiden austauschen, spricht Bände. Tacker ist offenbar höchst erstaunt, dass Aaron eine Begleitung mitgebracht hat. Ich frage mich, warum.

Im Foyer steht ein langer Tisch für die Geschenke und Aaron legt seins dazu. Überraschenderweise greift er dann nach meiner Hand und führt mich in einen Raum, den man nur als Ballsaal bezeichnen kann. Trotz der vielen Gäste wirkt er riesig. Aaron führt mich hindurch bis zur hinteren Terrasse, die man durch eine zweiflügelige, geöffnete Glastür erreicht. Draußen befinden sich noch mehr Menschen.

Wir kommen allerdings nur langsam voran, weil Aaron alle paar Schritte angehalten wird und mich den Gästen vorstellt. Personen, die ich normalerweise sofort wieder vergessen würde, würden sie nicht alle so verdammt gut aussehen und nicht solch ausgefallene Namen haben.

Dax. Bishop. Legend.

Sämtliche Männer umarmen ihn brüderlich und sind offensichtlich gute Freunde von Aaron. Im Garten steht eine wunderschöne kleine Laube, die von weißen Rosen und saftigem Grün umrahmt ist. Weiße Stühle stehen davor, und im Mittelgang liegt ein weißer Teppich.

Aaron führt mich hindurch, sodass ich mir aussuchen kann, wo wir sitzen wollen, doch ich halte inne. Was zum Geier ist das?

Aarons Blick folgt meinem. „Magst du ihn dir ansehen?"

Auf einem Tisch steht auf einem weißen Tuch ein Pokal.

„Was ist das?", frage ich zögerlich, aber ich kann es mir bereits denken. Ich bin zwar kein Sportfan, aber ich schaue mir die Nachrichten an, die dummerweise immer eine Sportzusammenfassung enthalten.

„Schaust du dir manchmal Eishockey an?", fragt Aaron. Ich sehe zu ihm hoch. „Das ist der Stanley

Cup. Jeder Spieler des Gewinnerteams darf ihn vierundzwanzig Stunden haben. Erik hat sich den Tag seiner Hochzeit dafür ausgesucht."

Ich weite die Augen und begreife, warum Erik und Blue steinreich sind. Er ist ein Profispieler. „Erik ist bei den Vengeance?", frage ich.

Da ich wie gesagt Nachrichten sehe, weiß ich, dass wir seit dem letzten Jahr unser eigenes Team haben. Zwar habe ich noch kein Spiel gesehen, aber ich weiß, dass die Stadt unglaublich stolz darauf ist.

„Ja", antwortet er und betrachtet mich vorsichtig.

So langsam dämmert es mir. „Und die anderen Jungs, denen du mich vorgestellt hast?"

„Alles Teammitglieder."

Und jetzt kommt der Aha-Moment. „Und du?"

„First Line Defenseman, zu Ihren Diensten."

Ich weiß nicht, was das genau bedeutet, aber das ist ein Dämpfer. Bis jetzt hat mich Aaron mit seinem Charme einlullen können, und ich habe gedacht, dass das Date nicht so schlimm werden wird.

Aber er ist ein Profispieler, kein Freizeitsportler.

Und berühmt.

Und das bedeutet jede Menge Komplikationen, mit denen ich nichts zu tun haben will.

Das muss er mir ansehen, denn er runzelt die Stirn. „Hast du etwas gegen Eishockeyspieler?"

„Nicht per se", sage ich ehrlich. „Ich ahnte schon, dass du ein Sportler bist. Ich wusste nur nicht, dass du …" Ich suche nach dem passenden Wort und

Aaron wartet geduldig. „Dass du so ein sportlicher Sportler bist."

„Das ergibt überhaupt keinen Sinn", sagt er amüsiert.

„Doch, für mich schon."

„Ist das denn ein Problem?" Er greift wieder nach meiner Hand. „Denn ich kann dir versichern, dass du bei mir in Sicherheit bist."

Ich schüttele den Kopf und lege ein zuversichtliches Lächeln auf, um ihn zu beruhigen, denn hier und jetzt möchte ich ganz sicher nicht über meine Ängste sprechen. Innerlich fühle ich mich gar nicht wohl, doch das lasse ich mir nicht anmerken. Ich muss nur diese Hochzeit und die nächste durchstehen und dann kann ich Aaron Wylde und seine Berühmtheit hinter mir lassen.

„Nein, schon gut", sage ich und hoffe, es klingt überzeugend. „Es war nur das Überraschungsmoment."

***

Diese Hochzeit wurde zu einer enormen Party. Ich weiß nicht viel über Profisportler, aber man merkt, dass das Team für diese Leute mehr als nur ihr Beruf ist. Sie stehen sich sehr nah, was bei dreiundzwanzig Spielern im Kader eine Menge sagt. Aaron hat mir ein paar Details verraten, als er mir einen nach dem anderen vorstellte und ich ihn fragte, wie viele es denn sind.

Er lachte und fand es süß, wie wenig ich über

Eishockey weiß. Doch es überraschte ihn nicht, und er versicherte mir, dass ich damit nicht allein sei. Es gäbe viele Leute, die nichts über Eishockey wüssten, und er würde mir gern alles beantworten, was ich wissen wolle.

Die Zweideutigkeit entging mir nicht. Er spielte auf andere Dinge an. Zugegeben, kurz bedauerte ich, dass die Sache zu nichts führen wird, denn abgesehen davon, dass er reich und berühmt und in seinem tiefsten Inneren wahrscheinlich auch egozentriert ist, ist er der attraktivste Mann, mit dem ich je ausgegangen bin. Nicht nur, was sein Aussehen angeht, das sowieso unvergleichlich ist. Er ist auch belesen und wir haben sogar über Bücher gesprochen. Er ist auch humorvoll, was mir gut gefällt, nein, was ich vom anderen Geschlecht sogar erwarte. Ich habe lernen müssen, dass man nur mit Lachen durchs Leben kommt, wenn alles andere versagt.

Also ja, er ist heiß, interessant und klug. Aber ich kann mir nicht vorstellen, über das Problem mit seinem Promi-Status hinwegzukommen. Das ist definitiv ein Beziehungskiller für mich. Ich kann diesen Volltreffer noch gar nicht glauben. Ich bin doch nur ein Kleinstadtmädchen, das seine Nase in Büchern versenkt. Und als ich meine erste fürchterliche und demütigende Erfahrung mit Berühmtheit erlebt habe, die mich fast zerstört hätte, hätte ich nie gedacht, dass mir so etwas noch einmal passieren würde.

Wie hoch ist die Wahrscheinlichkeit für so etwas?

Im Laufe des Abends lerne ich auch die Frauen der anderen Spieler kennen. Sie sind alle superlieb und schließen mich sofort mit ein. Sie wirken überrascht, dass Aaron ein Date mitgebracht hat, und freuen sich darüber. Ich schließe daraus, dass Aaron ein eingefleischter Single ist. Jeder sucht nach der wahren Liebe, doch er scheint immun dagegen zu sein.

Das wurde umso deutlicher, als Tackers Freundin Nora ihm zuflüsterte: „Ich mag sie. Freut mich für dich.“

Ich glaube nicht, dass ich das offiziell hätte hören sollen, oder vielleicht war es auch Absicht. Jedenfalls wurde klar, dass ich in Aarons Leben eine Anomalie darstelle. Das gibt mir ein erleichterndes Gefühl, da ich ihn nach der nächsten Hochzeit sitzen lassen werde.

Die Feier hätte die ganze Nacht gedauert, hätten Erik und Blue nicht noch ihren späten Hochzeitsreisen-Flug nach Australien erreichen müssen. Der Partyservice begann, das Büfett abzuräumen und den Gästen wurden Plastikbehälter mit Essen zum Mitnehmen angeboten.

Es dauert eine Weile, sich zu verabschieden. Als ich von den Frauen umarmt werde, deren Namen ich mir langfristig niemals alle merken kann, aber für den Moment noch weiß – Blue, Brooke, Pepper, Regan und Nora –, bedauere ich kurz, dass ich mich nie mit ihnen anfreunden werde. Sie sind aufrichtig freundlich und willkommen heißend. Aaron hatte recht. Sie sind am Boden geblieben und auf ihre Art bescheiden.

Vielleicht ist das nur gespielt, vielleicht aber auch nicht. Ich brauche diese Leute nicht zu verstehen. Zu wissen, dass sie in eine andere Gesellschaftsklasse gehören als ich, genügt schon, um mir das Gefühl zu geben, nicht dazuzugehören.

Aaron führt mich durch die warme, trockene Nacht und wir schlendern zum Parkservice hinüber. Er geht gemütlich neben mir her und hat die Hände in den Hosentaschen.

„Ich nehme an, du hast jetzt keine Lust mehr, irgendwo etwas trinken zu gehen?", fragt er.

Ich lächele ihn an und übergebe meinen Parkschein dem Servicemann, der davoneilt. „Nein, danke. Ich bin müde."

„Verrätst du mir, warum dir nicht gefällt, dass ich Profispieler bin?" Das hat er korrekt erfasst, nur kann er den Grund dafür nicht erahnen.

„Nein." Meine Antwort ist direkt, damit er nicht mehr nachbohrt. „Aber das ist wirklich gar kein Thema."

„Du hältst unsere Verabredung nächstes Wochenende aber trotzdem ein?"

„Natürlich." Ich klinge distanziert genug, dass er merkt, dass es unser letztes Date sein wird.

„Hmm." Bevor ich es richtig realisiere, zieht er mich an sich. „Dann werde ich das hier nicht bereuen."

Das kommt völlig unerwartet. Und bei all meiner Reserviertheit gegenüber Aaron und all dem, wofür er steht, bin ich schockiert, wie mein Körper auf seinen warmen Mund auf meinem reagiert. Es ist kein unschuldiger Gutenachtkuss zum Dank für einen schönen Abend. Es ist ein leidenschaftlicher Kuss, der mir zeigt, dass ich sehr viel mehr haben könnte, wenn ich ihm nach dem nächsten Wochenende noch eine Chance geben würde.

Es ist genauso schnell vorbei, wie es angefangen hat, aber es hinterlässt ein Kribbeln auf meinen Lippen, das mich an den sündhaften Mann erinnert, den ich gern verabscheuen würde. Doch ich kann es nicht. Ich sehe ihm hinterher, wie er wieder zum Haus geht, und mir ist klar, dass ich ihn für eine ganze Weile nicht mehr aus dem Kopf bekommen werde.

KAPITEL 5

Wylde

„Alter, was hattest du nur in all diesen Kartons?", frage ich und falte einen weiteren zusammen.

Fast den ganzen Tag bin ich schon bei Kane und helfe ihm, die Kartons von seinem Umzug zu entsorgen. Es müssen mindestens fünfzig sein, doch ich sehe den Inhalt nicht, den er bereits ordentlich irgendwo verstaut hat. Nichts steht hier sinnlos herum.

Kane lacht in sich hinein, faltet einen Karton zusammen und legt ihn auf den Stapel, den wir nachher zum Altpapier fahren werden. „Mein Rat: Öffne niemals einen Schrank in dieser Wohnung."

Ich verstehe. „Zur Kenntnis genommen", sage ich lachend und falte den nächsten Karton zusammen. „Du hast eine echt coole Wohnung gefunden."

„Danke, Mann. Da hatte ich wirklich Glück."

Das kann man wohl sagen. Seine Wohnung ist ungefähr so groß wie meine, aber mit einem tollen Balkon mit Ausblick auf die Altstadt und das Stadion, in dem wir spielen. Das Stadion besteht hauptsächlich aus Glas und Stahl, und die Nachmittagssonne bringt es zum Leuchten.

„Wie ist es für dich nach der Hochzeit mit der heißen Rothaarigen gelaufen?", fragt Kane grinsend. „Hast du für das Team gepunktet, wenn du weißt, was ich meine?"

Ich schüttele den Kopf. „Ja, ich weiß, was du meinst, und nein, ich habe nicht gepunktet."

„Was?", fragt er mit übertriebener Überraschung. „Du willst mir erzählen, dass der Playboy des Teams, der deshalb Wylde genannt wird, abgewiesen wurde?"

„Man kann nicht abgewiesen werden, wenn man es erst gar nicht versucht." Ich zwinkere. „Sagen wir mal so: Sie ist nicht der Typ Frau für einen einmaligen Aufriss."

Kane sieht verwirrt aus. „Alter, ich kenne dich zwar erst ein paar Monate, aber ich habe nicht nur durch die Jungs vom Team den Eindruck bekommen, dass du nichts anderes als einmalige Aufrisse machst. Ist die Frau etwas Besonderes?"

Ich zucke mit den Schultern. „Ich habe keine Ahnung, was sie ist, außer faszinierend. Vielleicht ist sie nur eine interessante Herausforderung. Ich lasse es einfach laufen und warte ab, was passiert."

Kane grinst mich breit an. „Die berühmten letzten Worte."

Ich hebe die Hand. „Hör zu, ich bin nicht auf der Suche nach etwas Festem. Das hier mag zwar kein One-Night-Stand sein, aber es ist auch keine Beziehung oder so etwas. Wir hatten erst ein Date."

„Und du nimmst sie zu Dax und Regans Hochzeit mit?"

„Genau."

Anscheinend denkt er darüber nach. „Und seit du sie kennst, warst du mit keiner anderen mehr zusammen?"

Diese Frage löscht glatt die Großspurigkeit aus meinem Gesicht. „Äh, genau."

„Und warum nicht?", fragt er, als hätte er mich bereits vollkommen durchschaut.

Ich verdrehe die Augen und antworte sarkastisch: „Ich hatte noch nie jede Nacht eine andere im Bett. Tatsächlich bin ich dafür bekannt, auch mal zwei oder drei Tage ganz ohne Ficken auszukommen."

„Und doch sind es schon fünf Tage, seit du sie getroffen hast, und drei Tage seit der Hochzeit."

Ich verziehe das Gesicht, weil er mich tatsächlich durchschaut hat. Ich spiele es herunter und ziehe lässig nur eine Schulter hoch. „Nur weil ich momentan kein Interesse daran habe, eine andere zu vögeln, heißt das noch lange nicht, dass ich mit dieser Tussi etwas Dauerhaftes haben will."

Denn das will ich nicht.

Allerdings fällt mir auf, dass das Wort Tussi, das ich seit Jahren benutze, in Bezug auf Clarke völlig daneben ist. Sie ist viel mehr als irgendeine Tussi und hat eine respektvollere Bezeichnung verdient. In dem Punkt habe ich mich wohl soeben weiterentwickelt, und ich spüre den Drang, mich zu korrigieren.

„Ich wollte sie nicht Tussi nennen."

Kane hebt eine Augenbraue.

Ich versuche, es ihm zu erklären beziehungsweise mir selbst. „Ich meine, sie ist eine interessante Frau, und ich fühle mich nicht nur körperlich zu ihr hingezogen, sondern würde sie wirklich gern auch näher kennenlernen. Das ist alles."

Er öffnet den Mund, und ich sehe ihm an, dass er einen Klugscheißer-Kommentar abgeben will, doch das Klingeln seines Handys lenkt ihn ab. Kane nimmt es aus seiner Hosentasche und lächelt, nimmt den Anruf an, hält sich das Handy jedoch nicht ans Ohr. Es muss ein FaceTime-Gespräch sein. Er hält das Display mit etwas Abstand vor sich und lächelt noch breiter, als er das Gesicht der Person sieht.

„Hi, Nudel", sagt er erfreut. „Wird ja Zeit, dass du anrufst."

Nudel?

„Ja, ja", antwortet eine weibliche Stimme und lacht. „Du hättest mich ja auch anrufen können."

Jetzt bin ich neugierig. Ich gehe um den Couchtisch herum, auf dem wir die Kartons falten, und schaue hemmungslos über Kanes Schulter auf das Handy.

Heilige Scheiße.

Nudel ist eine heiße Braut. Hellbraunes Haar, das nach unten hin immer heller wird, in der Mitte gescheitelt ist und ihr über beide Schultern hängt. Sie hat einen gebräunten Teint und blaue Augen. Von dem Hintergrund kann ich nichts sehen, denn sie hält das Handy zu nah an das Gesicht, aber was für ein Gesicht das ist!

Kane deutet mit dem Daumen über seine Schulter. „Das ist mein Teamkamerad Wylde."

Lächelnd winke ich ihr. „Hi, Nudel."

Sie schnaubt und ich sehe ihre weißen Zähne. „Eigentlich heiße ich Mollie. Schön, dich kennenzulernen.“

„Dito, Nudel“, antworte ich mit einem Zwinkern. Ich ziehe mich zurück, um ihnen Privatsphäre zu geben, aber ich werde nicht aus dem Zimmer gehen. Ich greife nach dem nächsten Karton.

„Himmel noch mal, Kane. Hörst du bitte auf, mich Nudel zu nennen? Das ist wirklich lächerlich.“

Ich frage mich, wer die Frau ist. Kane hat keine Schwester, nur zwei jüngere Brüder zu Hause in Kalifornien. Eine feste Freundin hat er auch nicht. Darüber haben wir schon mal gesprochen. Jedenfalls muss sie ihm wichtig sein, denn seine freudige Reaktion sagt alles.

Ich folge dem kurzen Gespräch, in dem es darum geht, dass sie im Oktober durch Arizona reist und ihn eine Weile besuchen kommen will. Sie machen Pläne, reden über gemeinsame Freunde, und er bittet sie, beim Reisen auf sich aufzupassen.

Fünf Minuten später legt er auf und ich frage nach. „Nudel?“

Sein Ausdruck wird irgendwie schmalzig weich. „Den Spitznamen hat sie sich verdient, als sie sich im College bei einer Party so betrunken hat, dass ich sie drei Blocks nach Hause tragen musste. Sie hatte die Körperspannung einer Nudel.“

„Aha.“ Jetzt wird die Sache klarer. „Eine alte College-Flamme.“

„Nein.“ Er schüttelt den Kopf. „Eher meine beste Freundin aus dem College.“

„Dein bester Freund ist eine Frau?“ Nicht, dass

Männer und Frauen nicht befreundet sein können, aber das ist selten und daher überraschend.

„Sie ist einfach nur meine beste Freundin. Punkt. Der Platz an erster Stelle ist ihr erhalten geblieben.“

Ich halte inne, bin jetzt noch erstaunter und versuche, mir zwei unglaublich attraktive Menschen vorzustellen, die einfach nur Freunde sein sollen.

Das ist doch krank.

„Und ihr beide habt nie …“

Er lächelt. „Doch. Einmal im College. Es war Alkohol im Spiel und sie machte gerade eine schlimme Trennung von ihrem Freund durch. Das war aber keine gute Idee, und danach sind wir beide in der Freundezone geblieben.“

Ich setze mich auf seine Couch und runzele die Stirn. „Das verstehe ich nicht.“

Er hebt einen Karton auf. „Was denn?“

„Sie ist eine Schönheit. Und für einen Kerl siehst du auch nicht schlecht aus und du bist Profisportler. Leute wie ihr gehören nicht in die Freundezone.“

„Doch.“

Nein, das kaufe ich ihm nicht ab. „Willst du etwa behaupten, dass du dich kein bisschen zu ihr hingezogen fühlst?“

Er schüttelt den Kopf, doch sein kurzes Zögern sagt alles. „Nein, auf diese Art bin ich nicht an ihr interessiert.“

„Gut zu wissen.“ Ich stehe auf. „Dann kann ich ja mal mein Glück bei ihr versuchen, wenn sie dich besuchen kommt."

Kanes Augen funkeln, und ich erkenne deutlich die Wut darin, die er zu unterdrücken versucht. „Zwing mich nicht dazu, dir in den Arsch zu treten."

„Ich hab's gewusst! Dich hat es schwer erwischt."

„Gar nicht", antwortet er hastig. „Wir sind nur Freunde."

„Beste Freunde", werfe ich ein und lasse nicht zu, dass er sie in eine unwichtige Kategorie steckt. „Echt jetzt, wo ist das Problem? Ihr mögt euch offensichtlich sehr."

Kane seufzt, lässt den Karton fallen und fährt sich mit den Fingern durch die Haare. „Hör zu … es spielt keine Rolle. Wir sind nicht dazu bestimmt, mehr als Freunde zu sein. Denn wir führen ganz klar völlig unterschiedliche Leben."

„Dann ändere das."

„Der Zug ist abgefahren. Sie ist eine reisende Bloggerin. Eine Nomadin. Sie fährt in einem umgebauten Van mit ihrem Hund Samson durch Nord- und Südamerika. Ihr Zuhause befindet sich auf Rädern, und sie fährt hin, wo immer sie gerade hinwill. Sie ist nicht der Typ, der sich niederlässt, und ich bin kein Typ für eine Fernbeziehung."

„Aber …"

Kane hält eine Hand hoch. „Beste Freunde zu sein, funktioniert für uns sehr gut, okay?"

Er will nicht länger darüber reden und ich empfinde Mitleid für ihn. Er liebt seine Nudel, aber wenn sie ihren Lebensstil nicht aufgeben will, weiß ich auch nicht, wie die beiden zusammenkommen können. Es sei denn, Kane würde aufhören zu spielen und mit ihr reisen. Aber er hat noch eine steile Karriere vor sich, und ich glaube nicht, dass er das tun wird. Außerdem ist ja nicht gesagt, dass die Frau genauso für ihn empfindet. Das Ganze ist sowieso rein hypothetisch.

Das bringt mich auf Clarke. Und darauf, dass mich Kane darauf aufmerksam gemacht hat, dass ich seither kein Interesse an anderen Frauen mehr habe. Und das kann ich mir gar nicht erklären, denn natürlich liebe ich Sex. Und zwar oft. Trotzdem interessiere ich mich nur für Clarke, und auch wenn ich alles dafür geben würde, sie ins Bett zu bekommen, ist das irgendwie lediglich ein zweitrangiges Ziel.

Warum nur?

Ich weiß buchstäblich nichts über sie, außer dass sie mein Blut zum Kochen bringt. Und sie passt überhaupt nicht in mein gewöhnliches Beuteschema. Ich glaube, es zieht mich auch stark an, dass sie anscheinend überhaupt nicht von mir angezogen wird. Das macht es zu einer Herausforderung, aber nicht zu einer, die ich unbedingt gewinnen will. Viel eher wünsche ich mir, dass wir beide gewinnen. Aber erst muss ich herausfinden, wie ernst mein Spiel sein soll.

KAPITEL 6

Clarke

Ich glaube, das Buch wird Ihnen gefallen, Mrs. Gerber." Liebevoll verpacke ich mein Lieblingsbuch *Herr der Gezeiten* von Pat Conroy in lavendelfarbenes Papier und klebe einen Sticker mit dem Namen meines Ladens darauf.

Mrs. Gerber war eine meiner ersten Kundinnen und kommt mindestens einmal die Woche und kauft ein weiteres Buch. Neuerdings überlässt sie mir die Wahl und ich empfehle ihr andere Genres. Heute ist es ein literarisches Meisterwerk. Zumindest meiner Meinung nach. Ich habe es bestimmt zwanzigmal gelesen und mein Taschenbuch sieht entsprechend gebraucht und eselsohrig aus.

„Ich freue mich schon darauf, meine Liebe." Sie reicht mir ihre Kreditkarte.

Während ich die Kundin abkassiere, behalte ich zwei Teenagermädchen im Auge, die gerade erst hereingekommen sind. Sie sind in die letzte Reihe der Regale gegangen und kichern. Vielleicht lesen sie Szenen aus einem Liebesroman oder so etwas.

„Clarke", sagt Mrs. Gerber und beugt sich leicht über den Tresen. Leise spricht sie weiter. „Mein Buchclub denkt darüber nach, mal ein anderes Genre zu lesen."

„In welche Richtung?" Ihr Buchclub besteht aus älteren Damen wie sie selbst. Sie treffen sich einmal im Monat, um über Bücher zu reden und in

Kontakt zu bleiben. Bei Kaffee und Kuchen wird neben dem Buchthema gelacht und getratscht.

„Ich weiß nicht so recht", sagt sie leise und winkt mit der Hand voller teurer Ringe und Altersflecken ab. „Wir dachten daran, *Fifty Shades of Grey* zu probieren."

Mir verschlägt es kurz die Sprache. Mrs. Gerber betrachtet mich skeptisch. Ich hüstele und entschuldige mich. *„Fifty Shades*?", wiederhole ich sicherheitshalber. Die Mädchen sind still geworden. Wahrscheinlich spitzen sie die Ohren, um nichts zu verpassen. „Wissen Sie, worum es in dem Buch geht?"

Mrs. Gerber presst die Lippen zusammen und ihr Blick lässt mich ein wenig schrumpfen. „Ich bin alt, aber nicht tot. Natürlich weiß ich, worum es geht, und warum sollte sich eine Frau in meinem Alter nicht dafür interessieren?"

Darauf weiß ich keine Antwort, denn natürlich hat sie recht. Ich habe sie wegen ihres Alters vorverurteilt. Ich gehe um den Tresen herum und an das dritte Regal, wo wenig überraschend die beiden Mädels stehen und mich mit großen Augen ansehen. Schnell suche ich den Roman heraus und gehe mit dem Buch wieder an den Tresen. Dort zeige ich Mrs. Gerber das Hardcover und lasse es in ihre Tasche gleiten. „Wissen Sie was? Das geht aufs Haus. Am besten lesen Sie es erst selbst und entscheiden dann, ob es etwas für den Club ist, und wenn ja, bestelle ich gern die gewünschten Exemplare."

Mrs. Gerber strahlt begeistert. Der *Herr der Gezeiten* wird wohl eine Weile ungelesen bleiben.

Nachdem ich Mrs. Gerber abkassiert habe, gehe ich durch den Laden und prüfe, ob die Laufkundschaft Unordnung hinterlassen hat. Noch zwei Stunden, dann übergebe ich an meine einzige Angestellte. Nina ist schon von Anfang an dabei. Sie ist eine Collegestudentin, die das Studium allein finanzieren muss. Sie übernimmt von dienstags bis samstags den Nachmittag bis zum Feierabend um einundzwanzig Uhr. Sonntags und montags schließe ich um siebzehn Uhr.

Die zwei Mädchen kommen schließlich zwischen den Regalen hervor und das eine hat errötete Wangen und ein Taschenbuch in der Hand. Ich erkenne das Buch schon von Weitem und finde es süß, dass sie sich anscheinend dafür schämt. Natürlich kenne ich den wahren Grund für ihre Scham nicht. Vielleicht schämen sie sich generell, weil sie sich einen Liebesroman kaufen, was ich allerdings unnötig finde. Sollte es ihr erster sein, kommen sie morgen möglicherweise wieder und kaufen einen weiteren. Vielleicht ist es wegen der Sexszenen und es ist wie Aufklärung für sie. Wer weiß das schon. Als ich in ihrem Alter war, habe ich die Liebesromane aus Moms Schrank gelesen und so alles über die Bienen und Blumen gelernt. Vielleicht liegt es auch daran, dass sie mitbekommen haben, wie eine alte Frau nach *Fifty Shades* gefragt hat und stolz darauf war.

An der Kasse plaudere ich mit ihnen und biete

an, noch weiteren Lesestoff dieser Art zu empfehlen, falls ihnen das Buch gefällt. Als sie gehen, sage ich wie immer zu meinen Kunden: „Vielen Dank für Ihren Einkauf bei uns. Ich würde mich freuen, wenn Sie wiederkommen würden."

Der Buchladen macht mich nicht reich. Und ehrlich gesagt, verdiene ich mehr an den anderen Artikeln als an den Büchern. Heutzutage lesen die Leute digital oder laden sich Hörbücher herunter. Die Nachfrage nach greifbaren Büchern hat stark nachgelassen, aber ich liebe mein kleines Stück Himmel für alle, die beim Lesen gern Seiten umblättern.

Die Türklingel erschallt wieder und ich drehe mich zu dem nächsten Kunden um. Dann trifft mich fast ein körperlicher Schlag, als ich Aaron Wylde sehe, zwanglos gekleidet, selbstbewusst und höllisch heiß.

Absolut außerhalb meiner Liga.

Er trägt Cargo-Shorts, ein blaues T-Shirt und Flip-Flops. Sein welliges blondes Haar fällt ihm jungenhaft in die Stirn und seine Kinnpartie zeigt einen leichten Bartschatten. Seit dem Hochzeitsdate am Samstag habe ich nichts mehr von ihm gehört, außer einer kurzen Nachricht mit der Frage, ob ich gut nach Hause gekommen sei. Als ich ihm dies bestätigte, antwortete er nur noch: *Wunderbar. Dann bis nächsten Samstag. Ich schicke dir noch mehr Infos.*

Ehrlich gesagt, hat es etwas an mir genagt, dass das alles war, was ich von ihm hörte. Fairerweise muss man allerdings bedenken, dass ich ihm keine Signale gegeben habe, an ihm interessiert zu sein. Was ich auch gar nicht bin.

Doch er ist dermaßen beharrlich gewesen, dass ich mit ihm ausgehen sollte, dass er mir sogar eine Falle stellte. Und da hätte ich etwas mehr Anstrengung von ihm erwartet. Daher glaube ich, dass er tatsächlich nichts Besonderes an mir findet und mein Desinteresse an ihm gern hinnimmt.

Was er auch tun sollte.

Trotzdem kratzt es natürlich am Selbstbewusstsein einer Frau.

Ich bin erstaunt, ihn nun völlig unerwartet in meinem Laden zu sehen. Nach drei Tagen ohne jegliche Kommunikation.

Nicht, dass ich welche erwartet hätte, denn ich bin ja nicht an ihm interessiert.

Gut, ich habe oft an ihn gedacht.

Aber nicht allzu oft.

In Gedanken habe ich alles noch einmal durchgespielt, was er vorigen Samstag gesagt und getan hat. Ich habe alles übertrieben und haarklein analysiert, um Anzeichen zu finden, dass es sich bei ihm um ein *Arschloch als Folge von Berühmtheit* handelt. Diese Krankheit oder dieser geistige Defekt befällt Menschen, die glauben, sich wegen ihres Ruhms oder Reichtums wie Arschlöcher benehmen zu dürfen.

Das kann ich bei Aaron zwar nicht entdecken, aber wahrscheinlich hat er mir bisher nur seine beste Seite gezeigt. Vielleicht ändert sich das jetzt.

„Was machst du denn hier?", frage ich. Kein bisschen schnippisch, sondern erstaunt freundlich. Genau so fühle ich mich auch gerade.

Er grinst mich neckend an. „Du hast mir auch gefehlt."

„Das habe ich nicht gesagt."

„Nein, aber ich weiß zufällig, dass ich ziemlich charmant und witzig bin. Bestimmt hast du mich auch ein bisschen vermisst."

„Leider nicht." Ich versuche, nicht grinsend die Lippen zu verziehen. Er hat recht, er ist charmant und witzig, das muss man ihm lassen.

Er dreht sich zu den Regalen um. „Eigentlich wollte ich ein Buch kaufen. Ich sollte mir wirklich wieder Zeit zum Lesen nehmen."

Aaron verschwindet im ersten Gang. Ich spüre den Drang, ihn zu warnen. „Falls du denkst, dadurch kriegst du mich ins Bett, kann ich dir gleich sagen, dass das nicht klappen wird."

Er schnaubt, sagt aber nichts dazu.

„Brauchst du Hilfe?", frage ich. Ich gehe auf ihn zu und bin unsicher, was ich jetzt tun soll. Wäre er ein normaler Kunde, würde ich ihm folgen und ihn beraten. Aber er ist kein normaler Kunde, und ich will nicht den Eindruck erwecken, auf irgendeine Art und Weise an ihm interessiert zu sein.

„Nein, danke", antwortet er entschlossen, um mir zu signalisieren, dass er meine Hilfe und Beratung wirklich nicht will.

Verwirrend.

Ich beschließe, nicht weiter auf ihn zu achten,

und beschäftige mich stattdessen mit einem Regal voll Bilderrahmen verschiedener Größe. Ich sortiere sie neu. Eine völlig sinnlose und unnötige Arbeit. Dabei spitze ich die Ohren nach Aaron.

Schließlich entscheide ich, lieber etwas Sinnvolles zu tun, gehe hinter den Tresen und starte den Laptop. Ich öffne die Warenbestandsliste und beginne, Nachbestellungen zu erfassen.

Nach ungefähr zehn Minuten kommt Aaron mit einem Buch in der Hand zwischen den Regalen hervor. Ich kann den Titel nicht erkennen. Er geht in die Leseecke und setzt sich auf einen der bequemen Sessel.

Jetzt erkenne ich das Buch am Umschlag. Es ist kein Klassiker, sondern der Mystery-Thriller *Intensity* von Dean Koontz. Eins meiner Lieblingsbücher.

Ich sehe zu, wie er liest und vorsichtig die Seiten umblättert. Nach ungefähr der fünften Seite sieht er auf und mich an. Ich erröte und senke schnell den Blick auf den Laptop, muss jedoch wieder hochsehen, als er mich anspricht.

„Ist es okay, wenn ich hier eine Weile sitze und lese?"

„Natürlich", antworte ich schnell.

„Ich dachte nur, weil du mich so lange angesehen hast, dass ich vielleicht etwas falsch mache."

„Nein." Ich schüttele so heftig den Kopf, dass mir fast die Brille von der Nase rutscht. „Dafür ist die Leseecke ja da. Damit man prüfen kann, ob einem das Buch gefällt, bevor man es kauft."

Aaron grinst und senkt den Blick auf das Buch.

Gott, warum muss er nur so heiß aussehen, wie er da sitzt, Dean Koontz liest und mich vollkommen ignoriert? Dabei ist mir klar, dass er das nur tut, um cool und mysteriös zu wirken, weil er glaubt, damit mein Interesse zu wecken.

Das mag stimmen, aber ich werde es ihm nicht verraten.

Aaron sitzt ungefähr zwanzig Minuten da, liest und genießt hoffentlich das Gruselige an Koontz.

Dann schlendert er zu mir an den Tresen. Ich schiebe den Laptop zur Seite und schaue auf das Buch in Aarons Hand. „Wie gefällt es dir?"

„Gut." Er legt es auf den Tresen. „Ich nehme es."

„Wunderbar", sage ich fröhlich und freue mich, dass ich wenigstens Umsatz mache als Ausgleich für die Nervosität, die er in mir auslöst. „Ist das dein erster Koontz?"

„Ja. Tatsächlich sogar mein erstes Buch seit Langem. Ich weiß gar nicht, wieso ich mit dem Lesen aufgehört habe. Jedenfalls ist es Jahre her."

„Wahrscheinlich würde deinem Vater das Genre nicht gefallen, wo er dir doch die Klassiker nähergebracht hat."

Sofort bereue ich die persönliche Bemerkung, als ich so etwas wie Verbitterung in seinen Zügen sehe. Doch schnell hat er sich wieder im Griff und ich könnte es mir auch eingebildet haben.

Aaron geht jedoch nicht auf seinen Vater ein. „Magst du heute mit mir zum Abendessen ausgehen?", fragt er stattdessen.

„Sorry", antworte ich und scanne den Barcode des Buches. „Ich habe schon etwas vor."

„Ein Date?"

„Geht dich das irgendetwas an?" Das hat schnippisch geklungen, aber es ist die Rache dafür, dass er hier aufgetaucht ist und mich durcheinandergebracht hat.

Aaron zuckt mit den Schultern. „Nicht wirklich, aber mich interessiert meine Konkurrenz."

„Ich bin aber keine Trophäe", erwidere ich. Hauptsächlich, um zu verbergen, dass er mich mit seinen unterschwelligen Komplimenten berührt.

Aaron stützt sich mit einem Arm auf den Tresen. „Weißt du, wenn man bedenkt, wie viele Körbe du mir schon gegeben hast, muss ich zugeben, dass du echt keine Trophäe bist."

Ich blinzele wie eine Eule und versuche einzuordnen, ob er nur Spaß macht oder ob das eine Beleidigung ist. Sein Ton ist locker und seine Augen funkeln vergnügt. Er scheint es nicht böse zu meinen, doch ich weiß selbst am besten, dass Menschen nie ihr wahres Gesicht zeigen. Das geschieht erst später, nachdem ein gewisses Vertrauen hergestellt wurde.

„Ich muss wohl ein Masochist sein", sagt er und nimmt den Arm vom Tresen. „Denn ich bin entschlossen, dich dazu zu bringen, mich zu mögen, Clarke Webber."

Ich schnaube, stecke das Buch in eine Tüte und nehme die Kreditkarte aus seinen Fingern. Ich gönne ihm etwas und werfe ihm einen verbalen

Knochen hin. „Nun ja, wenn es hilft … es ist nicht so, dass ich dich nicht mag.“

„Nein, aber du traust mir kein bisschen.“

Jetzt wird klar, dass er nicht nur mit mir flirtet. Er ist ein aufmerksamer Beobachter mit einer guten Intuition.

„Sorry“, antworte ich, was nicht wirklich entschuldigend klingt. Mit einem gleichgültigen Schulterzucken gebe ich ihm die Karte zurück und schiebe ihm die Quittung zu, die er unterschreiben muss. „Das ist wohl eine Schwäche von mir.“

Aaron schließt den Kauf ab, nimmt die Tüte mit dem Buch und tritt vom Tresen zurück. „Es spricht nichts dagegen, vorsichtig zu sein, Clarke. Vielleicht verrätst du mir irgendwann, warum du so derartig misstrauisch bist.“

„Vielleicht“, murmele ich nachdenklich.

Er hebt zum Abschied grüßend die Hand. „Bis morgen.“

Ich lächele und dann wird mir bewusst, was er gesagt hat. „Morgen?“

Er schenkt mir ein Lächeln von einigen Megawatt, das mir Schmetterlinge im Bauch verursacht. „Dann kaufe ich wieder ein Buch.“

Und damit verlässt er den Laden.

KAPITEL 7

Ich fahre vor Clarkes Haus im Stadtviertel namens Coronado vor. Ich betrachte es als Etappensieg, dass sie mir ihre Adresse gegeben hat, damit ich sie zur Hochzeit von Dax und Regan abholen kann.

Dafür habe ich mich sehr anstrengen müssen. Vier Tage hintereinander bin ich im Laden gewesen, sprach mit ihr über die Bücher, die ich las, und an einem Nachmittag half ich ihr, neue Bücher in die Regale zu sortieren, die von UPS geliefert worden waren. In diesen Tagen hat sich Clarke schrittweise immer mehr für mich erwärmt. Das Interesse an ihrem Laden muss ich nicht vortäuschen. Es war keine Strafe für mich, mir ein Buch herauszusuchen und mich darin zu versenken.

Natürlich gab ich auch nicht vor, nichts von ihr zu wollen. Ich flirtete ständig schamlos mit ihr, lernte sie näher kennen, sprach zwischen den Kundenberatungen über das Buch, das ich abends las, und versuchte, ihr persönliche Informationen zu entlocken.

Clarke spielt nicht die Unnahbare, doch sie hält stets eine gewisse Distanz. Ich habe schnell herausgefunden, dass sie etwas Schlimmes erlebt haben muss, dass sie Männern derartig misstraut. Dennoch ist sie unter meiner ständigen Aufmerksamkeit langsam wie eine Blume aufgeblüht, Blütenblatt für Blütenblatt.

Ich konnte ein paar Dinge über sie herausfinden.

Beispielsweise, dass sie superklug ist. Sie hat einen Abschluss in Englisch und Kommunikation.

Ihr Lieblingsbuch ist *Wer die Nachtigall stört*.

Sie stammt aus San Diego und ihre Eltern sind nach Phoenix gezogen, als Clarke drei Jahre alt war. Sie wohnen nicht weit von ihr entfernt und sie hat ein gutes Verhältnis zu ihnen.

Ihre beste Freundin hat nach einer Scheidung so viel Vermögen zugesprochen bekommen, dass sie nie wieder arbeiten gehen muss. Trotzdem würde sie gern etwas tun, hat aber noch nichts gefunden, was sie mit Leidenschaft ausführen würde. Ich habe sie erst ein Mal gesehen, als sie in Designer-Work-out-Klamotten im Laden erschien, gekonnt geschminkt war und verdammt gut aussah.

Trotzdem ist mir Clarkes natürliche Schönheit lieber.

Das Schönste aber ist jetzt, dass Clarke mir trotz ihrer Reserviertheit inzwischen genug vertraut, dass sie mir ihre Adresse gegeben hat, damit ich sie abholen kann. Sie wohnt im historischen Teil von Coronado in einem kleinen Backsteinbungalow an der 8th Street. Ich halte am Bordstein an, schalte den Motor meines Pick-ups aus und genieße noch kurz die kühle Luft der Klimaanlage. Dann steige ich aus, in die trockene Sommerhitze, die mir stets kurz den Atem raubt, wenn sie mir ins Gesicht schlägt.

Ich gehe um die Motorhaube herum auf den Bürgersteig, da kommt Clarke auch schon aus dem Haus und schließt die Tür ab. Ein Moment, in dem ich innehalte und sie betrachte. Wieder gehen wir auf eine Sommerhochzeit, also trägt sie ein Kleid in Pastellfarben. Es ist weiß, mit großen gelben und rosa Blüten bedruckt und schwingt um ihre Waden herum. Dazu trägt sie goldene Sandalen mit spitzen Absätzen, was sexy aussieht.

Doch ganz nach ihrem Motto, sich lieber zu verstecken, ist sie kaum geschminkt, hat die Haare zu einem Knoten hochgesteckt und die große Brille sitzt wie eine Kampfrüstung auf ihrer Nase. Als sie mich sieht, schiebt sie die Brille mit dem Zeigefinger hoch. Diesen Moment möchte ich nie vergessen, denn mir wird klar, dass Clarke ihre Schönheit und Sinnlichkeit niemals verstecken kann, egal wie sehr sie es versucht.

Ich kann es nicht lassen, sie ein bisschen zu necken. „Du lässt mich nicht in dein Haus?"

Das bringt sie aus der Fassung und sie stolpert fast auf der untersten Stufe der Vordertreppe. Ich bin zu weit entfernt, um sie aufzufangen, doch glücklicherweise fängt sie sich und schiebt die Brille wieder hoch. Das scheint mehr eine Gewohnheit zu sein als wirklich nötig.

„Wozu auch?", fragt sie misstrauisch.

„Äh, wegen höflicher Manieren?" Ich lache. „Die meisten Frauen warten im Haus auf ihr Date, das sie dann nach draußen eskortiert."

„Ich bin nicht wie die meisten Frauen."

„Das stimmt, Ma'am." Ich lege ihre Hand in meine Armbeuge und führe Clarke zu meinem Wagen. „Darf ich sagen, dass du heute ausgesprochen reizend aussiehst?" Die Sonne steht bereits tief, taucht alles in ein warmes Licht und lässt Clarkes Haut an den Armen schimmern. Am liebsten würde ich mit ihr statt auf eine Hochzeit zu einem Mondscheinpicknick an einem Teich voller Seerosen gehen, wo im Hintergrund die Grillen zirpen. Oder zu irgendeinem anderen romantischen Scheiß. Das ist seltsam, denn ich bin der unromantischste Kerl der Welt. Aus einem unerfindlichen Grund erweckt Clarke solche Gedanken in mir. Das macht mir ein wenig Angst. Ich bewege mich weit außerhalb meiner Wohlfühlzone, freue mich aber trotzdem auf den Abend.

Als wir an meinem Allradwagen ankommen, betrachtet Clarke besorgt das Trittbrett, das ziemlich hoch ist.

„Deine Kutsche steht bereit", scherze ich weiter und schwinge präsentierend den Arm.

Clarke lacht. Ich öffne die Tür, sie setzt einen Fuß auf das Trittbrett und hält sich an der Tür fest, während ich ihre andere Hand nehme und ihr hinauf helfe. Mit einem kleinen Hüpfer landet sie auf dem Sitz und schiebt zimperlich ihr Kleid unter ihre Schenkel.

***

Der Abend macht viel Spaß. Clarke lässt sogar ihr Haar herunter, wenn auch nur im übertragenen

Sinn. Ich würde viel darum geben, wenn ich es endlich einmal in voller Länge sehen könnte. Wie weit es ihr wohl auf den Rücken reicht?

Die meisten vom Team sind zu dieser Hochzeit gekommen, genau wie zu Erik und Blues Vermählung letzte Woche. Dax und Regan ließen sich auf ganz andere Art in einer freireligiösen kleinen Kirche trauen. Alles war traditionell gehalten und mit allem Drum und Dran. Das mochte seltsam erscheinen, da die beiden bereits ein paar Monate verheiratet sind. Aber diese Ehe ist auf ungewöhnliche Art zustande gekommen. Dax heiratete Regan, um ihr die amerikanische Krankenversicherung zu ermöglichen, da sie eine seltene Blutkrankheit hat. Danach haben sie sich ineinander verliebt, und jetzt schenkt Dax ihr die Hochzeit, die sie sich immer gewünscht hat.

Zumindest hat Tacker es mir so erzählt, der es von seiner Frau Nora erfahren hat und die wiederum direkt von Regan.

Regan trägt ein klassisches weißes Hochzeitskleid, in dem sie wie eine Märchenprinzessin aussieht. Dax trägt einen eleganten Smoking. Sie haben nicht viele Leute neben sich. Regan hat Willow, Dax' Schwester, als Brautjungfer ausgesucht. Wobei man den Jungfernteil mit Sicherheit streichen kann, denn gleich nachdem wir den Stanley Cup gewonnen haben, ist Willow mit Dominik Carlson nach Vegas durchgebrannt. Seitdem waren sie auf ausgedehnter Hochzeitsreise auf den Malediven und sind erst gestern für diese Hochzeit wiedergekommen.

Dax hat Legend Bay, unseren Torhüter, als Trauzeugen gewählt, was spaßige Diskussionen zwischen Bishop und Erik hervorrief, die sich beide für genauso gute Kandidaten hielten. Vor zehn Minuten, als ich ging, um Clarkes und mein Glas nachzufüllen, waren die beiden immer noch mit diesem Thema beschäftigt.

Die Hochzeitsfeier findet in einem noblen Country Club statt, in dem Dax und Regan zwar keine Mitglieder sind, der jedoch kein Problem damit hat, den Club an einen Vengeance-Superstar zu vermieten. Man hat sich selbst übertroffen mit einem Surf-and-Turf-Dinner, einer Bar und einer Liveband mit Tanz.

Das Einzige, was die beiden Hochzeiten gemeinsam haben, ist, dass Dax ebenfalls den Cup bei seiner Feier dabei hat. Man hat ihn mit Champagner gefüllt und das Brautpaar tauchte die Gläser für den ersten Trinkspruch hinein.

Clarke und ich sitzen an einem Tisch mit Tacker, Nora, Bishop und Brooke. Erik und Blue befinden sich noch auf ihrer Hochzeitsreise. Legend und Willow sitzen mit ihren Partnern am Tisch des Brautpaars.

Nach dem Dinner verteilen sich die Gäste locker oder tanzen zu den erstklassigen Coversongs der Band. Der traditionelle erste Tanz des Brautpaares fand zu Peter Framptons *Baby, I Love your Way* statt.

Momentan sitzt Clarke mit Pepper und Willow

an unserem Tisch und sie unterhalten sich ange-
regt. Pepper schreibt Kinderbücher und Willow ist
Fotojournalistin. Ich habe mir schon gedacht, dass
die drei sich gut verstehen würden, und ich hatte
recht.

Es war cool, als ich eins von Peppers Büchern in
einem Regal bei Clarke gefunden habe und sie hin
und weg gewesen ist, dass ich die Autorin kenne.
Clarke fragte mich auf dem Weg hierher, ob es
peinlich wäre, Pepper zu fragen, ob sie zu einer
Signierstunde in den Laden kommen würde. Ich
versicherte ihr, dass das völlig okay sei. Ich bin
sicher, dass Pepper sehr gern kommen würde.

Wir Männer stehen zusammen neben dem Tisch
und sprechen immer wieder vom Stanley-Cup-
Finale, denn das Spiel ist erst drei Wochen her und
wir sind immer noch begeistert.

Ein langsamer Song wird gespielt. Ich kenne ihn
nicht, aber Tacker wendet sich mitten im Satz von
mir ab und unterbricht Noras Unterhaltung mit
Brooke, indem er Nora vom Tisch fortholt.

Ich sehe zu Clarke. Bis jetzt hatte ich sie noch keine Sekunde für mich allein. Diese Hochzeitsfeier
ist der ungeeignetste Ort für ein Date, da sie ein
gesellschaftliches Event ist und Clarke die Gäste
schon von voriger Woche kennt. Sie ist ein extro-
vertierter Mensch, was ich schon in ihrem Laden
bemerkt habe, wo sie die Kunden anspricht und
interessante Gespräche führen kann. Und jetzt
spricht sie schon die ganze Zeit mit den Frauen.
Willow hat sie als Einzige noch nicht kennenge-

lernt.

Als ich sehe, wie Tacker Nora beim Tanzen an sich zieht, wird mir klar, dass das die beste Gelegenheit wäre, Clarke für mich allein zu haben. Ich habe nicht vergessen, dass sie deutlich gemacht hat, lediglich für die beiden Hochzeiten zur Verfügung zu stehen.

Ich gehe um den Tisch herum hinter Pepper, sodass Clarke mich sieht, und schenke ihr mein charmantestes Lächeln. Sie hebt den Blick zu mir, sodass sich Pepper und Willow umdrehen, um zu sehen, was sie sieht.

Ich halte ihr meine Hand hin. „Magst du tanzen?"

Ich bin darauf vorbereitet, dass sie *„Nicht wirklich"* antwortet. Was ein Scherz sein könnte oder auch die Wahrheit. Doch zu meiner Freude legt sie ihre Hand in meine und erhebt sich anmutig vom Stuhl.

Auf dem Weg zur Tanzfläche spüre ich förmlich die neugierigen Blicke im Rücken. Heute hat mich fast jeder Spieler zur Seite gezogen und darauf angesprochen, dass ich mit ein und derselben Frau zweimal erschienen bin. Die Jungs ziehen mich gnadenlos auf und die Frauen werfen mir verträumte, romantisch gefärbte Blicke zu. Brooke hat mir sogar erzählt, wie sehr sie Clarke mag und dass sie hofft, dass wir zusammen glücklich werden.

Ich habe nicht die Courage, ihnen zu sagen, dass Clarke lieber gar nicht hier wäre, Männer eigentlich nicht leiden kann und ich sie höchstwahrscheinlich nie wiedersehen werde.

Doch zumindest habe ich diesen Tanz bekommen.

Die Tanzfläche füllt sich mit weiteren Paaren und ich führe Clarke direkt in die Mitte. Als Defenseman kann ich auf dem Eis recht ungestüm sein, aber trotzdem bin ich ein geschmeidiger Tänzer. Zwar mag ich einen schnelleren Rhythmus, aber es geht nichts über eine schöne Frau in den Armen bei einem langsamen Tanz.

So nah sind wir uns bisher noch nie gekommen. Ich nutze die Situation aus, lege einen Arm um sie und ziehe sie eng an mich. Mit der anderen Hand ergreife ich ihre und Clarke legt ihre Hand auf meine Schulter.

Erst schaut sie mich nicht direkt an. Sie blickt herum, tut so, als interessierte sie sich für ihre Umgebung und lächelt die Leute neben uns an. Das ist okay. Zumindest für den Moment. Ich sehe sie gern an. Obwohl die Brille einen großen Teil ihres Gesichts verdeckt, ist noch genug Schönheit zum Bewundern vorhanden.

„Also", sage ich und sie sieht mich an. „Bleibst du wirklich hartnäckig dabei, nach diesem Abend nie wieder mit mir auszugehen?"

Überrascht blinzelt sie. „Du willst noch einmal mit mir ausgehen?"

Sie klingt so ehrlich erstaunt, dass ich einen Moment darüber nachdenke. Die Frage ist mir ganz spontan über die Lippen gekommen und jetzt wundere ich mich selbst darüber. Clarke hat mich stets auf Abstand gehalten. Ich musste sie praktisch dazu zwingen, mit mir auszugehen, und momentan besteht nicht einmal die Aussicht auf Sex. Was ehrlich gesagt immer mein Hauptziel ist, wenn ich mich mit einer Frau verabrede.

Dennoch gebe ich offen zu: „Ja, ich würde sehr gern wieder mit dir ausgehen. Ohne, dass ich erst eine Wette gewinnen muss.“

Ihr Blick schweift wieder über die Umgebung. Sie beißt sich auf die Unterlippe und denkt offenbar über meine Aussage nach. Ich spüre, dass dieses Umfeld Teil ihres Zögerns ist.

„Hey“, sage ich, nehme den Arm von ihrer Taille und hebe ihr Kinn an, damit sie mir in die Augen sieht. „Erzähl mir bitte, was dich abhält. Ich merke doch, dass da etwas Bestimmtes ist.“

Sie hält meinen Blick und überrascht mich mit schonungsloser Offenheit. „Mir ist etwas in aller Öffentlichkeit passiert. Mit einem Promi. Es war furchtbar verletzend und unglaublich peinlich. Deswegen tendiere ich leider dazu, alle berühmten Menschen – Prominente, Sportstars, was auch immer – in diese Kategorie zu stecken. Ich weiß, dass das ungerecht ist. Unfair. Aber ich halte mich einfach lieber zurück, anstatt mich mit einem Promi einzulassen, der diese Art Macht über mich hat und mich derartig verletzen könnte.“

Ich bin so erstaunt, dass ich innehalte und aufhöre zu tanzen. Mit beiden Händen fasse ich um ihre Taille, damit sie nicht weglaufen kann. „Was genau ist passiert?“, frage ich besorgt.

Sie seufzt tief und schüttelt den Kopf. „Das kann ich dir hier jetzt nicht …“

Okay, das reicht. Ich nehme ihre Hand und führe sie von der Tanzfläche.

„Wohin willst du?“, will sie wissen und muss fast joggen, um mit meinen großen Schritten mitzuhalten.

„In eine stille Ecke, in der wir reden können.“

Ich führe sie zu unserem Tisch, damit sie ihre Handtasche mitnehmen kann. Brooke, Pepper und Willow sitzen noch dort und lächeln uns an. Ich weiß nicht, was sie von meinem Gesicht ablesen, doch Pepper spricht mich an.

„Alles okay?“

Ich lächele beruhigend, aber Clarkes ominöse Worte nagen an mir. Obwohl ich sie kaum kenne und keine Ahnung habe, was ihr passiert ist, plane ich bereits den Tod des Mannes, der ihr so wehgetan hat.

Merkwürdig.

„Alles okay“, versichere ich Pepper und ziehe Clarke an meine Seite. „Wir gehen jetzt irgendwo noch einen Kaffee trinken oder so.“

Die Frauen sehen mich erstaunt an. Wahrscheinlich denken sie, ich wäre übergeschnappt, weil es unwahrscheinlich ist, dass Aaron Wylde jemals mit einer Frau Kaffee trinkt, außer bevor er sie am Morgen danach aus seinem Bett wirft.

„Bis irgendwann mal“, sagt Clarke in die Runde.

„Ich komme nächste Woche in deinen Laden“, verspricht ihr Pepper. „Und dann reden wir über die Signierstunde.“

„Oh, das wäre wunderbar“, antwortet Clarke dankbar.

„Grüßt Dax und Regan von uns“, sage ich und reiche Clarke ihre kleine Handtasche. Dann liegt ihre Hand wieder in meiner, und wir gehen aus dem Club, um einen stilleren Ort zum Reden zu finden.

KAPITEL 8

Clarke

Eigentlich will ich Aaron nicht erzählen, was mir passiert ist. Es ist so schmerzhaft und erniedrigend, dass ich schon bei der Erinnerung daran Magenschmerzen bekomme.

Aber etwas hat sich in mir geändert, als Aaron diese Woche ständig in den Laden kam. Manchmal nur, um still bei mir zu sitzen. Ich habe erkannt, dass Aaron nicht nur eine weitere Eroberung machen will. Man sehe ihn sich nur einmal an! Er braucht lediglich mit dem Finger zu schnippen, und schon kommen Hunderte schöne Frauen angerannt. Ich habe den Fehler gemacht, ihn zu googeln, um mehr über seinen Sport zu erfahren, und erfuhr am Ende Dinge über ihn, die ich gar nicht wissen wollte. Er ist der Team-Playboy. Viele der Spieler sind in festen Händen und Aaron ist der Anführer der Singles. Ich konnte die vielen Fotos von ihm mit verschiedenen Frauen gar nicht zählen.

Allerdings bin ich zu dem Schluss gekommen, dass er aufrichtig an mir interessiert sein muss. Deshalb schulde ich es ihm, die Wahrheit zu sagen. Er soll wissen, warum es höchstwahrscheinlich nichts mit uns beiden werden wird, weil ich ihm einfach nicht vertrauen kann. Er muss erfahren, dass es nicht an ihm liegt, sondern an mir. Also werde ich meine Würde noch einmal hintenanstellen, die schrecklichen Erinnerungen hochholen und alles auf den Tisch legen.

Aaron hält weiterhin meine Hand, dann hilft er mir in seinen riesigen Wagen, nimmt selbst Platz und startet den Motor.

„Wo möchtest du hinfahren?"

Ich lächele und deute auf das Armaturenbrett. „Dreh die Klimaanlage auf und wir können einfach hier reden."

„Wir können aber auch gern in eine Bar gehen oder in ein Café, wenn du magst."

„Ich wäre lieber nicht in der Öffentlichkeit, wenn ich darüber rede, denn es ist nicht angenehm für mich."

„Und du willst nicht vor anderen Leuten heulen, nehme ich an."

Ich sehe ihn ernst an. „Ich heule deswegen nicht mehr. Deshalb ist es aber trotzdem nicht schön und definitiv kein Gespräch, das ich bei einer Tasse Kaffee oder einem Glas Wein führen will."

Ordentlich in den Senkel gestellt, gibt Aaron nach. „Es tut mir leid. Ich wollte es nicht auf die leichte Schulter …"

„Nein!" Ich lege eine Hand auf seinen Arm. „Mir tut es leid. Ich hätte dich nicht so anfahren sollen. Wie du siehst, regt mich das Ganze einfach auf."

Aaron lehnt sich an die Fahrertür und sieht mich prüfend an. Dann macht er eine Handbewegung, dass ich fortfahren soll. „Dann sprich es dir von der Seele, hier im Auto, und du kannst allen Emotionen freien Lauf lassen. Nur ich bin Zeuge und werde alles mit ins Grab nehmen."

Das bringt mich zum Grinsen. „Ich wünschte, du wärst nicht so ein netter Kerl. Das macht alles viel schwerer."

Er lächelt nur, zeigt mir, dass er die Geduld hat, sich meine Geschichte anzuhören. Ich hole tief Luft und tauche in meinen Schmerz ein.

„Kennst du die Sendung *Celebrity Proposal*?" Sein ratloses Gesicht gibt mir die Antwort, also erkläre ich es ihm. „In dieser Sendung trifft sich ein berühmter Single mit ganz gewöhnlichen Frauen. Das Ziel ist, sich in eine zu verlieben und ihr einen Heiratsantrag zu machen."

Aaron runzelt die Stirn. „Ist das dein Ernst?"

„Leider ja. Das ist eine der Top-Sendungen der Fernsehgeschichte. Sie basiert auf dem alten Schema armes Mädchen, reicher Prinz. Nur dass der Prinz heutzutage ein Promi ist."

Aarons Stirnfalte wird noch tiefer. „Es entgeht mir nicht, dass diese Beschreibung auf uns beide zutrifft, auch wenn ich dich nicht als *gewöhnlich* bezeichnen würde. Aber ich verstehe das Prinzip der Sendung."

Ich nicke und verknote die Finger ineinander. „Genau. Veronica und ich gingen aus Spaß zu einem Casting. Ich war sicher, dass sie genommen werden würde, denn auch wenn es sich bei den Kandidatinnen um gewöhnliche Frauen handelt, sind sie das nicht wirklich. Es sind immer die schönsten Frauen, die man in Amerika nur finden kann."

„Aber das bist du auch. Natürlich auf eine unkonventionelle, auffällige Weise."

Aaron hat keine Ahnung, dass er den Nagel auf den Kopf getroffen hat. Genau deshalb wurde ich für die Show genommen. Und heftig erniedrigt, aber ich bin so geschmeichelt, dass Aaron mich schön findet, dass ich nicht darauf eingehe.

„Jedenfalls war ich jung, dumm und total von den Produzenten überwältigt, als sie mich als Kandidatin angenommen haben. Am Anfang war ich zögerlich, aber dann ließ ich mich von den Versprechungen verführen. Es sei das Erlebnis meines Lebens und wahre Liebe siege immer und so weiter. Damals war ich eine Romantikerin."

Heute bin ich nicht mehr so romantisch, was Aaron wahrscheinlich an meinem verbitterten Tonfall erkennt.

„Also hast du an der Sendung teilgenommen?"

„Ja." Ich senke den Blick auf meine Hände. „Zehn Frauen in einem Haus. Der Promi machte mit uns Gruppendates, dann einzelne, und jede Woche warf er eine der Kandidatinnen raus."

Aaron verzieht den Mund. „Autsch."

Mir entkommt ein Lachen. „Ja. Ich war sicher, eine der Ersten zu sein, die fliegt. Ich sah nicht wie die anderen Frauen aus. Benahm mich auch nicht so. War viel stiller. Wollte keine Aufmerksamkeit erhaschen. Sprach lieber über Politik statt Mode. Ich habe da überhaupt nicht reingepasst."

„Ich nehme an, du bist trotzdem nicht sofort rausgeflogen." Ich höre ihm an, dass er Schlimmes ahnt. Nur nicht, wie schlimm.

„Ich kam unter die letzten vier." Ich muss wieder den Blick senken. „An diesem Punkt folgt dann ein Übernachtungsdate, wie es die Produzenten nannten. Das bedeutet, es könnte intim werden. Was gut für die Zuschauerquoten ist, also sollten wir uns nicht zurückhalten."

Aaron sieht aus, als ob ihm nicht wohl dabei wäre, doch jetzt gibt es kein Zurück mehr. Ich muss ihm den widerlichen Rest auch noch erzählen.

Ich sehe ihn an. „Damit du es weißt, für mich war das kein Schauspiel. Ich hatte echte Gefühle für ihn. Und ich dachte, sie werden erwidert. Es hat sich wirklich so angefühlt."

„Ich kann dir den Rest ersparen", bietet Aaron mir an. „Ihr zwei wurdet intim und dann hat er dich rausgeworfen."

Wenn es nur so einfach gewesen wäre. „Er hat mich entjungfert."

Aaron spannt sich an und sein Ausdruck ist geradezu angsteinflößend.

„Und ja, er hat mich aus der Sendung gewählt. Aber das war nicht der erniedrigende Teil."

„Ich bin nicht sicher, ob ich den noch wissen will", knurrt Aaron.

Pech gehabt. Er soll mich verstehen. „An dem Abend, an dem er mich rausgeworfen hat, ist er mit Freunden einen trinken gegangen. Er hat ihnen alles über unsere Nacht erzählt. Dass ich noch Jungfrau war, nicht wusste, was ich da tat, und es so schrecklich war, dass er mich nicht mehr um sich haben konnte. Und er sagte, dass er mich eigentlich schon in der ersten Woche rauswerfen wollte, die Produzenten aber Druck ausübten und sagten, ich sei wichtig für die unterdurchschnittlichen Zuschauer und damit wichtig für die Quoten.“

„Verdammte Scheiße! Aber woher weißt du das alles?“

„Weil einer seiner Kumpel das mit dem Handy gefilmt hat. Nach der Sendung ging es auf allen Klatschkanälen viral. Und obwohl er eine andere dieser Frauen gewählt und später sogar wirklich geheiratet hat, wurde ich zum Negativ-Star aus dieser Staffel der Sendung. Es existiert sogar ein furchtbares Meme im Netz von mir. Mein Gesicht, als er mich rauswarf, und darunter steht: *Es könnte schlimmer sein. Eine Nacht mit Clarke!*“

„Das ist das Krankste, was ich je gehört habe“, sagt Aaron entrüstet. „Wer ist der verdammte Mistkerl?“

„Tripp Horschen.“

„Wer?“

„Ein bekannter Seriendarsteller. Hat auch ein paar Filme gemacht.“

„So bekannt kann er nicht sein“, murmelt Aaron.

„Also, ich hatte auch noch nie etwas von dir gehört“, gebe ich zu bedenken. Er schnaubt. „Jedenfalls wurde er danach noch viel bekannter. Als der Mann, der die hässliche Jungfrau flachgelegt hat. Und ich wurde auf der ganzen Welt zum abschreckenden Beispiel, dass Jungfrauen überbewertet werden und einfach nur schlecht im Bett sind. Ich wurde zu einem verdammten Meme."

„Ich hatte ja keine Ahnung." Aaron schaut kurz aus dem Fenster und dann wieder mich an. „Wie lange ist das alles her?"

„Ungefähr drei Jahre."

„Aber es fühlt sich an wie gestern, oder?"

Seine Worte berühren mich mehr, als alles andere es vermag. Anscheinend versteht er, wie traumatisch das war. Das muss ich nicht extra betonen. Sicherlich hat er das an der Art gespürt, wie ich mit ihm umgehe. „Es tut mir wirklich leid, aber seitdem habe ich ein tiefes Misstrauen gegenüber Männern. Hinzu kommt, dass du ein Promi bist. Ich schreibe sein Verhalten seiner arroganten Lebenseinstellung als bekannter Schauspieler zu. Das mit uns führt also nirgendwo hin, und ich wollte, dass du weißt, warum."

„Verstehe." Aaron greift nach meiner Hand. „Es tut mir leid, dass du das durchmachen musstest. Eigentlich sollte ich beleidigt sein, dass du mich in dieselbe Schublade steckst wie diesen Kerl, aber ich kann deine Gefühle nachvollziehen."

Erleichtert atme ich aus. Doch gleichzeitig bin ich seltsamerweise enttäuscht. Natürlich habe ich damit gerechnet, dass diese Geschichte Aaron in die Flucht schlagen wird, weshalb ich sie ihm erzählt habe. Damit ich mein Leben weiterleben kann. Aber dass er meine Gründe einfach so akzeptiert, ohne zu sagen, dass er es trotzdem mit mir versuchen will, macht mich traurig. Es ist, wie wenn man seinen Willen bekommt und feststellt, dass es sich gar nicht mal so gut anfühlt.

Aaron drückt meine Hand noch einmal und lässt mich dann los. Er schnallt sich an. „Okay, es war ein langer Abend. Am besten fahre ich dich nach Hause."

„Gut." Ich schnalle mich ebenfalls an.

Schweigend fahren wir nach Hause und mit jeder Meile wird es unangenehmer.

Aaron hält an der Bordsteinkante vor meinem Haus an und lässt den Motor laufen. „Ich helfe dir", sagt er und kommt auf meine Seite herum.

Ich warte auf ihn. Galant bietet er mir seine Hand an, und ich steige so anmutig, wie es in den hohen Schuhen geht, aus dem Wagen. Aaron begleitet mich sogar bis zur Haustür. Ich hole den Schlüssel aus meiner Tasche und sehe Aaron an.

„Danke für dein Verständnis."

„Danke, dass du es mir erzählt hast. Es tut mir wirklich leid, dass dir das passiert ist." Er gibt mir einen schnellen Kuss auf die Wange.

Ich nicke nur und habe einen Kloß im Hals.

Er lächelt mich noch einmal an und geht zu seinem Wagen. Tränen fließen über meine Wangen.

Und einfach so ist Aaron Wylde verschwunden.

KAPITEL 9

Wylde

Leise pfeifend schlendere ich auf dem Bürgersteig dahin und erfreue mich an dem Tag. Ich bin aufgestanden, war im Fitnessstudio und dann acht Kilometer laufen. Danach machte ich mir nach einer erfrischenden Dusche ein Frühstück aus Eiern, Brokkoli und Cheddar. Plus einem Apfel nur zum Spaß.

Jetzt ist es mitten am Vormittag, brütend heiß und ich spaziere durch die Innenstadt. In einem Café gönne ich mir einen Eiskaffee, der mich nicht enttäuscht. Das kalte Getränk ist genau, was ich brauche, und ich spüre das Koffein im Blutkreislauf.

Ich betrachte die Schaufenster und erkunde, was die Gegend alles zu bieten hat. Dann öffne ich die Tür zum Buchladen. Das Glöckchen bimmelt drauflos, als ob es mich begrüßen will.

Mein Blick findet Clarke sofort. Sie steht hinter dem Tresen und kassiert eine Kundin ab. Lächelnd gehe ich zwischen die Regale und freue mich schon darauf, ein neues Buch auszusuchen. Und mich erfreut Clarkes ungläubiger Blick. Als wäre ich eine Geistererscheinung.

Seitdem ich Clarkes Laden regelmäßig Besuche abstatte, habe ich mir das Lesen wieder angewöhnt. Da ich mich im Urlaub befinde und nichts anderes zu tun habe, als fit zu bleiben, habe ich alle Bücher, die ich bei Clarke kaufte, komplett gelesen. Jetzt brauche ich wieder ein neues und möchte gern *Harry Potter* versuchen. Aber vorher werde ich Clarke um ihre Meinung dazu bitten.

Ich verliere mich im Lesen der Buchrücken und trinke dabei meinen Eiskaffee. Nach ein paar Minuten höre ich die Türglocke und nehme an, dass die Kundin gegangen ist. Ansonsten sehe ich niemanden mehr im Laden. Und gleich darauf erscheint Clarkes Gesicht am Ende der Regalreihe und dann folgt ihre gesamte Person.

„Was machst du denn hier?", fragt sie zaghaft.

„Ich brauche wieder ein Buch." Ich betrachte ein interessantes, nehme es heraus und halte es hoch. „John Grisham. Ist der gut?"

„Ich mag ein paar Sachen von ihm", antwortet sie steif.

„Ich dachte an Harry Potter. Wie findest du die Reihe? Ist sie es wert, sich damit zu beschäftigen?"

Sie pustet frustriert die Luft aus, und die roten Haare fliegen leicht auf und schmiegen sich wieder um die Brille und ihre schönen Augen. „Echt jetzt, Aaron, warum bist du hier?"

Ich stelle den Grisham wieder ins Regal und gehe auf Clarke zu, bis wir uns Nase an Nase befinden. „Warum sollte ich nicht herkommen? Hast du etwa gedacht, dass mich dein Geständnis verjagen wird?"

Anstatt es nicht zuzugeben, hebt sie das Kinn. „Ja, genau das dachte ich."

„Dann hast du dich geirrt." Ich grinse und tippe

ihr mit der Fingerspitze auf die Nase. „Ich ziehe wirklich in Betracht, *Harry Potter* zu lesen, und die Frau, die ich date, besitzt zufällig einen Buchladen.“

„Wir daten uns aber nicht.“ Sie will sich an mir vorbeischieben.

Ihre Schulter reibt an meiner. Das fühlt sich elektrisierend an und lässt meinen Körper pulsieren. Ob sie es auch spürt? Egal, ich lasse mich nicht so einfach abkanzeln. Ich packe sie am Arm und schwinge sie zu mir herum. Clarke schnappt nach Luft und ihre Wangen sind gerötet. Am liebsten würde ich sie um den Verstand küssen. Stattdessen stelle ich ihr eine Frage.

„Dinner? Heute um sieben?“

Sie gerät ins Schwanken und wendet den Blick ab. „Aaron, ich habe doch gesagt, ich kann nicht …“

„Doch“, unterbreche ich sie. „Du kannst es zumindest versuchen und mir eine Chance geben. Ich weiß jetzt, was du durchgemacht hast und dass es ein Risiko für dich ist. Ich bin zwar ein Promi, aber ich hoffe, du weißt, dass ich nicht wie das Arschloch Tripp bin.“

„Aaron“, sagt sie leise und sieht mich wieder an. Angst schimmert in ihren Augen.

Ich gehe mit dem Gesicht noch näher an sie heran. „Ich verrate dir ein Geheimnis, okay?“

Sie nickt lediglich.

„Ich bin echt kein Prinz. Noch nie habe ich dieselbe Frau öfter als ein- oder zweimal gedatet. Frag jeden im Team, und sie werden dir alle bestätigen, dass ich ein Playboy bin."

Sie verengt die Augen. „Und warum gibst du das sogar zu?"

„Damit du weißt, dass ich so ehrlich bin, wie es nur geht. Du hast eine psychische Blockade und ich habe keine Ahnung, was ich hier tue. Vielleicht führt das Ganze in eine Katastrophe. Aber ich mag dich, Clarke. Ich möchte dich näher kennenlernen. Das ist für mich das erste Mal, und wenn du mir eine Chance gibst, wird es auch für dich das erste Mal sein. Zumindest seit ein paar Jahren. Wir können zusammen da hineinstolpern. Was sagst du dazu?"

Sie sieht mich nur an und strahlt eine Skepsis aus, die man fast greifen kann. Ich spüre ihre Anspannung wie bei einem Hasen, der jeden Moment die Flucht ergreift.

Ich habe meinen Teil gesagt. Sollte sie mir keine Chance geben, kann ich es ihr nicht verübeln. Die Frau wurde traumatisiert und hat jedes Recht, vor mir zu flüchten.

Doch etwas ändert sich plötzlich. Ich spüre, wie sie sich entspannt, ihre Gesichtszüge werden weicher und sie lächelt mich zaghaft an.

„Deine Argumente sind überzeugend. Du kannst mich um sieben abholen."

Am liebsten würde ich sie jetzt küssen, aber dies ist nicht der richtige Zeitpunkt. Als spontane Reaktion wäre es schon okay, doch Clarke ist noch nicht bereit für diese Seite von Aaron Wylde.

„Hier oder bei dir zu Hause?", frage ich.

„Zu Hause."

„Super. Und hilfst du mir jetzt mit dem *Harry Potter*? Lesen oder nicht lesen?"

„Lesen." Ich folge ihr zu einem Regal, wo sie mir das Taschenbuch *Harry Potter und der Stein der Weisen* hinhält. Ihr Blick fällt auf meinen Kaffeebecher. „Und das nächste Mal bitte für mich einen Latte."

„Notiert", sage ich grinsend. Ich speichere diese Info über Clarke zusammen mit allen anderen ab.

***

Ich bleibe nicht allzu lange im Laden. Sie hat viel zu tun. Und die ersten zwei Kapitel des Buches waren zwar interessant, aber ich habe vor unserem Date noch etwas anderes zu tun.

Meine Erledigungen beinhalten Kleidung von der Reinigung abholen, Lebensmittel einkaufen und das Proteinpulver, das mir Kane empfohlen hat.

In den zwei Stunden, die mir vor dem ersten richtigen Date mit Clarke noch bleiben, räume ich meine Wohnung auf. Eigentlich könnte ich mich mit dem neuen Buch entspannen, doch etwas will mir nicht aus dem Kopf gehen, seit ich Clarke vor etwa anderthalb Wochen kennengelernt habe.

Zwar ist unser Kennenlernen eine fantastische Belohnung dafür, ihren Laden betreten zu haben, aber meine wiedererweckte Freude am Lesen löst auch unschöne Gefühle aus. Es stimmt, dass mein Vater Englischprofessor war und mich zum Lesen inspirierte, besonders die Klassiker. Aber er war auch an meinem Hass auf Bücher schuld, wegen dem ich jahrelang nicht mehr gelesen habe.

Ohne genauer darüber nachzudenken, gehe ich ins Gästezimmer, in dem ich im Schrank Kartons aufbewahre. Ich bin kein sentimentaler Mensch und hebe nicht viele Dinge auf. Eher bin ich das Gegenteil eines Sammlers und habe beim Umzug von Dallas nach Phoenix jede Menge Sachen entsorgt. Aber es gibt einen Karton, den ich schon mein ganzes Erwachsenenleben aufbewahre und der immer zugeklebt ist. Jetzt, wo Clarke meine Leselust wiedererweckt hat, fühlt es sich merkwürdig an, ihn zu verstecken. Ich hole den Karton aus dem Schrank und stelle ihn aufs Bett. Er ist nicht beschriftet und nur mit Paketband zugeklebt, das sich an den Rändern aufrollt. Ohne zu zögern, reiße ich es ab und klappe vorsichtig den Karton auf. Fast erwarte ich, dass eine Armee an Spinnen herauskrabbelt, doch es ist nur darin, was ich vor zehn Jahren eingepackt habe.

Die letzten Überbleibsel von der Beziehung zu meinem Vater.

Ich greife hinein und hole einen Stapel Bücher heraus. Die Seiten sind vergilbt. Nicht, weil sie in zehn Jahren übermäßig gealtert sind, sondern weil sie schon alt waren, als ich sie eingepackt habe.

Eins nach dem anderen lege ich sie aufs Bett. Alles Klassiker, die Dad gehört haben, als er jung und auf der Highschool war. Seine Lieblingsbücher, die er immer wieder gelesen hat.

Der Graf von Monte Christo.
Der große Gatsby.
1984.
Von Mäusen und Menschen.
Herr der Fliegen.
Große Erwartungen.

Ich habe sie auch ein paarmal gelesen, in der Hoffnung, ein Stück Information zu finden, das mir helfen würde, meinen Vater zu verstehen. Die von ihm unterstrichenen Zeilen lernte ich auswendig, in der Hoffnung, dass es mich mit ihm verbinden würde.

Ich hole ein weiteres Buch aus dem Karton. *Der Fänger im Roggen.* Ich muss grinsen, als ich an Clarkes Gesicht denke, als ich das Zitat erkannte. Das erinnerte mich daran, dass ich diese großartige Literatur verdrängt habe, weil ich wütend auf Dad war, aber damit habe ich nur mir selbst wehgetan.

Während ich bei Clarke moderne Bücher gekauft habe, nehme ich mir nun vor, in der nächsten Saison pro Woche einen der Klassiker zu lesen.

Ich hole noch ein Buch heraus. *Canterbury-Erzählungen.* Ich rümpfe die Nase und lege dieses Werk auf einen anderen Stapel. Chaucer mochte ich schon beim ersten Mal nicht, also weiß ich, dass es auch jetzt nicht anders sein wird.

Beim nächsten Buch kribbelt es in meiner Brust. So stark, dass ich die Stelle reiben muss. Ich betrachte das abgegriffene Cover von *Das Bildnis des Dorian Gray* von Oscar Wilde. Ich öffne die erste Seite und lese Wildes Vorwort, in dem er den Sinn seines Werkes verteidigt.

„Der Künstler ist der Schöpfer schöner Dinge."

Manchmal. Manchmal auch nicht. Zum Beispiel mag ich Chaucer nicht, während andere ihn grandios finden.

Egal.

Der Punkt ist, als ich *Das Bildnis des Dorian Gray* im Büro meines Vaters gefunden habe, das ein umgemodeltes Schlafzimmer im ersten Stock war, war ich erst zehn Jahre alt. Mein Vater saß am Schreibtisch und beschäftigte sich mit Semesterarbeiten.

„Darf ich das hier lesen?", fragte ich ihn.

Dad sah auf, griff nach seinem Glas Bourbon und runzelte die Stirn. Er klang angetrunken und lallend. „In deinem Alter kannst du das niemals verstehen. Vielleicht in ein paar Jahren."

Das sagte er über all seine Lieblingsbücher, die ich lesen wollte, und als ich endlich alt genug war, sie zu genießen, stellte ich fest, dass er recht hatte. Die meisten davon wären für einen Zehnjährigen furchtbar gewesen. Ich war dann doch bei *Tom Sawyer* und solchen Büchern geblieben.

Als ich alt genug war, *Das Bildnis des Dorian Gray* zu verstehen und mich intelligent darüber zu unterhalten, war mein Vater nicht mehr da. Er hatte mich und meine Mutter einfach für eine neue Familie verlassen.

Dennoch bemühte ich mich um eine Beziehung zu ihm. Ich benutzte die Klassiker, die er zu Hause gelassen hatte, um eine Brücke zu ihm zu bauen.

Ich rief ihn an, wollte eine schöne Passage aus einem Buch mit ihm besprechen, doch er hatte kein Interesse daran. Er hatte sein Leben wieder in Ordnung gebracht. Aufgehört zu trinken. Hatte eine hübsche neue Frau und eine Tochter, auf die er sich konzentrierte. Er hatte keine Zeit für einen Vierzehnjährigen, der über staatliche Kontrolle wie in Orwells Roman *1984* reden wollte, oder für mein fünfzehnjähriges Ich, das stolz darauf war, den dicken Wälzer *Anna Karenina* geschafft zu haben.

Es war ihm einfach nur noch egal.

Ich brauchte Jahre, um das zu begreifen. Tapfer habe ich versucht, mich wieder mit dem jetzt nüchternen Mann zu verbinden, und wollte die Bitterkeit darüber nicht zulassen, dass ich immer nur mit seiner betrunkenen Version zu tun hatte. Wollte nicht darüber weinen, dass er nichts mit seinem einzigen Sohn teilen wollte, den er zurückgelassen hatte, und sei es noch so wenig.

Nach der Highschool und bevor ich aufs College ging, packte ich all die Bücher in einen Karton und nahm sie nie wieder heraus. Ich dachte sogar daran, die verdammten Dinger zu verbrennen, behielt sie jedoch als Erinnerung daran, dass nicht alle Eltern gut und liebevoll sind.

Ich frage mich, wie Clarkes Eltern wohl sind. Haben sie sie so erzogen, dass sie sich nach nur einem unschönen Erlebnis vor Männern verschließt? Ich möchte nicht herunterspielen, was dieser Idiot mit ihr gemacht hat, denn das war mit Sicherheit traumatisch. Aber hat ihre Familie sie bestärkt, sich so zu verhalten, und mir damit meine Aufgabe schwerer gemacht?

Und was ist eigentlich meine Aufgabe? Ich meine, was zum Geier mache ich da überhaupt mit ihr? Flirten, romantisch sein, ihr schmeicheln, sie zum Essen einladen, ihr Küsschen auf die Wange geben …

Das bin gar nicht ich.

Zumindest war ich nie so.

Eins kann ich zugeben: Sie hat etwas in mir geöffnet. Zum ersten Mal interessiert mich an einer Frau mehr als nur Sex. Natürlich würde ich sehr gern mit Clarke schlafen. Dafür werde ich hart arbeiten und wahrscheinlich schon heute Abend damit beginnen. Aber ich bin auch damit einverstanden, wenn es etwas länger dauert, denn das ist genauso interessant.

Die Geschichte mit der Realityshow würde wohl jeden gesund denkenden Mann in die Flucht schlagen, aber ich finde, sie macht Clarke nur noch spannender.

Wenn ich so über Clarkes Familie nachdenke und mich frage, wie sehr ihre Erfahrungen sie geprägt haben, kommt mir meine eigene Vergangenheit in den Sinn. Ein betrunkener Vater, der sich so wenig um seine Frau und seinen Sohn scherte, dass er locker ein neues Leben ohne sie anfangen konnte. Eine apathische Mutter, die ebenfalls trank und die keine Energie aufbrachte, um ihren Mann zu kämpfen oder sich um ihren Sohn zu kümmern, als dessen Vater gegangen war. Ich musste mich von da an selbst großziehen. Ich musste lernen, was Liebe bedeutet, und die Grenzen zwischen falsch und richtig selbst herausfinden.

Mit Sicherheit hatte dies mein Bedürfnis – oder den Mangel eines solchen –, Beziehungen einzugehen, wesentlich beeinflusst.

Ich mache mir Gedanken, ob das irgendwann schlimm für Clarke enden könnte. Werde ich ihr unweigerlich irgendwann wehtun, weil ich für eine Frau wie sie gar nicht genug Liebe aufbringen kann?

Ich nehme an, das wird die Zeit zeigen.

KAPITEL 10

Clarke

Ich zucke zusammen, als mein Handy klingelt. Vor Schreck berühre ich mit dem Finger das heiße Ende des Lockenstabs und bilde mir ein, meine Haut brutzeln zu hören.

„Scheiße!" Ich lege den Stab auf den Waschtisch und sehe, dass der Mittelfinger der linken Hand eine rote Stelle hat.

Das Handy klingelt immer noch. Auf dem Display sehe ich, dass es Veronica ist. Ich tippe es an und auf den Lautsprecher. „Ich kann jetzt wirklich nicht reden", sage ich, nehme den Lockenstab und drehe noch eine Locke.

„Du klingst panisch." Sie lacht. „Entspann dich, es ist nur ein Dinner."

Oh, es ist so viel mehr als das. Ich gehe mit einem Mann aus, der meine widerliche, entwürdigende Vergangenheit kennt, und es scheint ihn nicht weiter zu stören. Da ich das Thema jetzt jedoch nicht vertiefen will, lenke ich davon ab. „Und wie läuft es im Laden?"

„Sehr gut. Ich übergebe gleich an Nina."

Veronica ist für mich im Laden eingesprungen, nachdem sie darauf bestanden hatte, dass ich mir eine Maniküre und Pediküre machen lasse. Außerdem riet sie mir, mich zu rasieren. Überall.

Ich wehrte die Implikationen ab. „Ich werde nicht mit ihm schlafen!", sagte ich mit Überzeugung.

Zur inneren Bekräftigung dieser Aussage rasierte ich mir unter der Dusche nicht die Beine. Ich trage einen Overall, in dem man meine Beine nicht sieht, und der Hosenanzug wird dafür sorgen, dass ich den ganzen Abend bekleidet bleibe, auch wenn Aaron mich zum Gegenteil bringen will.

Und das wird er bestimmt versuchen. Zwar ist er ganz der Gentleman, aber heute wird sich das ändern. Er hat mich dazu gebracht, einem echten Date zuzustimmen, was eine völlig neue Ausgangslage ist.

Ich habe gar nichts gegen Sex. Ich hatte bereits öfter welchen in den vergangenen Jahren und es hat immer Spaß gemacht. Mein erstes Erlebnis mit Tripp Horschen war zwar eine Katastrophe, aber ganz im Gegensatz zu dem, was er betrunken in dem Hetzvideo gesagt hat, lag das hauptsächlich an seinem eigenen Unvermögen. Kurz gesagt, ihm war es egal, ob die Frau auch etwas davon hat. Er war ein herumfummelnder Tölpel, der nur an seine eigene Lust gedacht hat. Man kann sich leicht vorstellen, wie schrecklich das für eine Jungfrau ist.

Aber ich schweife ab.

Seither habe ich eine Menge dazugelernt und genieße Sex durchaus. Ich finde ihn zwar nicht welterschütternd, aber ganz nett. Dennoch steige ich nicht mit jedem ins Bett. Erst muss ich ein paarmal mit ihm ausgegangen sein, und seine Gegenwart muss sich angenehm anfühlen. Um mich auszuziehen, muss ich ihn wirklich mögen und respektieren. Für mich ist das eine Frage der Integrität. Daher ist Sex mit Aaron heute nicht drin. Es ist mir noch zu früh.

„Hast du dich rasiert?", will Veronica wissen.

„Nein." Ich grinse in den Spiegel. Ich bin bereits geschminkt und muss sagen, dass ich recht gut aussehe. Nur wenn ich ausgehe, schminke ich mich, ansonsten ziehe ich die Natürlichkeit vor. Aber heute habe ich dunkelgrauen Smokey-Eyes-Lidschatten-Stil benutzt und meine Wimpern stoßen bestimmt fast an die Brillengläser. Ich lege den Lockenstab ab und greife nach der Brille. Eigentlich brauche ich sie hauptsächlich für die Nähe, doch dies ist eine Zweistärkenbrille. Ich setze die Brille auf, und wie vermutet reiben die Wimpern an den Gläsern, wenn ich blinzele.

„Verdammt", murmele ich und setze die Brille ab.

„Was ist?"

„Ich muss die Kontaktlinsen nehmen. Aber die habe ich schon lange nicht mehr benutzt und sie werden mich bestimmt den ganzen Abend stören."

„Aber Aaron kann dann deine schönen Augen besser sehen. Die sind bei Weitem das Beste an dir."

„Vielen Dank auch", antworte ich trocken und produziere noch eine Locke. „Ich dachte schon, das wären mein scharfer Intellekt und mein Humor."

Ich schalte den Lockenstab aus und betrachte mich gründlich im Spiegel. „Okay, auf einer Skala von eins bis zehn sehe ich jetzt wie eine solide Acht aus."

„Hast du einen Punkt für haarige Beine abgezogen?"

„Nein", sage ich schmollend.

„Dann bist du nur eine Sieben." Jetzt kann ich mein Lachen nicht mehr zurückhalten. „Aber mal im Ernst jetzt. Amüsiere dich einfach, okay? Natürlich wirst du mit haarigen Beinen und Achseln keinen Sex zulassen, aber hoffentlich kannst du mir später wenigstens von ein paar heißen Küssen berichten."

„Aye, aye, Sir." Ich salutiere, was sie nicht sehen kann. „Ich rufe dich an, wenn ich wieder zu Hause bin."

„Ich werde warten." Sie schickt mir ein Küsschen durch die Leitung und legt auf.

Ich schaue auf die Uhr. Es ist fünf Minuten vor Aaron. Schnell trage ich noch einen glänzenden Lippenstift auf. Dann suche ich in dem kleinen Wandschrank nach einer Schachtel Kontaktlinsen. Es ist Wochen her, seit ich welche getragen habe, und ich hoffe, das endet nicht in einer Katastrophe. Zur Not werde ich die Brille dabei haben und damit leben müssen, dass die Wimpern anstoßen und die Gläser mit Mascara verschmieren.

Als es an der Tür klingelt, bin noch so sehr mit Verbesserungen in letzter Minute beschäftigt, dass ich gar keine Zeit hatte, nervös zu werden. Doch jetzt trifft mich die Aufregung auf einen Schlag und mir wird kurz übel.

Ich schlucke schwer und denke daran, wie süß Aaron war, als ich ihm mein peinlichstes Erlebnis erzählt habe, und wie hartnäckig er sich um ein Date bemüht hat. Während ich immer noch zögerlich und ängstlich war, war er stets ein netter, wenn auch berühmter Mann. Es macht mir immer noch Angst, aber lange nicht mehr so schlimm.

Ich eile durch mein kleines Haus, öffne die Tür und merke, dass ich keine Schuhe trage. Beim ersten Blick auf Aaron bleibt mir die Luft weg, und ich frage mich, ob ich mich je an sein wahnsinnig gutes Aussehen gewöhnen werde.

Er hat mir gesagt, ich solle mich schick, aber nicht superfein anziehen. Er trägt eine blaue Stoffhose und ein Polohemd mit dem Logo der Vengeance darauf. Es sitzt eng, dehnt sich über seiner breiten Brust, und die Ärmel schmiegen sich wunderbar um seine starken Oberarme. Die Haare sind aus dem Gesicht gekämmt und in einer leichten Welle mit etwas Gel im Zaum gehalten, und er ist glatt rasiert. Sein Rasierwasser weht zu mir herüber. Was immer er auch benutzt, es riecht wunderbar.

Nachdem ich ihn schamlos betrachtet habe, sehe ich ihm in die Augen und stelle fest, dass er mich genauso mustert. Diesen Blick habe ich an ihm noch nie gesehen. Zwar hat er mir schon gesagt, dass er mich hübsch findet, sogar schön, aber jetzt sieht er mich zum ersten Mal mit offenen Haaren, Make-up und ohne Brille. Meine rotbraunen Haare fallen in Wellen über meine Schultern und reichen bis zur Hälfte des Rückens. Ich muss Veronica widersprechen und sagen, dass meine Haare das Beste an mir sind.

Der Overall stammt aus Veronicas Schrank, genau wie die letzten beiden Outfits, die ich bei den Dates mit Aaron getragen habe. Zwar finde ich schöne Kleidung auch toll und kaufe sie gern, aber das ist irgendwie unnötig, wenn meine steinreiche beste Freundin eine Modenärrin ist und dieselbe Größe hat wie ich.

„Du siehst umwerfend aus“, sagt Aaron mit seiner überaus erotischen tiefen Stimme, die mir Gänsehaut verursacht.

„Du siehst auch nicht schlecht aus“, sage ich und komme mir sofort dumm vor. Es klingt abgedroschen, wo er doch viel besser als nur gut aussieht. Doch jetzt kann ich nichts mehr retten, ohne sinnloses Zeug zu plappern. Also greife ich nach meiner Handtasche auf dem Tischchen im Flur und verkünde strahlend: „Ich bin bereit, wenn du es bist.“

Aaron hebt eine Augenbraue und grinst leicht. Sein Blick gleitet an mir herab und bleibt an meinen Füßen hängen. „Ich weiß nicht, ob man uns bedient, wenn du barfuß kommst.“

„Mist.“ Ich schlage mir mit der Hand an die Stirn. „Ich bin wohl leicht nervös.“

„Geht es dir besser, wenn ich gestehe, dass ich auch nervös bin?“

Ich trete zurück und bitte ihn mit einer Handbewegung ins Haus. „Wirklich?“

„Eigentlich nicht“, antwortet er ehrlich und tritt

in mein kleines Wohnzimmer ein. Interessiert sieht er sich um. „Dein Haus ist schön und mir gefällt die Wohngegend.“

„Es gehört meinen Eltern.“ Ich schließe die Tür. „Es ist eins ihrer Häuser, die sie vermieten. Bestimmt nur eine bescheidene Behausung verglichen mit dem, was du gewohnt bist.“ Sofort bereue ich das Gesagte. Es klang überheblich, und bloß, weil ich allem Schönen, das an Ruhm und Reichtum erinnert, nicht traue, hat Aaron meine Vorurteile nicht verdient. Er sagt nichts, also entschuldige ich mich. „Es tut mir leid. Das war nicht nett von mir.“

„Schon gut, Clarke.“ Er macht eine Handbewegung, dass ich mich beeilen soll. „Zieh dir Schuhe an oder wir kommen zu spät zur Reservierung.“

Ich drehe ihm den Rücken zu und verziehe das Gesicht, während ich ins Schlafzimmer gehe und die sexy Schuhe hole, die Veronica mir geliehen hat.

Mist.

Das fängt ja gut an. Sieht so aus, als ob ich meinen Abend mit Aaron unbewusst sabotiere. Wenn ich so weitermache, wird er spätestens beim Hauptgang die Flucht ergreifen.

***

„Ich freue mich, dass du dich entspannt hast“, sagt Aaron. Seine Finger spielen mit dem Stiel seines Weinglases.

Er hat eine Flasche Rotwein bestellt, nachdem er nach meinen Präferenzen gefragt hat. Als der Wein serviert wurde, bat er den Sommelier sogar darum, mir auch eine Probe einzuschenken.

Ich greife nach meinem Glas, trinke einen Schluck und genieße den robusten Geschmack des Pinot Noir, den er ausgesucht hat. Ich bin wirklich kein Weinexperte, aber ich liebe es, neue Sorten auszuprobieren.

„Der Wein und das wunderbare Essen waren hilfreich", gebe ich lächelnd zu. Ich stelle das Weinglas ab und lasse den Blick durch das Lokal mit dem gedämpften Licht schweifen. Es handelt sich um einen kleinen Italiener in einem Einkaufszentrum, der den Ruf hat, eins der besten Restaurants in Phoenix zu sein. Es gibt kaum zwanzig Tische, die weit genug auseinanderstehen, dass die Gäste sich nicht bedrängt fühlen. Ich sehe Aaron an. „Was ich zu Hause gesagt habe, tut mir wirklich leid. Ich habe dich als jemanden dargestellt, der du nicht bist. Ein elitärer Mensch."

Aaron lächelt mich neckend an. „Vielleicht bin ich das ja."

Ich schüttele langsam den Kopf. „Das glaube ich wirklich nicht. Zumindest nicht nach dem, was ich bisher von dir gesehen habe."

„Danke für dein Vertrauen. Ich komme aus einem bescheidenen Heim und weiß, wie schmal die Grenze zwischen Reichtum und Armut sein kann."

„Woher weißt du das?" Ich will nicht neugierig sein, aber er hat mir die Tür geöffnet.

„Sagen wir mal so, als Kind hatte ich ein solides, bequemes Leben, das mir mit einem Schlag genommen wurde.“

„Das tut mir leid.“ Ich spüre die Emotionen in seinen Worten. Doch die Formulierung *Sagen wir mal so …* deutet an, dass es sich um ein Thema handelt, das er nicht ausgedehnt besprechen will.

Aaron zuckt mit den Schultern. „Damit will ich nur sagen, dass ich meine momentane Berühmtheit, meinen Wohlstand oder dass ich einem Beruf nachgehen kann, für den ich brenne, nicht für selbstverständlich halte. Ich bin jeden Tag dankbar dafür.“

„Das haben wir gemeinsam. Nicht den Teil mit Ruhm und Reichtum“, sage ich lachend, „sondern dass ich auch dankbar bin für alles, was ich habe.“

Aaron schiebt den leeren Teller etwas zur Seite und legt die Ellbogen auf den Tisch. Ein Zeichen dafür, dass jetzt eine intime Frage lauert. „Aber warum misstraust du Ruhm und Reichtum so sehr? Ich kann nachvollziehen, was der Typ dir angetan hat und dass er dein Vertrauen in Männer zerstört hat. Aber machst du seine Berühmtheit dafür verantwortlich, was du jetzt auf mich projizierst?“

Ich warte auf das Gefühl, beleidigt zu sein, doch das kommt nicht in mir auf. Aaron trampelt nicht auf meinen Gefühlen herum, sondern versucht nur, mich zu verstehen. Vielleicht kann ich seine Neugier besser akzeptieren, weil ich das Risiko eingegangen bin, ihm alles zu erzählen; jedenfalls gebe ich mein Bestes, es ihm zu erklären.

Ich nehme die gleiche Sitzposition ein wie er und stütze die Arme auf dem Tisch ab. Den roten Soßenfleck am Rand meines Tellers, dem mein Arm sehr nah kommt, beachte ich nicht weiter. „Ich weiß nicht, ob er durch seine Berühmtheit zu so einem Arsch geworden ist oder diese nur dazu beigetragen hat. Ich weiß nur, dass ich ohne seine Berühmtheit nicht zum Internet-Witz geworden wäre."

Aaron sieht mich kritisch an, als würde er erwarten, dass noch mehr an der Sache dran ist. Doch ich glaube, ich habe den Grund meines Misstrauens auf den Punkt gebracht.

„Du bist mir ein Rätsel, Clarke Webber", sagt er mit einem frechen Grinsen.

Ich lache und trinke noch einen Schluck Wein. „Ist das gut oder schlecht?", frage ich über den Rand des Glases hinweg.

„Es ist faszinierend."

„Du weißt aber hoffentlich, dass ich nicht absichtlich so tue, um dich zu angeln, oder?"

„Ja, das weiß ich sehr gut", sagt er leise und verführerisch.

Kurz wünsche ich, ich hätte mir doch die Beine rasiert.

„Ich verrate dir ein Geheimnis über mich."

Er nimmt mir das Glas aus der Hand, stellt es ab und legt seine Hand auf meine. Diese Berührung ist vertraut und gleichzeitig mysteriös, sodass ich kurz die Luft anhalte. „Und das wäre?"

„Ich habe so etwas noch nie gemacht." Er macht eine Handbewegung durch das Lokal. „Ich meine ein ruhiges, romantisches Dinner, aus keinem anderen Grund, als mich nett mit dir zu unterhalten. Ohne Hintergedanken."

Dieses Geständnis erstaunt mich. Es macht ihn verletzlich. Es ist so tiefgründig, dass ich die Stimmung aufheitern will, auch damit er sich, falls gewünscht, wieder herauswinden kann. „Dann ist es ja nicht schlimm, dass ich meine Beine nicht rasiert habe, denn eigentlich dachte ich, dass du auf jeden Fall Hintergedanken hast."

Aaron neigt den Kopf zurück und lacht herzhaft. Ein schöner Klang. Ich bin ganz fasziniert von seiner unbeschwerten Freude über meine Bemerkung.

Er zeigt kurz mit dem Finger auf mich. „Siehst du? Genau deswegen tue ich etwas, was ich normalerweise nicht mache."

„Was denn?" Ich bin unglaublich neugierig auf die Antwort, denn ich finde ihn ebenso faszinierend.

„Ich glaube", sagt er nachdenklich und in seinen Augen schimmert es herausfordernd und aufgeregt, „ich glaube, dass ich dich umwerbe."

KAPITEL 11

Wylde

"**D**as ist der Letzte", verkündet Tacker, zerrt einen Ast von seinem Anhänger und wirft ihn auf den Stapel, den wir bereits abgeladen haben.

„Cool", antworte ich, ziehe die Arbeitshandschuhe aus, die er mir vor drei Stunden gegeben hat, als wir mit der Arbeit begonnen haben, und schaue auf meine Uhr. „Ich glaube, es ist auch schon Zeit für ein Bier", scherze ich.

„Ganz genau", sagt er.

Wir steigen auf den Traktor und fahren zum Ranch-Haus. Ich bin gern auf die Shërim Ranch gekommen, auf der Tacker mit Nora lebt, um ihnen dabei zu helfen, aufzuräumen, was der letzte Sturm vor ein paar Monaten alles heruntergerissen hat. Während der Play-offs war er nicht dazu gekommen, und ich hatte ihm angeboten, mich anzurufen, wenn er so weit ist. Dafür hat man Freunde.

Zwar sind Tacker und ich nicht schon unser ganzes Leben lang befreundet, aber wir stehen uns fast genauso nah. Bei den Dallas Mustangs haben wir uns kennengelernt, und wegen unserer Liebe für Training, schlecht synchronisierte Martial-Arts-Filme und Eishockey ist eine tiefe Freundschaft entstanden. Deshalb schmerzte es mich sehr, als er eine Zeit lang nichts mehr von unserer Freundschaft wissen wollte.

Doch er hatte einen verständlichen Grund. Tacker erlitt einen tragischen Verlust, den kein Mann erleben sollte. Er flog ein kleines Flugzeug und hatte seine Verlobte MJ dabei. Wegen eines Instrumentenversagens bei schlechtem Wetter stürzte die Maschine ab. MJ starb einen brutalen und langsamen Tod direkt vor seinen Augen, und er konnte ihr nicht helfen, weil er selbst eingeklemmt war. Tacker hätte genauso gut ebenfalls gestorben sein können, denn der Mann, der zurückkam, war nicht mehr der, den ich gekannt hatte. Er zog sich aus sämtlichen Beziehungen zurück. Er redete nicht mehr mit mir, verschloss sich auch vor seinen anderen Freunden und wurde zur Belastung für das Team in Dallas. Ich versuchte alles – gab ihm Raum und stauchte ihn zusammen, dass er sich so hängen ließ. Nichts hatte eine Wirkung. Ihm war alles egal, denn innerlich war er tot.

Seine Rettung war, ins Expansion-Team Arizona Vengeance transferiert zu werden. Ich vermisste ihn, als er fort war. Ich hielt weiterhin Kontakt, doch er antwortete nur sporadisch. Und selbst dann gab er nichts über sich preis. Ein paarmal spielten unsere Teams gegeneinander und ich wollte mich danach mit ihm treffen, doch er lehnte immer ab. Ich habe ihm nie gesagt, wie sehr mich das verletzte, und trauerte selbst um den Freund, den ich bei dem Absturz verloren hatte.

Aber in jedem steckt eine zweite Chance. Das Schicksal brachte Tacker zu den Vengeance, durch die er schließlich Nora kennenlernte. Ich würde nicht so weit gehen und sie seine Retterin nennen, aber sie ist schon fast eine Heilige wegen der Wirkung, die sie auf ihn hatte. Sie brachte ihn dazu, sich selbst zu vergeben und sein Leben aktiv weiterzuleben.

Außerdem brachte das Schicksal auch mich zu den Vengeance, wo ich meinen alten Freund wiederfand. Zwar habe ich noch andere Freunde in dem Team, aber Tacker wird immer mein bester Freund bleiben. Daher ist jeder Tag mit ihm ein schöner Tag, auch wenn ich erschöpft, verschwitzt und verkratzt bin.

In freundschaftlichem Schweigen holpern wir über steiniges Gelände. Die Ranch gehört Nora und als Psychologin bietet sie auch Pferdetherapie an. Genauso sehr wie ich mich gefreut habe, wieder mit Tacker verbunden zu sein, freute ich mich auch, die Frau kennenzulernen, die Tacker kurz vor dem endgültigen Abgrund gerettet hat. Sie ist warmherzig, witzig und lieb und lässt sich von Tacker nichts gefallen. Und vor allem macht sie ihn unglaublich glücklich, woran ich schon nicht mehr geglaubt habe.

Als wir am Haus sind, finden wir Nora auf einem Schaukelstuhl vor. Sie hat ihre gestiefelten Füße auf dem Terrassengeländer abgelegt, ein Bier in der Hand und neben ihr steht eine kleine Kühlbox.

Wir steigen vom Trecker und sie sagt: „Dachte mir, ihr Jungs mögt jetzt ein kaltes Bier."

„Mein Gott, Nora!" Ich folge Tacker auf die Terrasse. „Vergiss diesen Kerl hier und heirate mich."

Nora lacht, kann jedoch nichts erwidern. Sie ist mit Tackers leidenschaftlichem Kuss beschäftigt. Ich wende mich von ihnen ab, nehme mir ein Bier aus der Kühlbox und setze mich auf die hölzerne Hollywoodschaukel, die den Schaukelstühlen gegenüber hängt. Tacker nimmt sich auch ein Bier und lässt sich neben Nora nieder.

Nora hält ihre Flasche hoch. „Auf hart arbeitende Männer."

„Prost!" Darauf hebe ich meine Flasche.

Nora und Tacker stoßen mit ihren Flaschen an.

„Magst du zum Abendessen bleiben?", fragt Nora. „Es gibt selbst gemachte Pizza."

„Füttere ihn nicht mit ungesunden Sachen", antworte ich und schaue ihn ernst an. „Sonst wird er im Urlaub zu fett."

„Leck mich", sagt Tacker neckend. „Ich renne immer noch schneller als du Schwächling."

Nora geht nicht auf unser gegenseitiges Aufziehen ein, sie hört es ständig. Stattdessen hat sie noch ein Ass im Ärmel. „Und selbst gemachten Käsekuchen."

„Das klingt echt gemein gut." Ich strecke die Beine aus und versetze die Schaukel in leichtes Schwingen. „Aber ich habe noch etwas vor."

„Blond oder brünett?", fragt Tacker.

Ich gehe nicht darauf ein. „Wir gehen zu einer Kunstausstellung in der Innenstadt."

Tacker und Nora starren mich fassungslos an. Ich grinse und trinke von meinem Bier.

„Hast du eine Wette verloren?", rät Tacker.

„Nein.“

Tacker steht auf, stellt sich vor die Schaukel und sieht mich an, als wäre ich ein seltenes Tier. „Doch, ich glaube, es ist Aaron.“ Er wirft einen Blick zu Nora. „Sieht aus wie er, riecht wie er, aber klingt absolut nicht wie er.“

Ich strecke den Arm aus und schlage ihm spielerisch leicht in den Magen. Er knickt ein, gibt einen theatralischen Schmerzenslaut von sich und lacht herzhaft. Dann geht er wieder zu seinem Schaukelstuhl zurück. Doch er kann die Sache nicht so einfach hinnehmen.

„Du gehst also mit einem ernsthaften Date zu einer Kunstausstellung?“, fragt er skeptisch nach.

Ich grinse halbherzig. „Das liegt doch nicht außerhalb des Vorstellbaren, oder?“

„Und ob es das tut! Du wirst nicht umsonst Wylde genannt. Du bist der Rein-raus-Dankeschön-Typ. Ständig hältst du uns allen vor, wie langweilig wir Normalsterblichen mit unseren festen monogamen Beziehungen sind.“

Nora schlägt ihm leicht auf den Arm. „Sei nett.“

„Bin ich doch. Aber ehrlich.“

Er hat völlig recht, die Dinge beim Namen zu nennen, und niemand weiß das besser als ich selbst.

„O mein Gott“, sagt Nora, als hätte sie plötzlich ein großes Geheimnis entdeckt. „Es geht um Clarke.“

„Die Frau, die du zu den Hochzeiten mitgenommen hast?“, fragt Tacker erstaunt.

Beide haben sich bei diesen Festlichkeiten mit ihr unterhalten. „Warum ist das so schockierend?", murmele ich.

„Weil sie doch angeblich nur mitgekommen ist, weil sie eine Wette verloren hat." Ich habe ihm davon erzählt. „Ich dachte, mehr willst du nicht von ihr."

„Doch", gebe ich zu. „Ich mag sie."

Tacker lacht erneut und klingt erfreut darüber, dass ich scheinbar unter demselben Virus leide wie er, Bishop, Erik, Legend und Dax. „Das ist der Hammer", sagt er lachend und hält seine Flasche hoch. „Glückwunsch, Mann."

„Das finde ich wunderbar", wirft Nora ein, als ob ich positive Bekräftigung für meine Entscheidungen bräuchte.

Wahrscheinlich glaubt sie, wenn es nach Tacker ginge, würde er versuchen, es mir auszureden, weil ich sonst einen Teil meines wahren Ichs verlieren werde.

Während Tacker sich wieder einkriegt, trinke ich mein Bier und spreche weiter. „Es gibt etwas Interessantes über Clarke zu erzählen", gestehe ich.

„Was denn?", fragt Nora schnell und verhindert damit wahrscheinlich eine blöde Bemerkung von Tacker.

„Ihr ist vor ein paar Jahren etwas echt Demütigendes passiert", sage ich zögerlich, denn ich möchte ihr Vertrauen in mich nicht enttäuschen. Obwohl das nicht wirklich ein Vertrauensbruch ist, denn die Sendung wurde öffentlich überall ausgestrahlt und jeder weiß, was ihr passiert ist. Zumindest die Millionen Zuschauer der Show und die Internetnutzer, die das Meme verwenden. Ich habe das Meme gegoogelt und es hat mich rasend gemacht. Ich kann kaum ertragen, es zu sehen. Aber ich hätte gern den Rat meiner Freunde, und niemandem vertraue ich mehr als den beiden.

„Es gab eine Realityshow namens *Celebrity Proposal* …"

„Die kenne ich", wirft Nora ein. „Davon habe ich ein paar Staffeln gesehen."

Das überrascht mich. Ich hätte nicht gedacht, dass sie sich solche Sendungen ansieht. Ich spreche weiter. „Sie war eine Teilnehmerin der Sendung und …"

„O mein Gott." Noras Ausdruck wird mitleidig. „Clarke kam mir gleich bekannt vor, aber ich konnte sie nicht zuordnen."

Also weiß Nora, wovon ich spreche. Ihrem Ausdruck nach zu urteilen, muss es sogar noch schlimmer gewesen sein, als ich vermutet habe.

„Das war tatsächlich der Grund, warum ich die Sendung nicht mehr geschaut habe", sagt Nora leise. „Mir hat nicht gefallen, wie sie mit ihr umgegangen sind. Die Produzenten ließen sie dastehen, als wäre sie ein hoffnungsloser Fall und bemitleidenswert. Und was der Typ dann mit ihr gemacht hat …"

„Wovon zum Teufel redet ihr da?", knurrt Tacker, dem wegen Noras Tonfall das Lachen vergangen ist, da es sich um einen Sachverhalt handeln muss, der nicht zum Lachen ist.

Nora erklärt Tacker kurz das Konzept der Realityshow. Ich sehe ihm an, dass er solche Sendungen genauso idiotisch findet wie ich.

„Jedenfalls war Clarke eine Kandidatin und hat es fast bis zum Ende geschafft", erzählt Nora.

„Bis in die Gruppe der letzten vier", ergänze ich. „An der Stelle gab es im Drehbuch eine Übernachtung und es wurde intim."

„Igitt", sagt Nora aus Solidarität mit Clarke. „Der Typ war so ein Arsch. Ein furchtbarer Mensch."

„Was hat er denn getan?", fragt Tacker.

„Nach der … äh … gemeinsamen Nacht hat er sie rausgewählt." Mir schmerzt der Magen bei dem Gedanken, dass Clarke ihre kostbare Unschuld an diesen Freak verloren hat.

Tacker runzelt die Stirn.

„Das ist nicht der schlimme Teil", erkläre ich. „Danach hat er besoffen seinen Freunden erzählt, was für ein schlechter Fick sie war. Jemand hat das mitgefilmt und das Video landete im Internet. Sie ist noch Jungfrau gewesen und …"

„Ach du Scheiße!", knurrt Tacker.

Nora schüttelt entsetzt den Kopf, aber nicht wegen Tackers Ausdrucksweise, sondern weil sie der mitfühlendste Mensch ist, den ich kenne.

Ich trinke einen großen Schluck Bier. „Natürlich war Clarke am Boden zerstört. Am schlimmsten war, dass ein Meme von ihr im Netz auftauchte, das viral ging."

„Schrecklich", sagt Nora.

„Was für ein Meme?", will Tacker wissen.

Ich nehme mein Handy, scrolle zu dem Screenshot, den ich davon gemacht habe, und halte es ihm hin. Tacker verzieht den Mund und wendet den Blick ab.

Ich stecke das Handy wieder ein. „Bitte erzählt Clarke niemals, dass ich mit euch darüber geredet habe. Es ist zwar kein Staatsgeheimnis, aber ihr sehr peinlich. Ich möchte euch um Rat bitten, wie ich damit umgehen soll. Sie ist ängstlich und hat kein Vertrauen. Ich habe es zwar nicht eilig, aber ich will sie auch nicht aus Versehen verschrecken."

Tacker öffnet leicht die Lippen und sein Blick wird wärmer. „Mann, du musst sie echt gernhaben."

„Ja", gebe ich zu, was mir nicht schwerfällt. Ich vertraue Tacker und Nora, was meine Schwächen angeht. Anderen gestehe ich meine Gefühle eher selten, aber bei den beiden besteht keine Gefahr.

„Und redet ihr zwei darüber?", fragt Nora, die in den Therapie-Modus übergeht.

„Nun, ja. Sie hat mir die Geschichte erzählt und was sie deswegen fühlt. Dazu habe ich sie sozusagen überredet und auch zu einem Dinner gestern. Ich weiß nicht, ob daraus etwas wird, aber ich will sie auf jeden Fall wiedersehen."

„Wenn ihr darüber redet, klingt das für mich zumindest richtig", sagt Tacker.

„Ja", stimmt Nora zu. „Aber das war traumatisch für sie, also könnte es Trigger geben."

„Genau das befürchte ich. Ich mache mir keine

Sorgen darüber, wie ich mit ihr umgehe. Ich bin respektvoll und merke, dass ich ihr Vertrauen gewinne. Aber sie hat sich in den Kopf gesetzt, dass das schlechte Benehmen von Männern oft mit ihrer Berühmtheit zusammenhängt. Und das projiziert sie jetzt auf mich."

„Ist ihr das bewusst?", fragt Nora.

„Ja. Gestern Abend hat sie mich wieder in diesen Topf geworfen, es sofort gemerkt und sich entschuldigt."

„Das ist schon mal gut." Nora trinkt einen Schluck Bier. „Ich rate dir, ihr zu sagen, dass sie sich der Sache stellen soll. Anscheinend merkt sie, dass es unfair ist, dich deswegen vorzuverurteilen. Du darfst es ihr nicht durchgehen lassen, wenn sie es wieder tut."

Ich nicke und verstehe ihre Begründung. Es ist allerdings ein schmaler Grat, den Mann zu zeigen, der ich sein will, ohne mich für meinen Ruhm und Reichtum zu entschuldigen. Meine Aufgabe ist es nun, ihr zu beweisen, dass man beides sein und trotzdem Frauen respektieren kann.

Ich trinke mein Bier aus und erhebe mich von der Schaukel. „Vielen Dank für deinen Rat. Jetzt muss ich leider gehen. Wie gesagt, ich habe ein heißes Date."

Tacker geht mit mir über die Terrasse zur Treppe. Er legt seine große Hand auf meine Schulter. „Hör zu, ich wollte dich nicht verarschen. Ehrlich gesagt ist das alles recht schockierend, aber es geht mir auch ans Herz. Ich wusste, dass deine Festung eines Tages auch fallen wird und dass es Spaß machen wird, dabei zuzuschauen."

„Noch ist sie nicht gefallen", widerspreche ich, um der Wahrheit treu zu bleiben.

„Aber sie ist definitiv ins Schwanken geraten, Aaron."

O ja, das stimmt wohl.

KAPITEL 12

Clarke

Als es an der Haustür klingelt, werfe ich einen letzten Blick in den Spiegel und frage mich zum zigsten Mal, ob ich auf die Brille verzichten soll.

Doch dann entscheide ich, dass ich lieber in der Lage sein will, lesen zu können. Auf die Kontaktlinsen habe ich keine Lust, denn ich habe mich sehr an die Brille gewöhnt, und Aaron muss mich einfach so nehmen, wie ich nun mal bin.

Innerlich stöhne ich, denn ich mache mir viel zu viele Gedanken über den Mann, der vor meiner Tür steht.

Er bat mich darum, ihm eine Chance zu geben, also muss ich etwas Vertrauen investieren. Das ist leichter gesagt als getan. Ich habe viel zu viel Angst, am Ende wieder die Verletzte zu sein. Ich lege einen Spritzer von DKNYs Parfüm *Be Delicious* auf und frage mich kurz, ob der Apfelduft zu naiv für einen Mann wie ihn ist. Aber dann finde ich, dass es zu meiner kindischen Sorge passt, ob er wirklich eine Brillenträgerin mögen kann.

Schnell sehe ich nach, ob ich diesmal Schuhe anhabe. Yep. Weiße Keds, die gut zu der Jeans passen, die unten Umschläge hat, und dem blau-weiß gestreiften Shirt mit Dreiviertelärmeln. Das wird ein lockerer Abend auf einer Freiluftausstellung mit Essen von Foodtrucks, sodass ich mich entsprechend gekleidet habe.

Schwungvoll öffne ich die Tür und bin auf die Schmetterlinge im Bauch gefasst. In Jeans und T-Shirt sieht Aaron noch besser aus als im Anzug, und in unseren legeren Outfits fühle ich mich viel wohler. Mich ständig herauszuputzen und Designerklamotten zu tragen, entspricht nicht meiner Persönlichkeit.

Er lässt schnell den Blick über mich schweifen und grinst mich dann an. „Entschuldige bitte meine Direktheit.“

Verwirrt ziehe ich die Augenbrauen zusammen. „Was meinst du damit?“

Anstatt zu antworten, zeigt er es mir. Er umfasst mein Gesicht und küsst mich heiß. Als er mich loslässt, muss ich meine Brille geraderücken. Trotzdem bleibt meine Sicht verschleiert, was wohl an dem atemberaubenden Kuss liegen mag.

Gestern Abend nach dem Dinner gab er mir vor meiner Haustür einen Gutenachtkuss. Nicht nur ein kurzes Küsschen auf die Wange wie beim letzten Mal, sondern etwas inniger als der überraschende Kuss bei Erik und Blues Hochzeit. Intensiv genug, dass ich die unrasierten Beine bereute. Dennoch war ich froh, als er ging, denn Vorfreude ist die beste Freude.

„Du bist ganz schön von dir selbst überzeugt“, sage ich.

„Entschuldige bitte, dass ich dich so überfallen habe.“ Er lacht leise und bietet mir seinen Arm an. Ich schnappe mir meine Tasche, schließe die Tür ab und hake mich bei ihm unter. „Du siehst aber auch super aus heute. Typisch für dich."

Ich sehe zu ihm hoch. „Was soll das denn bedeuten?"

„Ich mag dich so freizeitmäßig mit dem wippenden Pferdeschwanz." Sein Blick gleitet an mir hinab. „In Jeans und Sneakers. Bereit für ein Abenteuer. Und du strahlst gute Laune aus. Ich mag, wie sich das anfühlt." Bei diesen Worten komme ich ins Stolpern. Er hält inne und sieht mich an. „Alles okay?"

Ich nicke. „Ich mag es, wenn du offen über deine Gefühle sprichst. Das tun die wenigsten Menschen und nur selten Männer."

Aaron zuckt mit den Schultern und führt mich zu seinem Wagen. „Ich muss mich für nichts schämen und schon gar nicht für meine Gefühle für dich."

Wieder flattern die Schmetterlinge, doch diesmal breitet sich ein warmes Gefühl in meiner Brust aus. Aaron sagt einfach, wie es ist. Das berührt mich auf eine Art wie … noch nie.

Der Abend wird immer schöner. Ich muss daran denken, dass Veronica gesagt hat, ich würde mich seit dem Vorfall mit Tripp vor drei Jahren nur noch mit Beta-Männern treffen. Mir wird klar, dass ich nur mit welchen ausgegangen bin, die ich ohne Herzschmerz wieder verlassen konnte. Männer, die sich nach einem Korb nie wieder um mich bemühen würden.

Was Aaron hingegen von Anfang an getan hat. Obwohl mir klar ist, dass das Risiko, verletzt zu werden, bei einem Mann wie ihm viel größer ist, muss ich auch feststellen, dass ich mit einem Mann, der diese Angst nicht auslöst, nie glücklich werden könnte. Wer nicht wagt, der nicht gewinnt. Es ist nur schon lange her, seit ich mich getraut habe, es überhaupt zu versuchen.

Wir erreichen die Kunstausstellung, die im Bezirk Scottsdale entlang des Arizona-Kanals stattfindet, und schlendern durch die verschiedenen Bereiche mit den unterschiedlichsten Gegenständen und Genres. Es gibt alles. Ölgemälde und Kohlezeichnungen, Töpferwaren und Skulpturen. Aaron interessiert sich für ein abstraktes Aquarellgemälde für seine Eigentumswohnung, doch nimmt am Ende Abstand davon, weil er seinem Kunstgeschmack nicht traut. „Vielleicht kannst du dir ja mal mein Wohnzimmer ansehen und mir sagen, was deiner Meinung nach an die Wand passen würde."

Er sagt das ganz entspannt, so als ob er hofft, dass ich ihn eines Tages besuchen werde, aber es auch nicht rasend eilig hat. Als er nach meiner Hand greift und unsere Finger miteinander verschränkt, möchte ich dahinschmelzen. Er hat keine Ahnung, wie entwaffnend seine Lässigkeit ist, und ich erkenne, dass er möglichst wenig bedrohlich erscheinen will. Langsam, aber sicher will er mich davon überzeugen, dass er nicht vorhat, mich zu verletzen.

Als wir Hunger bekommen, einigen wir uns auf einen Taco-Foodtruck, denn wir beide finden, dass Tacos Lebenselixier sind. Wir setzen uns an einen

Picknicktisch, essen Tacos mit Schweinebauch, Fontina-Käse und frischem Koriander und trinken geeiste Margaritas aus Plastikbechern.

Auf meine Bitte hin erklärt mir Aaron die Regeln beim Eishockey. Je näher ich ihn kennenlerne und je mehr ich ihn mag, desto mehr interessiert mich sein Beruf. Es fällt mir schwer, den Mann, den ich kennengelernt habe, mit dem Profispieler unter einen Hut zu bekommen, weil ich ihn noch nie spielen gesehen habe, da wir uns gerade in der Off-Season befinden. Es kommt mir nicht real vor, aber ich stelle ihm trotzdem Fragen und versuche, alles zu verstehen.

Aaron fragt, ob ich einen Stift in der Handtasche habe, und zeichnet ein Eishockeyspielfeld auf eine Papierserviette. Dabei erklärt er mir alle Kreise und Linien, unsere Köpfe sind nah zueinander geneigt.

„Wenn du also einen unerlaubten Weitschuss …“, beginnt er.

„O mein Gott!“, kreischt eine Frau dazwischen. „Das ist Wylde!“

Ich zucke zusammen und drehe mich um. Plötzlich sind wir umzingelt von nackten Armen und Beinen, tiefen Ausschnitten und gebräunter Haut. Kurz muss ich mich orientieren, dann begreife ich, dass Aaron von sechs oder sieben Frauen belagert wird. Sie stehen nah an seinem Rücken und dicht neben ihm. Eine lehnt sich an den Picknicktisch zwischen uns an, sodass ich Aaron nicht mehr sehe.

Zu sagen, dass ich sprachlos bin, wäre eine Untertreibung.

Bisher habe ich noch nicht erlebt, dass Aaron irgendwo erkannt wurde, aber er hat sich auch noch nie wirklich in der Öffentlichkeit mit mir gezeigt. Unser Date fand in einem kleinen italienischen Restaurant statt, in dem nicht viele Gäste waren. Die beiden Hochzeiten waren privater Natur.

Natürlich ist mir aufgefallen, dass Leute ihn erkannt haben. In meinem Laden schienen ein paar Kunden zu wissen, wer er war. Meistens starrten sie ihn nur an und flüsterten miteinander. Einige fragten nach einem Autogramm und Selfies. Das ist alles harmlos und respektvoll abgelaufen und Aaron war sehr großzügig und geduldig.

Aber das hier? Dazu fällt mir nichts mehr ein.

Die Frauen wollen Autogramme und Fotos und behaupten, er sei ihr Lieblingsspieler. Sie wirken für eine Kunstausstellung unpassend gekleidet, sondern eher für einen Clubabend. Die Frau zwischen uns bewegt ihren Hintern und stößt meine Margarita um. Der Drink schwappt auf den Holztisch und fließt direkt auf mich zu. Mit einem Sprung von der Bank kann ich verhindern, dass das klebrige Zeug auf meinem Schoß landet.

Aaron explodiert.

Ich konnte ihn noch nicht ansehen, weil diese Frau vor ihm stand, doch jetzt steht er auf und ich sehe ihm seine Wut an.

„Himmel noch mal!", flucht er, macht einen Bogen um die Frauen und kommt auf meine Seite. Er nimmt mich am Handgelenk und betrachtet meine Kleidung. „Hast du etwas abgekriegt?"

„Nein, geht schon", sage ich leise und von seiner Wut eingeschüchtert, auch wenn sie nicht gegen mich gerichtet ist.

Aaron sieht die Frauen finster an, die nicht einmal die Größe oder Intelligenz besitzen, reuevoll auszusehen. Sie sehen ihn nur erwartungsvoll an und haben die Handykameras gezückt.

„Was stimmt mit euch nicht?", fragt er die Gruppe. „Ich bin ganz offensichtlich privat hier. Trotzdem belästigt ihr uns und ruiniert unser Essen."

Ein paar perfekt geschminkten Gesichtern vergeht das Lächeln. Ich habe Mitleid und entziehe Aaron meine Hand. „Schon gut."

„Nein, ist es nicht", knurrt er.

„Es macht mir nichts aus", versichere ich ihm und deute auf die Gruppe. Die Frauen scheinen mich jetzt erst wahrzunehmen und manche schauen entschuldigend drein. „Mach ruhig ein paar Fotos mit deinen Fans."

Aaron dreht den Frauen den Rücken zu und beugt sich zu mir herunter. „Das tut mir wirklich furchtbar leid."

Zum ersten Mal, seit wir uns kennen, berühre ich ihn zuerst und lege eine Hand auf seine Wange. „Schon gut, ist doch nicht deine Schuld."

Er lächelt schief. „Nein, aber es ist ein direkter Beweis für meinen Ruhm, den du so hasst, was dich dazu bringen wird, mich zu hassen."

Ich schüttele heftig den Kopf. „Ich hasse gar

nichts an dir. Auch deinen Ruhm nicht. Das ist etwas, womit du leben musst, es ist Teil deiner täglichen Realität. Es hat mich nur überrumpelt, aber jetzt ist es schon wieder gut. Versprochen."

„Normalerweise passiert das nicht. Diese Mädchen sind wahrscheinlich angetrunken und haben nicht nachgedacht …"

„Schon gut", wiederhole ich und meine es auch so. „Ich will deine Fans nicht sauer machen, also geh jetzt zu ihnen und mach die Selfies, okay?"

„Nur, wenn du mich küsst", sagt er mit tiefer Stimme.

Sehnsucht liegt in diesem Befehlston. Eine Kombination, die mir zwischen den Beinen einheizt.

„Wenn du darauf bestehst." Ich schlinge die Arme um seinen Hals, gehe auf die Zehenspitzen und küsse seine Lippen. Ich öffne den Mund und erforsche seinen mit der Zunge. Fast geben meine Knie nach, als er tief in der Kehle knurrt. Mit den Armen um meine Taille zieht er mich fest an sich und übernimmt die Kontrolle über den Kuss.

Als er mir Gelegenheit zum Luftholen gibt, hätte er mich alles fragen können und ich hätte Ja gesagt. Doch leider streichelt er mir nur mit dem Daumen übers Kinn und tritt zurück. Er seufzt und dreht sich zu den Frauen um. Bereit, seine Pflicht als Promi zu tun, setzt er ein freundliches Lächeln auf. Ich schaue um ihn herum, doch die Frauen sind verschwunden. Keine Ahnung, wann sie gegangen sind, aber wir sind wunderbarerweise wieder allein.

Aaron dreht sich grinsend zu mir um. „Noch eine Margarita oder ein Dessert?"

„Klingt alles wundervoll", sage ich und denke, dass dies eines der schönsten Dates ist, die ich je hatte.

***

Ein paar Stunden später begleitet mich Aaron zur Haustür und beendet damit offiziell das schönste Date meines Lebens.

Nach dem Fiasko mit den Fans habe ich mich noch stärker mit ihm verbunden gefühlt, aber jetzt bin ich plötzlich unsicher. Ich suche in der Handtasche nach meinem Schlüssel und frage mich, ob ich Aaron hereinbitten soll. Diesmal sind meine Beine rasiert, also ist diese Barriere aus dem Weg.

„Es war ein schöner Abend, vielen Dank", sage ich.

Aarons Lächeln ist etwas durchtrieben und lüstern, was mein Blut zum Kochen bringt. Er kommt mir sehr nah, greift mir in den Nacken, beugt sich über mich und küsst mich so heiß, dass ich die Botschaft empfange, dass er es auch schön fand. Wenig subtil teilt er mir so auch mit, dass es sogar noch schöner werden könnte.

Doch er flüstert mir ins Ohr: „Ich fand es auch schön. Ruf mich morgen an." In seinem Tonfall liegt keinerlei Druck, der zeigt, dass er mehr will.

Sprachlos sehe ich zu, wie er sich von mir abwendet. Mit dem Schlüssel in der Hand gehe ich ans Schloss und hasse es, die Gelegenheit verpasst zu haben. Oder? Ich drehe mich noch einmal um. „Möchtest du …"

Aaron hält an und schaut über seine Schulter.

„Äh, ach, vergiss es", wispere ich. Er lächelt verständnisvoll, leicht amüsiert und geduldig. Dann geht er weiter und ist halb auf der Treppe, als ich es mir anders überlege. „Warte … magst du noch mit reinkommen?"

Er sieht mich mit leicht gesenktem Kopf an.

„Weißt du", plaudere ich weiter, „wir könnten uns unterhalten. Oder Scrabble spielen."

Sein Blick ist mit etwas gefüllt, das ich nicht verstehe, das aber die Schmetterlinge in meinem Bauch zum Flattern bringt, als er zu mir zurück schlendert. Er nimmt zwei Stufen auf einmal und kommt direkt auf mich zu. Ich trete zurück, bis ich an die Tür stoße, und Aaron presst sich an mich, schiebt ein Bein zwischen meine Schenkel und meine Brust wird an seine gedrückt.

Mit dem Mund nähert er sich meinem Ohr. „Okay, spielen wir Scrabble."

„Okay", hauche ich und lache nervös.

Drinnen ziehen wir die Schuhe aus. Ich hole uns Wasser, da Aaron keinen Alkohol mehr möchte. Er hatte ja bereits zwei Margaritas und will als Autofahrer heute nichts mehr trinken. Wir setzen uns im Schneidersitz auf den Teppich im Wohnzimmer und legen das Scrabblebrett zwischen uns.

Ich gewinne das erste Spiel und wir unterhalten uns dabei ungezwungen. Dann richten wir alles für eine zweite Runde her.

„Wie oft triffst du deine Eltern?", fragt Aaron.

Er weiß bereits, dass meine Eltern in der Nähe wohnen und beide Steuerberater sind, die sich damit beschäftigen, nebenbei Wohnungen zu vermieten, um sich eine frühe Rente leisten zu können.

Ich zucke mit den Schultern. „Nicht so oft, wie ich gern würde. Der Laden frisst meine ganze Freizeit. Sonntag ist mein einziger freier Tag."

„Du arbeitest viel zu hart."

„Sagt der Mann, der in der Saison sieben Tage die Woche arbeitet und abwechselnd noch Auswärtsspiele, Training und Work-outs hat." Das hat er mir heute alles genau erklärt.

„Touché." Er grinst und legt das erste Wort aufs Spielbrett. Er zählt seine Punkte zusammen und schreibt sie auf. „Warum stellst du dir keine Hilfe ein?"

„Dann würde ich pleitegehen. Meine Leidenschaft bringt nicht viel Geld ein. Sie deckt gerade so die Kosten und erlaubt mir, ein bisschen was für meine Rente zu sparen und anständige Lebensmittel zu kaufen."

Aaron blinzelt. Ich frage mich, ob er jetzt von der Frau enttäuscht ist, die gerade so über die Runden kommt, obwohl er sie für eine clevere Geschäftsfrau gehalten hat. Doch dann lächelt er. „Das kann ich nur bewundern. Du arbeitest hart für das, was du liebst, anstatt nur für Geld."

Sein Kompliment berührt mich tief und befriedigt

mein Bedürfnis nach Anerkennung. Meine Eltern halten mein Geschäft für ein Luftschloss und haben mich daher auch nur vage ermutigt. Nicht, weil sie mich nicht genug lieben, sondern weil sie sich etwas Besseres für mich erträumt haben.

„Meine Eltern, die ich wirklich sehr liebe, erzählen mir ständig, dass ich mir etwas anderes suchen soll, das finanziell erfolgreicher ist. In Momenten wie diesen wünschte ich, ich hätte Geschwister, die meine Eltern von meinen Fehlern ablenken würden."

„Da sind keine Fehler", korrigiert er mich. Ich betrachte meine Buchstaben. „Sondern große Ambitionen."

Ich grinse und entscheide mich für ein Wort. „Danke, das gefällt mir auch besser." Ich lege mein Wort und zähle die Punkte zusammen. „Und wie ist das bei dir?", frage ich neckend. „Hast du Geschwister, die du mit deiner Großartigkeit überschattest?"

Aaron lacht in sich hinein. „Ich habe eine Halbschwester, der ich nicht sehr nahestehe. Aber sie ist definitiv der Augapfel ihrer Eltern."

Das stimmt mich traurig, denn ein bisschen Romantik ist in mir noch vorhanden. Ich finde, jeder sollte seinen Geschwistern nahestehen. Nicht, dass ich dahingehend Erfahrungen hätte, aber als Kind habe ich mich oft nach Geschwistern gesehnt.

Ich möchte Aaron nicht bedrängen, daher wechsele ich das Thema. „Wann ist der Tag, an dem der Stanley Cup bei dir stehen darf?"

Aarons Blick gleitet zu mir und er lächelt. Er liebt Eishockey und erstrahlt stets, wenn wir darüber reden. Das ist völlig okay, denn mir geht es genauso, wenn wir über meinen Laden reden.

„Vielleicht in zwei Wochen. Ich will eine Party in meiner Wohnung geben. Nichts Besonderes. Ich hoffe, dass du auch kommst."

„Gern." Es ist aufregend, dass Aaron und ich schon zukünftige Verabredungen treffen. „Ich kann mir gar nicht vorstellen, wie toll es sein muss, diesen Pokal zu gewinnen." Ich habe die Vengeance im Internet recherchiert und erfahren, dass es in der Sportwelt als ein kleines Wunder gilt, dass sie gewonnen haben.

Aaron stützt sich mit einer Hand auf dem Boden ab und bei dem Gedanken an den Sieg wird sein Blick weich. „Das Gefühl, diesen Cup zu gewinnen … ist einzigartig. Ich würde so weit gehen und behaupten, dass es das schönste Gefühl war, das ich je hatte."

Aaron legt das Wort *Ratte* aus und ich kichere bei den geringen Punkten, die er dafür bekommt.

Er nimmt sich neue Buchstaben und stellt mir eine Frage. „Wenn du etwas an dir ändern könntest, was wäre das?"

Eine tiefgründige Frage. Ich sehe ihn an, bis er meinen Blick bemerkt.

Er zuckt mit den Schultern. „Ich bin nur neugierig, denn ich finde dich praktisch perfekt. Aber ich kenne dich ja noch nicht allzu gut. Meine Frage dient dazu, den Prozess abzukürzen."

O Mann, das ist echt süß. Er kam zum Scrabblespielen in mein Haus, weil er wusste, wie nervös
ich war und dass ich keine Ahnung hatte, was ich
da tat, und jetzt fürchte ich, dass er so langsam
mein Herz durcheinanderbringt.

Ich blicke zur Decke hoch und denke über die
Frage nach. „Ich wünschte, ich wäre etwas spontaner und müsste nicht immer erst alles durchdenken und genau planen.“

Aaron lächelt verständnisvoll. Offenbar freut ihn
meine aufrichtige Antwort. Er beugt sich leicht
über das Spielbrett. Ich beuge mich ihm entgegen
und wir treffen uns in der Mitte für einen zärtlichen Kuss.

„Hallo … ich mag dich wirklich sehr“, sagt er.

Das scheint mir zu romantisch, um wahr zu sein.
Doch dann berührt seine Zunge die meine und der
Kuss wird heftiger. Ehe ich mich versehe, befinden
wir uns beide auf den Knien und machen herum
wie Teenager. Meine Brüste werden an seinen
Oberkörper gepresst, seine Hände wühlen in meinen Haaren und halten meinen Kopf fest, sodass er
meinen Mund plündern kann. Wir atmen schwer,
und mich überkommt der Drang, ihm die Kleider
vom Leib zu zerren, damit ich jeden Zentimeter
von ihm berühren kann.

Aaron reißt sich von meinem Mund los, umfasst
jedoch weiterhin meinen Kopf und sieht mir in die
Augen. Sein Brustkorb hebt und senkt sich genauso schnell wie meiner. Sein Lächeln ist reuevoll
und amüsiert zugleich.

„Wir sollten es langsamer angehen." Ich ziehe die Augenbrauen zusammen, und als er das sieht, küsst er mich noch einmal zärtlich. „Wir können uns Zeit lassen, Clarke. Das ist, ehrlich gesagt, sogar irgendwie erfrischend …"

Ich kann nichts dafür. Wenn ich noch etwas an mir ändern könnte, wäre es die Unsicherheit, die mich befallen hat, als ich öffentlich als schlechter Fick bezeichnet wurde. Das lässt mich an mir selbst zweifeln. Aaron ist jedoch sehr aufmerksam. Was auch immer mein Gesichtsausdruck von meinen Gedanken verrät, bemerkt er sofort und schüttelt heftig den Kopf.

„O nein, tu das nicht!", sagt er im Befehlston. „Glaub ja nicht, dass ich dich nicht will."

Verdammt, genau das denke ich.

Ich schrecke zusammen, als er mein Handgelenk ergreift und meine Hand auf die Wölbung an seiner Jeans legt. Ich weite die Augen, begreife, was ich da fühle, und da presst er meine Hand fest darauf. Die Wölbung ist riesig, und Erregung pulsiert zwischen meinen Beinen. Doch seine tiefe Stimme lenkt mich ab und ich sehe ihm in die Augen.

„Zweifle nie daran, wie sehr ich mich nach dir sehne, Clarke. Aber ich will, dass du voll und ganz bei mir bist. Du sollst mir erst vollständig vertrauen und dich nicht nur von körperlicher Lust hinreißen lassen."

Wir sehen einander an, nur Zentimeter entfernt, und meine Hand liegt auf seiner Erektion. Ich kann nur nicken, denn meine Kehle ist wie ausgetrocknet.

„Wie wäre es mit Dinner morgen Abend?" Mit den Lippen streicht er über meine und lässt gleichzeitig mein Handgelenk los. „Letzten Monat habe ich einen tollen Griechen entdeckt."

„Ich könnte aber auch für dich kochen."

Aaron sieht mich nachdenklich an. Wahrscheinlich überlegt er, wie das sein wird, wenn ich für ihn Hausmannskost zubereite.

Er grinst. „Siehst du, das war spontan!"

Ich muss lachen. Ich lege die Hände auf seine Brust und lehne kurz die Stirn dagegen. Aaron küsst mich auf den Kopf. Mir wird klar, dass ich ihm bereits vertraue, auch wenn er es noch nicht spürt.

KAPITEL 13

Wylde

"Das ist der Letzte", sagt Baden, stellt eine leere Kühlbox auf meinen Pick-up und schließt die Klappe.

„Gehen wir irgendwo Mittagessen?", frage ich ihn und Kane, der aus einer Tüte Doritos futtert, während wir hinter meinem Wagen stehen.

Kane hält die Tüte hoch. „Also das hier hält mich bis zum Abendessen nicht am Leben."

„Ich habe mir da drin ein Sandwich geklaut", sagt Baden und deutet mit dem Daumen auf das Gebäude, das wir soeben verlassen haben. „Okay, nicht wirklich geklaut. Einer der freiwilligen Helfer meinte, ich sehe hungrig aus, und hat es mir in die Hand gedrückt."

Baden, Kane und ich haben heute über tausend Essen an Obdachlose ausgegeben. Das hier ist eine der vielen Obdachlosenunterkünfte in unserer Gegend, denen wir als Team Vengeance helfen, das wachsende Problem anzugehen. Das gesamte Team und verschiedene Familienmitglieder haben sich im Stadion getroffen, in dem Lkw-Ladungen mit gespendeten Lebensmitteln angekommen waren. Wir organisierten alles und machten belegte Brote, Suppen und kleine Tüten mit Snacks. Dann beluden wir unsere Privatfahrzeuge und brachten die Spenden zu den verschiedenen Obdachlosenheimen. Meine Gruppe kümmerte sich hier um den Mittagstisch. Ich bin schockiert, so viele Kinder in der Schlange gesehen zu haben, deren einzige Mahlzeit die heutige Spende ist. Kane und Baden sind ebenfalls entsetzt.

Als wir die leeren Boxen einräumten, waren wir alle der Meinung, dass wir gern mehr tun würden, aber wir wissen nicht, wie man da am besten vorgeht. Darüber werden wir beim Mittagessen sprechen.

Wir steigen in den Wagen. Kane setzt sich vorn neben mich und Baden steigt hinten ein.

„Habt ihr etwas dagegen, wenn ich unterwegs kurz anhalte?", frage ich die Jungs.

Sie geben beide ihre Zustimmung. Unmöglich kann ich Clarke so nah sein, ohne ihr schnell Hallo zu sagen. Ja, ich habe sie erst gestern Abend gesehen und hätte beinahe direkt auf dem Scrabblebrett mit ihr gevögelt, und ja, ich sehe sie heute Abend wieder zum Dinner, aber ich kann mir nicht helfen. Ich möchte sie mitten am Tag auch gern sehen.

Wir sind nur fünf Blocks vom Laden entfernt. Leider finde ich vor dem Laden keinen Parkplatz, sondern nur einen halben Block weiter. Ich stecke Geld in die Parkuhr und die Jungs folgen mir.

„Wohin gehen wir?", fragt Baden schließlich.

„Seine Freundin besuchen", rät Kane treffend.

Baden ist natürlich erstaunt, und ich brauche die Zeit, während wir den halben Block laufen, um ihm zu erklären, dass ich die schöne Rothaarige von den Hochzeiten immer noch treffe.

Als wir hineingehen wollen, klingelt mein Handy. Ich kenne die Nummer, muss diesen Anruf aber jetzt nicht unbedingt annehmen. Ich leite ihn an die Sprachbox weiter und werde später zurückrufen.

Das Glöckchen kündigt uns an und ich sehe Veronica an der Kasse einen Kunden abfertigen. Das überrascht mich nicht, denn Clarke hat mir erzählt, dass ihre Freundin öfter aushilft. Sie tut es sogar ohne Bezahlung, da sie nach einer Scheidung so viel Geld hat, dass sie nie wieder arbeiten muss, wenn sie nicht will. Das Problem ist nur, dass sie sich furchtbar langweilt und daher sehr oft aushilft, bis sie weiß, was sie nun mit ihrem Leben anfangen möchte.

Sie lächelt mich freundlich an. Clarke hat uns bereits einander vorgestellt. Veronica war mir gegenüber freundlich, aber skeptisch. Ich weiß nicht, ob Clarke ihr etwas Neues erzählt hat, aber ihr Lächeln ist auf jeden Fall wärmer geworden. Das freut mich zwar, ist aber nicht so wichtig.

Baden und Kane treten hinter mir ein.

„Verdammt", murmelt Baden bewundernd.

Er hat einen Blick auf Veronica geworfen, die genauso umwerfend aussieht, wie sie es beabsichtigt hat. Sie trägt ein enges Wickelkleid, das ihre Formen betont, und ihr Gesicht ist makellos schön.

Ich hingegen verschwende keinen Gedanken an sie und gehe zwischen den Regalen nach Clarke suchen. Ich finde sie im dritten Gang. Meine Bewegung lässt sie aufschauen. Neben ihr steht ein

Karton und sie sortiert Bücher ins Regal ein. Ich muss sagen, dass es sich verdammt schön anfühlt, wie sie strahlt, als sie mich sieht. So hat mich noch nie jemand angesehen. Klar kenne ich bewundernde Blicke von Frauen. Aber die haben stets nur mit meinem Aussehen oder meinem Promi-Status zu tun. Clarke hingegen sieht mich an, als ob ihr schöner Tag gerade zu einem fantastischen geworden wäre.

„Hi. Was machst du denn hier?" Sie streicht sich eine Locke vom Brillenrand.

„Ich war gerade in der Gegend und dachte mir, ich sage mal schnell Hallo." Ohne zu zögern, gehe ich auf sie zu, denn ich weiß nicht, wie lange wir hier allein sind, und gebe ihr einen langen, zärtlichen Kuss. Sie schnurrt wie ein Kätzchen und schmiegt sich an mich. Ich muss die Umarmung beenden, bevor mein Unterkörper sichtbar reagiert.

Ich höre Veronica lachen. Anscheinend wird sie von Kane und Baden gut unterhalten. Ich nehme Clarkes Hand und wir gehen nach vorn in den Laden. Die Jungs wenden sich uns zu und ich stelle noch einmal alle vor. Zwar haben die Jungs Clarke bei Erik und Blue gesehen, aber diesmal, Hand in Hand, ist klar, dass sie mehr ist als nur eine Hochzeitsbegleitung.

„Was habt ihr Jungs denn heute zusammen gemacht?", fragt Clarke.

Ich erzähle ihr von der Obdachlosenhilfe. Mir gefällt ihre gerührte Reaktion und dass mein Engagement sie noch mehr für mich erwärmt. Ich würde alles tun, damit sie mir vertraut und den Arsch vergisst, der sie gedemütigt hat, und damit sie erkennt, dass nicht alle Männer gleich sind.

„Und jetzt wollen wir etwas essen gehen", fahre ich fort. „Magst du mitkommen?"

Clarke schüttelt bedauernd den Kopf. „Sehr gern, aber das ist leider nicht möglich."

Ich sehe zu Veronica hinüber. „Ich wette, Veronica macht es nichts aus, wenn du kurz weggehst."

Als ob wir ein Stichwort verabredet hätten, nickt Veronica. „Sie geht bestimmt gern mit. Ich halte hier so lange die Stellung."

Clarke sieht Veronica strafend an. „Hast du vergessen, dass ich heute schon früher gehen will, um für diesen Flegel hier zu kochen?" Sie schlägt mir spielerisch gegen den Bauch. „Und zwar ein erstklassiges Essen?"

Es berührt mich tief, dass sie extra für eine Vertretung im Laden gesorgt hat, damit sie früher gehen kann. Nur meinetwegen.

Veronica lacht, zuckt mit den Schultern und sieht mich an. „Ich hab's versucht."

Clarke greift wieder nach meiner Hand und drückt meine Finger. „Ich würde wirklich gern mitkommen, aber ich möchte gern früh einkaufen gehen und noch Zeit haben, um … nun ja, alles für dich vorzubereiten." Sie errötet, als sie erkennt, dass sie vor allen Leuten etwas total Süßes gesagt hat, mit dem Hauch einer sexuellen Anspielung. „Ich meine", plappert sie weiter, „weil das Rezept recht kompliziert ist. Es braucht Zeit und ich will nicht hetzen müssen."

Ich lache in mich hinein und flüstere ihr ins Ohr: „Ich kann es kaum erwarten."

Sie errötet noch tiefer, denn obwohl meine Worte unschuldig geklungen haben, hat meine tiefe Stimme noch ganz andere Dinge suggeriert.

Ich küsse sie kurz auf die Lippen und wende mich an meine Freunde. „Können wir gehen?"

Kane und Baden verabschieden sich von Veronica, und ich bin gespannt, ob mich einer von ihnen später nach Informationen über sie ausquetschen wird. Sie ist zwar sehr schön und Single, aber mir ist aufgefallen, dass sie mit keinem von beiden wirklich geflirtet hat.

„Oh, Aaron, warte!", ruft Clarke.

Ich halte inne und drehe mich um.

Kane lacht in sich hinein. „Aaron? Kein Mensch nennt ihn so."

Ich stoße mit dem Ellbogen nach hinten und treffe seine Rippen. Ich habe Clarke nicht erzählt, dass mich die meisten Leute Wylde nennen, weil ich dem wilden Ruf mit Frauen gerecht werde.

Clarke geht hinter den Tresen, nimmt etwas und kommt zu mir. Mit einem Buch in der Hand. *„Harry Potter und die Kammer des Schreckens"*, sagt sie.

Grinsend nehme ich das Buch entgegen und betrachte den Umschlag. „Cool."

„Du machst Witze, oder?", fragt Kane lachend.

Ich sehe ihn streng an, greife in die Hosentasche nach meiner Geldbörse, um das Buch zu bezahlen.

Doch Clarke legt eine Hand auf meine und schüttelt den Kopf.

„Das ist ein Geschenk von mir."

Noch nie hat mir eine Frau ohne Anlass etwas geschenkt. Und dass es ausgerechnet Clarke tut, berührt mich tief. Sie hätte nichts Persönlicheres wählen können als ein Buch. Ich beuge sie leicht nach hinten und gebe ihr einen langen, innigen Kuss.

Baden hüstelt.

Veronica sagt: „Nur damit ihr Bescheid wisst, Jungs … Männer, die lesen, sind heiß."

„Wirklich?", fragt Kane interessiert.

„Wirklich", bestätigt sie.

Ich breche den Kuss ab und sehe zu, wie Clarke blinzelnd die Augen öffnet. Sie lächelt, als hätte ich ihren Verstand vernebelt. Manchmal geht es mir mit ihr genauso.

„Bis später", sage ich leise.

Kane und Baden folgen mir und reden auf der Straße darüber, welche Bücher sie gelesen haben und ob Frauen diese sexy finden würden. Ich hole mein Handy heraus und rufe die Person von vorhin zurück.

Beim zweiten Klingeln nimmt er ab. „Walt Nichols."

„Aaron Wylde", sage ich, obwohl er das sicherlich von seinem Display abgelesen hat.

„Mr. Wylde, ich habe die gewünschten Informationen für Sie."

Wir gehen zu meinem Wagen und ich höre dem

Mann zu. Baden und Kane folgen mir. Als ich mein Auto aufschließe, habe ich genug erfahren.

„Schicken Sie mir alles per E-Mail", sage ich zu Walt, dem Privatdetektiv, den ich damit beauftragt habe, alles über Tripp Horschen herauszufinden. Den Mann, der Clarkes Herz und ihr Vertrauen auf dem Gewissen hat.

„Alles klar", antwortet er und wir beenden das Gespräch.

Ich sehe Kane und Baden an. „Ich muss euch etwas fragen."

„Spuck's aus", sagt Baden.

„Wenn jemand einer Person, die euch nahesteht, wehgetan hat, nicht körperlich, aber mental und emotional, würdet ihr da etwas unternehmen?"

„Auf jeden Fall", antwortet Kane, und Baden nickt gleichzeitig.

„Und wie weit würdet ihr dabei gehen?", frage ich und gehe gedanklich meine Möglichkeiten durch.

„Ich würde nichts tun, was meine Karriere in Gefahr bringen könnte", meint Kane.

„Also darf ich dem Kerl nicht in den Arsch treten?"

„Kannst du es ihm nicht auf andere Weise heimzahlen?", fragt Baden.

Noch handelt es sich um hypothetische Gedanken unter Freunden.

„Doch, das wäre eine Möglichkeit." Ich kann es kaum erwarten, die Recherchen zu sehen, die mir Walt gemailt hat.

Baden und Kane tauschen einen wissenden Blick aus. Sie kennen mich. Sie wissen, dass ich keine Ruhe gebe, wenn ich mir etwas in den Kopf gesetzt habe. Sie müssten Idioten sein, wenn sie nicht wüssten, dass ich von Clarke spreche. Sie hatten gerade eben die besten Plätze, um zu beobachten, wie dämlich ich mich in ihrer Gegenwart verhalte.

Dennoch fragen sie nicht nach Details, wofür ich dankbar bin, denn ich will niemandem erzählen, was ihr passiert ist. Das habe ich nur bei Tacker und Nora getan, denn er ist mein bester Freund und sie Psychologin. Ihr Rat ist Gold wert.

Doch jetzt brauche ich keinen Rat mehr. Egal, was die Zukunft für Clarke und mich bringt, eins ist sicher: Tripp Horschen wird zehnfach für das bezahlen, was er ihr angetan hat.

KAPITEL 14

Clarke

Aaron hilft mir aus dem hohen Pick-up, was ein Ritual bei uns geworden ist. Diese Woche waren wir jeden Abend zusammen aus, außer an dem Abend vor drei Tagen, an dem ich für ihn gekocht habe, und haben verschiedene Restaurants ausprobiert.

Ich muss sagen, dass ich inzwischen etwas besser mit seiner Berühmtheit umgehen kann. Ein weiterer Vorfall wie der mit der Gruppe Frauen ist nicht mehr passiert. Rückblickend denke ich, das hat wohl auch nur am Alkoholpegel der Fans gelegen.

Je öfter wir in die Öffentlichkeit gehen, desto öfter erlebe ich natürlich, dass er erkannt wird. Meistens wird er nicht angesprochen, aber ich sehe, dass die Leute ihre Handys zücken und Fotos oder Videos machen. Diejenigen, die ihn ansprechen, sind meistens höflich und sich durchaus bewusst, dass sie sein Privatleben stören. Nur ein Mal unterbrach uns ein Mann beim Dinner, und das war heute Abend.

Aaron hatte ein kleines, abgelegenes Restaurant gewählt und absichtlich einen Tisch ganz weit hinten reserviert. Das Lokal war gemütlich beleuchtet, Kerzen flackerten auf den Tischen, leise Musik spielte im Hintergrund. Für die Romantiker. Als wir mit dem Hauptgang beginnen wollten, ließ ein Mann seine Frau allein am Tisch sitzen und kam zu uns herüber. Ich hielt die Luft an und wartete auf Aarons Reaktion.

Auf die Frauengruppe war er sauer gewesen und hatte nicht gezögert, das auch zu zeigen. Hinterher erklärte er mir, dass wegen der Frau, die meinen Drink umgestoßen hat, sein Geduldsfaden gerissen war. Doch diesmal war er freundlich zu dem Mann, auch wenn man ihm ansah, dass er die Störung nicht schön fand. Er gab dem Fan ein Autogramm und ließ ihn ein Selfie mit ihm machen. Doch als der Mann anfing, über Eishockey zu fachsimpeln, hob Aaron eine Hand. Der Mann schloss den Mund und Aaron nickte kurz in meine Richtung.

„Ich bin mit dieser schönen Frau für ein romantisches Dinner hier und würde es begrüßen, wenn Sie uns jetzt allein lassen würden."

Entschuldigend wich der Mann zurück. Er ging zu seinem Tisch, seine Begleiterin beugte sich zu ihm und er sah nach Aarons Abfuhr wirklich geknickt aus.

Jetzt begleitet mich Aaron zu meiner Haustür, so wie an den vergangenen zwei Abenden. Er hat sich dermaßen zurückgezogen, dass ich mich frage, ob ich seine Signale falsch interpretiert habe und er nichts weiter will als Freundschaft. Oder er ist einfach sehr vorsichtig und wartet auf ein klares Zeichen von mir. Für meinen Geschmack denke ich viel zu oft an Sex mit ihm. Es ist schon so, als wäre ich davon besessen.

Ich hole den Schlüssel aus meiner Handtasche

und bereite mich darauf vor, Aaron wie immer noch hereinzubitten. Vorgestern ist er mit hineingekommen, wir sahen uns einen Film an und ich schlief an seiner Schulter ein. Gestern Abend verneinte er, weil er sich früh am Morgen mit Tacker zum Work-out verabredet hatte.

Bevor ich ihn hereinbitten kann, umfasst Aaron mein Gesicht. Ich liebe es, wenn er das tut, denn dann hat er mich völlig unter Kontrolle. Er küsst mich. Wie immer, wenn dieser Mann mich küsst, bekomme ich einen geistigen Kurzschluss. Ich kann nicht mehr denken, verwandele mich in eine Pfütze aus Emotionen. Ich schlinge die Arme um seinen Hals, halte mich fest und erwidere den Kuss.

Diesmal fühlt es sich anders an. Normalerweise kommen wir uns erst näher, wenn der Abend zu Ende geht, und dann lässt er es nur bis zu einem gewissen Punkt eskalieren. Aber wir kamen uns jedes Mal näher, und mir ist klar, dass er dann mit einem unangenehmen, unbefriedigten Gefühl geht.

Diesmal jedoch küsst mich Aaron, noch bevor wir beschlossen haben, ob das Date jetzt vorbei ist oder im Haus weitergehen soll. Dass er es vielleicht satthat, noch länger zu warten, trägt zu meiner Erregung bei, und ich presse mich dichter an ihn.

Er umfasst meinen Hinterkopf, greift in meine Haare und küsst meinen Hals. Ich erbebe. Er kann seine Lippen geschickt einsetzen und die kleinste Berührung jagt Schauer durch mich hindurch.

„Magst du noch reinkommen?", hauche ich und

spüre, wie seine Zähne sanft an meinem Hals entlang kratzen.

Er spricht tief und leise. „Dir ist aber klar, dass ich dann versuche, dir an die Wäsche zu gehen, oder? Ich will mich nicht länger nur fragen müssen, ob meine Küsse dich feucht machen."

O Gott.

O. Mein. Gott.

Meine Beine sind plötzlich wie aus Gummi. So direkt hat sich Aaron noch nie ausgedrückt. Immer ist er ganz der Gentleman und hält unsere Gespräche leicht und locker. Er bringt mich zum Lachen. Und nun möchte ich vor lauter Begierde weinen. Sein unanständiges Bettgeflüster kommt so überraschend, dass ich erstarre. Ich habe keine Ahnung, wie ich darauf reagieren soll, aber mein Körper ist bereit, die Herausforderung anzunehmen. Ich spüre es zwischen meinen Beinen. Dass mein Slip tatsächlich feucht ist, ist Beweis genug.

Ich kann nur nicken. Das ist mein stillschweigendes Einverständnis.

Ich atme tief aus und wende mich von ihm ab, um den Schlüssel ins Türschloss zu stecken. Mein Denkvermögen hat wieder eingesetzt. Habe ich heute Morgen das Bett gemacht? Ist es relativ frisch bezogen? Sollte ich mich erst entschuldigen und mir die Zähne putzen gehen? Ich öffne die Tür und betrete das Haus. Soll ich eine Flasche Wein anbieten? Oder das Scrabblebrett hervorholen?

Nein, Moment mal. Scrabble wäre ein schreckliches Vorspiel. Himmel, ich bin so dämlich.

Und, o Gott, hat er Kondome dabei? Denn ich besitze keine.

Bestimmt hat er welche.

Denk nach, Clarke, denk nach!

Okay, ich fange mit dem Wein an, das wird mich entspannen.

Aaron schließt die Tür. Ich öffne die Lippen, um zu fragen, ob er lieber Rotwein oder Weißwein trinkt, doch schon erobert er meinen Mund. Aaron fällt über mich her. Er packt mich an der Taille, drückt mich an die Wand, klemmt mich ein und gibt mir den innigsten, erotischsten Kuss meines Lebens, der überall kribbelt. Ich kralle mich in sein Shirt, ziehe daran und versuche, den Kuss mit allem, was ich habe, zu erwidern.

Er knurrt tief, lässt von meinem Mund ab und küsst meinen Hals entlang bis zur Schulter. Seine Hand gleitet auf meinem Rücken unter mein Top und streichelt mich sanft. Aarons Mund wirkt Magie und kommt wieder zu meinem zurück. Seine Zunge verhext mich, macht mich zu einer Sklavin. Aaron überwältigt mich total, genau hier an der Wand meines Wohnzimmers, und mein Puls hämmert.

Irgendwie sind seine geschickten Hände auf meinem Hintern gelandet. Sie gleiten um meine Hüften und schieben den kurzen Rock nach oben. Kühle Luft trifft auf meine Schenkel und dann liegt Aarons Hand genau auf meiner Mitte. Ich schnappe nach Luft, meine Hüften zucken automatisch nach vorn und ich reibe mich an Aarons Hand. Er lacht leise über meine Reaktion. Sein Atem an meinem Hals verursacht Gänsehaut, während er mit den Fingern unter mein Höschen und durch meine Nässe gleitet.

„O Gott!“ Mein Hinterkopf knallt an die Wand.

Ein langer Finger gleitet in mich. Meine inneren Muskeln packen ihn und saugen ihn tiefer ein.

„Himmel, Clarke“, presst Aaron hervor. „Diese Reaktion, Baby.“

Das kann man wohl sagen. So etwas habe ich noch nie gefühlt, und ich habe nicht den geringsten Schimmer, warum das so ist. Schließlich ist er nicht der erste Mann, mit dem es leidenschaftlich wird, und das ist auch nicht der erste Finger in mir. Wahrscheinlich hat es mit dem Gesamtpaket zu tun, das Aaron Wylde darstellt. Dem Spieler, der sich normalerweise kein zweites Mal mit einer Frau abgibt. Dem Mann, der sich mein demütigendes Geheimnis angehört hat und meine Gefühle versteht. Dem Promi, der immer noch so am Boden geblieben ist, wie man es sich kaum vorstellen kann. Und schließlich dem Mann, der mich so lange auf diesen Moment vorbereitet hat, dass ich ihn am liebsten wie einen Baum besteigen würde, um seine Hand zu reiten.

„Mehr“, jammere ich keuchend. Es klingt mit Sicherheit nicht sexy.

Wieder lacht Aaron auf und dann versenkt er noch einen Finger in mir. Wieder plündert er meinen Mund so innig, dass ich mich nur festhalten und ihm die Kontrolle überlassen kann. Da bringt er den Daumen ins Spiel und streichelt meine Klit damit. Abwechselnd mit den Bewegungen seiner Finger in mir macht er mich langsam wahnsinnig.

„Aaron", stöhne ich und unterbreche den Kuss. „Bitte, ich will dich in mir spüren."

„Noch lange nicht, Clarke", sagt er leise, greift mir in die Haare und hält meinen Kopf fest, um mich wieder zu küssen.

Noch lange nicht? Wie kann er das sagen? Mein Körper ist bereit. Ich konnte Aaron noch nicht anfassen, aber ich spüre seine große Erektion am Bauch, während sich mein Unterleib unter seiner Hand windet. An dieser Stelle bitte ich sonst den Mann, in mich einzudringen, und er gehorcht. Aaron scheint es jedoch überhaupt nicht eilig zu haben. Er ist ganz anders als die Männer, die ich bisher hatte. Er steht nicht auf die schnelle Befriedigung. Und das ist derartig männlich und erotisch, dass ich allein bei dieser Erkenntnis schon fast komme. Nun ja, auch wegen dem, was seine Finger mit mir anstellen, aber das Wissen, dass Aaron so eine starke Persönlichkeit ist, fähig und dominant, beeinflusst meine Reaktionen genauso wie seine Handlungen.

Ich schreie auf, als Aaron den dritten Finger einführt, alle wieder herauszieht und die Nässe um meine Klit verteilt. Er reizt sie, reibt und zwickt. Er übt genau so viel Druck aus, dass mein Orgasmus nicht kommt, was mich dazu bringt, mich freiwillig mehr foltern zu lassen, als ich eigentlich möchte. Ich halte mich an seinen Schultern fest und reite

praktisch seine Hand. Aaron lehnt sich etwas zurück und gönnt es mir, zwischen unseren Körpern
nach unten zu schauen und den erotischen Anblick
zu genießen. Sein Ausdruck ist der eines stolzen
Liebhabers, der mich so weit hat bringen können.

Er knurrt. „Sehr schön, Clarke. Und jetzt zeig mir,
wie sehr du es willst."

Gott, ich will es so sehr. Kurz flackert Scham in
mir auf, doch dann bettele ich. „Bitte, Aaron, bitte
lass mich kommen."

Was auch immer er in meinen Augen sieht, reflektiert in seinen als pure Entschlossenheit und
Konzentration. Er küsst mich, und seine Finger
attackieren meine Klit. Keine federleichten Berührungen mehr. Er fällt buchstäblich über mich her.

Die Wucht des Höhepunkts überkommt mich so
schlagartig, dass ich schreie, was sich anhört, als
hätte ich Schmerzen.

Doch ich habe keine.

Ich fühle mich frei und explodiere wunderbar,
sehr viel heftiger als je zuvor mit einem Mann.
Wenn die Welt jetzt untergehen würde, würde ich
glücklich sterben.

„Zimmer?", fragt Aaron.

Ich höre ihn zwar, aber mein Hirn ist noch nicht
in der Lage, den Sinn zu verstehen. „Was?", frage
ich daher. Ich erbebe immer noch unter seinen
Fingern.

„Dein Schlafzimmer. Wo ist es?"

„Oh." Ich grinse verträumt. „Den Flur entlang
und die letzte Tür rechts."

Plötzlich befinde ich mich auf Aarons Armen. Er hat mich einfach auf romantische Weise hochgehoben. Ich habe nicht einmal Zeit, peinlich zu finden, dass mein Rock auf meiner Taille sitzt. Oder mich daran zu stören, dass Aaron wie ein Wilder um die Ecke zum Flur rast und am Lichtschalter im Schlafzimmer herumfummelt, bis er die viel zu grelle Deckenbeleuchtung einschaltet.

Aaron trägt mich zum Bett und lässt mich wie einen Kartoffelsack darauf fallen. Doch mir bleibt keine Zeit, über die grobe Behandlung empört zu sein, denn schon sind seine Hände überall. Er zieht mir die Schuhe aus und wirft sie hinter sich. Dann zieht er mir Rock und Slip zugleich aus. Sofort wird mir peinlich berührt bewusst, dass ich halb nackt und ausgebreitet unter grellem Licht vor ihm liege. Ich lege die Hände auf meine Mitte.

Aaron verengt die Augen und sieht mich streng an. „Denk nicht mal daran, dich zu bedecken.“

„Dann mach das Deckenlicht aus.“ Meine Hände liegen auf meinem Bauch.

„Auf keinen Fall. Seit zwei Wochen warte ich auf diesen Moment und ich werde mir keine Sekunde entgehen lassen. Also nimm die Hände da unten weg, es sei denn, du willst mit dir selbst spielen …“

„Aaron“, sage ich entsetzt und spüre, dass ich vor Scham heiße Ohren bekomme.

Mit einem weiteren lüsternen Grinsen schüttelt er den Kopf. „Ich werde dir noch so viele Sachen zeigen, Clarke.“

Die Röte überzieht meinen ganzen Körper, doch erneut habe ich keine Zeit, unsicher zu werden. Aaron packt mich am Shirt, zieht mich in die sitzende Position. Er gibt mir einen Kuss und nimmt mir vorsichtig die Brille ab. Fast falle ich wieder nach hinten, als er mich loslässt. Er dreht sich um und legt die Brille auf die Kommode. Dann kommt er schnell wieder zu mir zurück, zieht mir das Shirt und den BH aus, ehe ich es richtig begreife, und wirft die Sachen auf den Boden.

Aaron tritt einen Schritt zurück und betrachtet mich prüfend. Noch nie kam ich mir blöder vor als jetzt, wo ich hier mit ausgestreckten Beinen nackt sitze. Die Position schmeichelt meinem Bauch kein bisschen. Ich wende den Blick von seinem durchdringenden ab.

„Du bist schön, Clarke", sagt er.

Trotz meines unwohlen Gefühls in dem erbarmungslosen Licht sehe ich ihn an. Jetzt wird er mir bestimmt meine Unsicherheit ausreden wollen, die von der schrecklichen Erfahrung noch in mir steckt, sozusagen zwischen den Laken.

Stattdessen zieht er sein Shirt aus. Mein Mund wird trocken. Er tut das ganz langsam, entblößt Stück für Stück immer mehr gebräunte Haut und starke Muskeln. Dann sind seine breite Brust und die Schultern befreit und das Shirt fällt zu Boden.

„Sorgen wir für Gleichberechtigung, okay?", fragt er sanft.

Ich kann nur nicken.

Er zieht seine Schuhe aus, setzt sich aufs Bett und

entledigt sich der Socken. Dann erhebt er sich und zieht den Gürtel aus seiner Hose. Langsam und selbstsicher. Es folgen Jeans und Boxers. Überwältigt starre ich seinen schönen Körper an. Leider habe ich mir die Männer in meiner Vergangenheit nie gründlich angesehen. Meistens war es zu dunkel. Oder wir haben nur betrunken herumgefummelt. Oder alles ging so schnell, dass wir uns nicht einmal völlig ausgezogen haben.

Und das war auch okay so und ebenfalls schön. Der Gedanke, dass Aaron und ich hastig übereinander herfallen, ohne die Geduld zu haben, uns erst langsam auszuziehen, hat jedenfalls etwas für sich. Irgendwann später einmal und mit dem Wissen, dass das Erlebnis viel heißer sein wird als das damalige Gefummel.

Doch jetzt will er, dass ich ihn erforsche. Er will, dass ich jeden Zentimeter genieße, den er entblößt. Ohne Worte kommuniziert er mir, dass ich ihn mir ansehen darf, bis ich genug habe. Er ist so schön, steht vor mir wie ein goldener Adonis, mit diesen Muskeln und dem langen, voll erigierten Schaft. Ich weiß nicht, ob ich je genug von dem Anblick haben werde, und momentan komme ich mir nicht mehr dämlich vor. Ich bin heiß und begierig. Ich will ihn nicht nur sehen, sondern auch fühlen.

Aarons Ausdruck wird weicher, als er sieht, dass ich mich entspanne. Er kommt näher ans Bett heran, und damit auch sein großer Schwanz. Es wird nicht leicht werden, ihn aufzunehmen, aber aufnehmen werde ich ihn auf jeden Fall.

Aaron legt seine warme Hand zwischen meine Brüste und drückt mich auf die Matratze. Ich erwarte, dass er direkt über mich steigt und gekonnt, wie beim Küssen, zu Runde zwei des Vorspiels übergeht. Doch er greift nach meinen Füßen und zieht mich mit einem Ruck bis ans Ende des Bettes, sodass mein Hintern fast hinunterhängt. Erschrocken schreie ich auf.

„Was …?", frage ich, doch verstumme, als Aaron vor mir auf die Knie geht. Sein warmer Atem streichelt meinen Bauch und die Innenschenkel. Schnell wird mir klar, was er vorhat, und automatisch wollen sich meine Beine schließen. Noch kein Mann hat das bei mir getan. Ich bin gleichermaßen erschrocken und erregt bei der Vorstellung.

„Beine breit", befiehlt er und sein Mund taucht direkt ab zu meiner intimsten Stelle.

Plötzlich wird mir klar, dass ich hinterher eine völlig andere Frau sein werde.

KAPITEL 15

Verdammt noch mal, sie schmeckt wundervoll, aber das habe ich mir schon gedacht. Ich habe es bis in meine kribbelnden Eier gespürt, die schon wehtun vor Verlangen, in Clarke einzudringen.

Doch das wird nicht geschehen, bevor ich sie nicht mindestens noch einmal zum Kommen gebracht habe.

Ja, das hat etwas mit meinem männlichen Ego zu tun.

Da ich weiß, dass der Typ bei ihrem ersten Erlebnis keinerlei Rücksicht auf sie genommen hat, werde ich ihr Sexleben nun so erschüttern, dass sie für die restliche Männerwelt zu anspruchsvoll sein wird. Und dabei habe ich nicht einmal ein schlechtes Gewissen.

Ihre Pussy ist warm und weich. Ihre Haut fühlt sich zart an, als ich meine Arme unter ihre Beine schiebe, über ihre Hüfte greife und mit den Fingerspitzen ihre Pussy weite.

Als ich mit der Zunge zum ersten Mal ihre Klit berühre, schreit sie auf. „Aaron!" Und dann plappert sie drauflos. „Stopp! Nein, o Gott, nicht aufhören! Bitte hör auf! O Gott, nicht aufhören ..."

Ihre widersprüchlichen Befehle amüsieren mich. Ich höre nicht auf sie, denn ich stoppe mein Tun sowieso nicht, und das will sie eigentlich auch gar nicht. Mein Ziel ist es, ihre Sinne herauszufordern. So weit, so gut. Mein Mund ist eine meiner besten Waffen. Ich liebe das Küssen. Könnte ich stundenlang tun. Ich freue mich schon darauf, mehr Zeit mit Clarke zu verbringen und irgendwann abends auf der Couch langsam herumzumachen.

Doch das wird erst passieren, wenn ich mich an ihr gesättigt habe, und ich habe keine Ahnung, wie viele Wochen das dauern wird.

Ich dringe mit der Zunge in sie ein und lecke dann über ihre empfindlichste Stelle. Clarke schreit und bäumt sich auf. Das macht mich total an. Mir gefällt der Gedanke, dass Clarke denken könnte, sie hätte die Kontrolle, und es wird heiß werden, wenn sie merkt, dass das ein Irrtum ist. Natürlich müsste sie nur das Wort Nein sagen und ich würde sofort aufhören. Inzwischen, während alle Systeme auf volle Fahrt voraus stehen, heizen ihr Schreien und Bitten das Feuer noch an und bringen mich dazu, sie noch heftiger und explosiver kommen zu lassen als vorhin.

Ich verspeise Clarke wie ein Mann, der noch nie etwas Köstlicheres gegessen hat. Ich inhaliere ihren Duft, der verlangend meine Nase kitzelt. Ich könnte für immer zwischen ihren Beinen bleiben. Clarke bäumt sich weiterhin auf und gibt Lustschreie von sich. Sie krallt sich in meine Haare und zuckt, versucht, etwas zu erreichen, wozu sie keine Macht hat. Die liegt ganz bei mir.

Ich merke, dass sie kurz davor ist, werde sanfter und lecke sie wie ein Eis. Als sie langsam wieder herunterkommt, lecke ich sie heftiger, um ihr Feuer wieder in Gang zu bringen.

„Gott, bitte, Aaron! Bitte …", wimmert sie fast und bewegt den Kopf nach links und rechts.

Ich grinse an ihrer Pussy, denn jetzt gehört sie ganz mir.

Ich presse meine Zunge auf sie und vollführe dann kurze, schnelle Bewegungen auf ihrer überempfindlichen Stelle, die das Geheimnis zu ihrer Befriedigung darstellt. Kurz hält Clarke inne, kneift die Augen zu, als müsste sie sich konzentrieren, und dann explodiert sie unter mir.

Sie bäumt sich so hoch auf, dass ich mir Sorgen um ihre Wirbelsäule mache. Sie schreit nicht, sondern gibt ein tiefes Stöhnen von sich, das wie das Grollen der Erde kurz vor einem Beben klingt.

Erstaunt höre ich Clarke mehrmals *fuck* sagen. Nicht, dass sie niemals fluchen würde, aber dieses schlimmste aller Wörter habe ich bisher noch nie von ihr gehört, und in dieser Situation finde ich es verdammt sexy.

Um Atem ringend sackt sie auf das Bett zurück. Ich stelle mich hin und genieße kurz zufrieden, dass ihr ganzer Körper immer noch zittert. Gern hätte ich zugesehen, wie sie sich wieder beruhigt, aber ich habe dringendere Probleme. Zum Beispiel meinen schmerzenden Schwanz, der ziemlich sauer ist, dass er schon so lange ignoriert wird. Ich greife nach meiner Jeans, meiner Geldbörse, und hole eins der drei Kondome heraus, die ich vor den Hochzeitsdates dort verstaut habe. Eigentlich habe

ich gedacht, sie seitdem schon längst wieder aufge-
füllt zu haben, aber jetzt bin ich froh, dass ich sie
nicht gebraucht habe. Das hier ist viel schöner, als
ich es mir je mit Clarke vorgestellt habe.

Sie murmelt etwas, hebt den Kopf und sieht mich
benebelt und mit pinkfarbenen Wangen an. Ihre
Nippel sind noch hart. Ich merke mir, mich später
besonders um die beiden zu kümmern.

Ich packe das Kondom aus und streife es mir
über. Fasziniert schaut mir Clarke dabei zu und
beleckt sich die Lippen mit ihrer rosa Zunge. Ich
muss ein Stöhnen zurückhalten und mich zusam-
menreißen, mich nicht sofort auf Clarke zu stür-
zen.

Das wird nicht einfach werden.

Nicht bei diesem Blick, der auf meinen Schwanz
gerichtet ist, welcher verlangend pulsiert und unbedingt in sie dringen will.

Ich atme zittrig ein und sammele meine Beherrschung. Verärgert über mich selbst und auch leicht
amüsiert, da mich noch keine Frau so angemacht
hat, setze ich ein Knie neben Clarkes Schenkel auf
die Matratze. Sofort rutscht sie rückwärts die Matratze hoch, doch nicht, weil sie flüchten will, sondern um mir zu helfen. Am Ende treffen wir uns
beide in der Mitte des Bettes. Clarkes Augen leuchten noch grüner, vielleicht wegen ihres Verlan-
gens. Sie spreizt die Beine, berührt meine mit ihren
Schenkeln und ich lege mich zwischen ihren in
Position.

Genau dort will ich sein.

Mit den Ellbogen aufgestützt, um Clarke nicht zu erdrücken, küsse ich nicht sie zuerst, sondern ihre Nippel. Sanft berühre ich einen mit der Zunge und erfreue mich an Clarkes Stöhnen. Sie vergräbt ihre Finger in meinen Haaren. Ich senke die Hüften und presse meinen Schwanz auf ihren Unterleib. Clarke bewegt das Becken und reibt sich an mir, was mein schmerzender Schaft kaum ertragen kann. Ich knabbere fester an ihrem Nippel. Ein süßes und ganz und gar nicht damenhaftes Stöhnen entkommt ihr und sie spreizt die Beine einladend noch weiter. Mit der Hand auf meinem Hintern will sie mich näher ziehen. Will, dass ich in sie dringe.

Doch erst will ich noch etwas anderes. Ihren Mund, den ich so gern küsse. Ich möchte, dass sie sich selbst auf meinen Lippen schmeckt und erkennt, dass es im Bett keine Grenzen zwischen uns gibt. Und später erwarte ich auch von ihr, mich zu küssen, nachdem sie meinen Schwanz im Mund hatte. Dann teilen wir wirklich alles miteinander.

Ich schnaube leise, weil ich das Lachen über meine Gedanken nicht zurückhalten kann. Diese Frau unter mir verwandelt mich in einen Poeten.

Clarkes Blick ist neugierig. Wahrscheinlich fragt sie sich, was mich so amüsiert, doch ich küsse sie einfach. Begierig öffnet sie die Lippen für mich. Meine Zunge tanzt mit ihrer. Ich umfasse meinen Schaft und führe ihn an die Stelle, die ich unbedingt erobern will. Ich küsse sie inniger, sie stöhnt in meinen Mund und langsam gleite ich in ihre

Wärme. Clarke stöhnt erneut, als ich sie ausfülle, und ich verdrehe die Augen, weil sie so herrlich eng ist.

Ich stecke bis zum Anschlag in ihr, als mich die nüchternen Tatsachen einholen. Ich werde es nicht lange aushalten. Clarke spannt die Muskeln um meinen Schwanz an und ein Lustschauer durchzuckt meine Wirbelsäule. Fuck sei Dank habe ich sie schon zweimal zum Kommen gebracht, denn wie ein Schuljunge beim ersten Mal werde ich gleich explodieren.

Ich hebe leicht die Lippen von ihren. „Festhalten, Baby."

„Was?", fragt sie, doch zu mehr kommt sie nicht.

Ich ziehe mich etwas zurück und stoße dann in sie.

O verdammt, ja. Das muss der Sinn des Lebens sein.

Sie fühlt sich so gut an, dass ich gar nicht erst versuchen kann, sie langsam zu nehmen. Lieber ziehe ich mich wieder bis zur Spitze heraus und stoße erneut in ihre heiße Nässe. Ich sinke mit der Stirn an ihre und mache rhythmisch weiter.

Clarke presst die Knie an meine Rippen und krallt sich an meinen Hintern. Die kleinen Schmerzensstiche von ihren spitzen Fingernägeln stacheln mich an, sie noch heftiger ranzunehmen, und ihr lustvolles Stöhnen zeigt, dass das anscheinend sogar ihr Ziel ist.

Zwar war es draufgängerisch aufregend, Clarke

im Wohnzimmer mit den Fingern zu verwöhnen, und schön, sie mit der Zunge zum Kommen zu bringen, aber nichts ist wie das echte Ficken in diesem Moment. Ich verliere die Beherrschung und mein Körper übernimmt die Kontrolle.

„Alles okay?", bringe ich heraus. Ich presse die Zähne zusammen und ramme mich in Clarke.

„Gott, ja", keucht sie.

Ihre Hände liegen nun flach auf meinem Hintern, und sie drückt mich nach unten, um mich noch tiefer aufzunehmen. Erstaunt sehe ich Clarke ins Gesicht. Wer hätte gedacht, dass sie es gern auf die raue Art mag? Mir ist es recht, denn ich mag es auf egal welche Art. Später heute Nacht, wenn ich wieder klar denken kann, werde ich sie auf langsame Art stundenlang nehmen.

„Aaron?" Das klingt besorgt, also sehe ich ihr erneut in die Augen. „Ich … ich glaube, ich komme …"

Und dann bäumt sie sich wieder auf, was bei ihr anscheinend das Zeichen für einen heftigen Höhepunkt ist. Sie hat genug Kraft, meine Hüften direkt mit anzuheben. Die unerwartete Bewegung bringt mich kurz aus dem Takt, doch dann stoße ich wieder zu und presse Clarke tiefer in die Matratze. Als ich ihre Kontraktionen um mich herum spüre und stolz darauf bin, ihr bereits drei unglaubliche Orgasmen beschert zu haben, beschließt mein Körper, sich gehen zu lassen. Meine Eier pulsieren, ziehen sich zusammen, und ich stoße noch einmal zu.

Ich presse mein Gesicht an ihren Hals. „Fuck, fuck, fuck. Das ist so gut.“

***

Später, als wir wieder normal atmen und Clarke an mich geschmiegt ist, gibt sie einen kleinen Laut von sich, als ob sie etwas sagen will.

Ich halte beim Streicheln ihrer Schulter inne, doch sie schweigt weiter.

„Alles okay?“, frage ich.

Clarke kichert. Das klingt gar nicht nach ihr, und ich nehme an, dass es eher Verunsicherung ist als schiere Albernheit.

Ich versuche, sie zu beruhigen, denn seien wir ehrlich, der Sex war unglaublich intensiv. „Ich glaube, jetzt erst hat sich mein Herzschlag so verlangsamt, dass ich keine Angst mehr haben muss, zu sterben.“

Kurz bleibt es still. Dann antwortet sie: „Es war wirklich, wirklich gut.“

Ich lache in mich hinein und ziehe sie enger an mich.

Sie hüstelt, legt sich auf die Seite und sieht mich an. „Ich möchte dir eine echt dumme Frage stellen. Bitte schreibe es dem Umstand zu, dass ich nicht sehr erfahren bin wegen der Sache … du weißt schon.“

„Es gibt keine dummen Fragen.“

„Und ich will nicht, dass du denkst, ich mache

aus jeder Mücke einen Elefanten, denn das tue ich nicht. Ich schwöre es."

Geduldig warte ich darauf, dass sie sich traut, mir zu sagen, was sie auf dem Herzen hat. Sie atmet zittrig aus. Die geröteten Wangen sagen mir, dass es ihr schrecklich peinlich ist. „Verschaffst du allen Frauen … ähm … multiple … o Gott."

Sie vergräbt das Gesicht an meiner Brust. So süß in ihrer Scham.

Ich erlöse sie. „Du meinst, ob bei mir alle Frauen dreimal kommen?"

„Nicht nur einfach dreimal", murmelt sie an meinem Brustbein. „Sondern drei wahnsinnig heftige Male."

Ich muss zugeben, dass mein Ego bei diesem Lob anschwillt. Dennoch muss ich meine Worte sorgsam wählen. „Sagen wir mal so: Normalerweise bin ich nie so lange mit einer Frau zusammen."

„Oh", sagt sie und sieht mich wieder an.

Ich sage ihr nicht die ganze Wahrheit. Dass ich mich noch nie so lange einer einzigen Frau gewidmet habe. Natürlich sorge ich dafür, dass jede Frau bei mir nicht zu kurz kommt, aber heute habe ich Clarke ganz gezielt bis zum Mond schießen wollen.

Ich gebe ihr einen kurzen Kuss auf den Mundwinkel. „Aber es hat mir so gut gefallen, dass ich gespannt bin, ob ich mich beim nächsten Mal selbst übertreffen kann."

Clarkes Strahlen scheint die gesamte Kraft der Sonne in sich zu tragen. Ohne zu zögern, drückt sie mir einen Kuss auf den Mund.

„Hey, ich habe eine Idee", sage ich spontan, was wahrscheinlich dumm ist, aber jetzt kann ich nicht mehr zurück. „Komm am Montag mit zu Brooke und Bishops Hochzeit."

Diese Hochzeit ist keine Neuigkeit für sie. Wir haben schon darüber gesprochen, und sie weiß, dass ich nach St. John reise, wo Brooke und Bishop ein ganzes Resort gemietet haben. Sie weiß auch, dass ich fünf Tage fort sein werde. Sie sagte sogar, dass sie mich darum beneide. Da habe ich erfahren, dass sie nicht oft reist. Schon seit ein paar Jahren hat sie keinen Urlaub mehr gemacht.

„Das klingt wunderbar, aber es geht leider nicht", antwortet sie, ohne ernsthaft darüber nachgedacht zu haben.

Deshalb verschließe ich ihren Mund mit einem Kuss und drehe sie auf den Rücken. Sie spreizt die Beine, ich lege mich dazwischen und sehe Clarke an. „Du könntest wirklich mal eine Auszeit gebrauchen. Ich kenne niemanden, der so hart arbeitet wie du. Nur einen Tag in der Woche nimmst du dir frei. Und selbst an dem arbeitest du zu Hause an der Buchhaltung."

„Es ist nicht leicht, allein ein Geschäft zu führen. Auf keinen Fall kann ich so lange einfach nicht da sein. Nina kann nur stundenweise aushelfen …"

„Veronica würde sehr gern einspringen, und das weißt du auch." Clarke streitet es nicht ab, denn sie weiß, dass ich recht habe. Veronica wäre dazu auch in der Lage. „Clarke", sage ich lächelnd. „Du hast gesagt, du wärst gern spontaner, und was könnte spontaner sein, als mit mir eine Woche auf eine tropische Insel zu fliegen? Wir können uns im Sand entspannen, uns stundenlang lieben, wunderbares Essen genießen und sämtliche Fruchtcocktails trinken."

„Das klingt himmlisch", haucht sie verträumt.

„Du hast einen Urlaub verdient", fahre ich fort. „Ich habe bereits ein Zimmer dort, es kostet dich also nichts. Und ich übernehme das Flugticket."

„Ich bezahle mein Ticket selbst", widerspricht sie entschlossen.

Das bedeutet, dass sie mitkommen will.

„Ja!", rufe ich triumphierend aus.

„Warte mal. Ich habe noch nicht zugesagt."

„Doch. Du hast gesagt, dass du das Ticket selbst bezahlen wirst. Okay, ich bin immer für Gleichberechtigung, aber vor Ort werde ich die Verpflegung bezahlen und ein paar knappe Bikinis für dich."

„Aber ich habe nicht gesagt …"

Wieder bringe ich sie mit dem Mund auf ihren Lippen zum Schweigen. Das macht sie atemlos, denn unsere Küsse sind immer heiß.

„Sag, dass du mitkommst", flüstere ich. „Ich will nicht eine Woche von dir getrennt sein."

Sie schlingt die Beine um mich, ihr Blick wird sanft. Sie spielt mit meinen Haaren und zieht leicht an einer Strähne.

„Du hast Glück, dass du so charmant und süß bist. Sonst würde ich nicht mitkommen.“

„Gib zu, dass du es dir wegen der Aussicht auf all die Orgasmen anders überlegt hast.“

Statt zu antworten, legt sie eine Hand in meinen Nacken und zieht mich wieder an ihre Lippen.

KAPITEL 16

Eins muss man Brooke und Bishop lassen. Sie haben sich einen fantastischen Ort für ihre Hochzeit ausgesucht. Das Resort ist abgelegen und exklusiv gebucht und liegt auf der Halbinsel St. John im Nationalpark der Jungferninseln.

Bishop beschrieb die Gegend als einsam und an nichts richtig angeschlossen, was bedeutet, dass es zwar Handyempfang gibt, aber nur stellenweise und auf Anhöhen. Es befinden sich keine Fernsehgeräte in den Zimmern, aber auf dem gesamten Anwesen sind jede Menge Hängematten verteilt, in denen man entspannen kann.

Als Spieler in einem Stanley-Cup-Gewinnerteam kann sich Bishop diesen Luxus leisten. Als solcher hat er gleich das ganze Resort für eine Woche reserviert und Familie und Freunde zur Hochzeit eingeladen. Mit dem Team, dem Trainerstab und dem sonstigen Personal, das ebenfalls eingeladen wurde – einschließlich der gesamten Verwaltungs- und Marketingabteilung, da Brooke selbst dort arbeitete –, dürfte das Resort so gut wie voll belegt sein.

Bei all der Extravaganz war ich erstaunt, als Bishop mir erzählte, dass er darüber hinaus nichts Besonderes vorgegeben hat. Er überließ die gesamte Planung einer Hochzeitsagentur. Einschließlich der Tortenwahl, der Blumen und der gesamten

Dekoration für die Zeremonie auf einer Klippe mit Blick über die Caneel Bay.

Das Hauptgebäude, in dem wir einchecken, ist hell und luftig. Alle Türen und Fenster stehen offen und lassen die angenehme Inselbrise hereinwehen. Überall stehen Töpfe mit Palmen und tropischen Gestecken, was dem Ganzen ein Dschungelflair verleiht.

Clarke neben mir könnte nicht noch mehr wirken, als ob sie sich deplatziert vorkommt. Ich nehme an, der offensichtliche Luxus haut sie um. Sie war schon angespannt, dass wir erster Klasse geflogen sind, was sie zum ersten Mal erlebte, und bei der Opulenz dieses Resorts ist sie schweigsam geworden.

Wir warten in der kurzen Schlange an der Rezeption und stehen hinter Pepper und Legend. Sie unterhalten sich per FaceTime mit Legends Eltern, die nach Phoenix gekommen sind, um so lange auf ihre Enkelin Charlie aufzupassen. Ich kenne Charlies Geburtstag nicht, aber sie müsste ungefähr sechs Monate alt sein. Ich sehe ihre niedlichen Pausbäckchen auf Legends Handy, während er und Pepper in Babysprache verfallen.

Der Single in mir mit null Interesse an Babys würde dies als lächerliches Verhalten bezeichnen, doch der Mann in mir, der weiß, wie kostbar das Kind ist, würde ihnen das Babygeplapper niemals missgönnen. Legend hat unwissentlich eine Frau geschwängert, die nicht ganz richtig im Kopf ist. Sie legte ihm Charlie vor die Haustür. So wurde

Legend plötzlich zum Vater. Nachdem die Mutter des Kindes einverstanden war, Legend das alleinige Sorgerecht zu überlassen, wurde Pepper durch Adoption zu Charlies Mutter. Die Kindsmutter sitzt im Knast, weil sie versucht hat, Pepper zu ermorden, aber das ist wieder eine andere Geschichte.

Ich beuge mich zu Clarkes Ohr hinab. „Was möchtest du nach dem Einchecken gern tun?" Mit den Lippen streiche ich sanft ihren Hals entlang. Sie trägt einen Pferdeschwanz und ich kann ihrer nackten Haut dort nicht widerstehen. Clarke zuckt leicht zusammen und grinst mich an. Ich zwinkere. „Wir könnten erst einmal die Widerstandskraft der Matratze testen."

Sie schnaubt, verschränkt die Arme vor der Brust und tritt empört einen Schritt zurück.

Sie kann die Entrüstete spielen, so viel sie will. Ich weiß, dass sie die Idee super findet. Während sie sich in den vergangenen Tagen den Hintern abgearbeitet hat, um den Laden an Veronica zu übergeben, verbrachte sie allerdings ihre gesamte Freizeit unter mir. Noch nie hatte ich so viel Sex in einem so kurzen Zeitraum. Ich schwöre, es ist, als wäre ein Damm gebrochen. Und ich kann der wahnsinnigen Begierde nicht widerstehen, die Clarke in mir auslöst.

Ich lege einen Arm um ihre Taille. „Oder wir gehen an den Strand und entspannen uns den Nachmittag über. Vielleicht bei ein paar Fruchtcocktails."

Clarke kichert und schmiegt sich an mich. Sie spricht leise aus dem Mundwinkel heraus. „Die Idee mit dem Matratzentest gefällt mir am besten."

„Das ist mein Mädchen." Ich küsse sie auf das rote Haar.

Ich höre das Gekicher, bevor ich die Gruppe sehe. Clarke und ich drehen uns um und sehen Willow, Regan und Brooke in die Lobby kommen. Sie fühlen sich bereits wohl hier, tragen Sommerkleider, die eine Menge nackte Schultern und Beine zeigen. Sie haben Drinks mit Schirmchen in gefrosteten Gläsern in der Hand.

Regan sieht uns und lächelt einladend. „O mein Gott", sagt sie zu Clarke. „Wie um Himmels willen hat der Mann es geschafft, dich so kurzfristig zum Mitkommen zu überreden?"

Clarke errötet leicht, da sie das noch ganz genau weiß, zuckt jedoch mit den Schultern. „Ein kostenloser Urlaub auf einer tropischen Insel. Da fällt die Entscheidung nicht so schwer, nicht wahr?"

Willow und Brooke umarmen Clarke herzlich.

„Hör mal", sagt Regan und legt ihre Hand auf Clarkes Handgelenk. „In einer Dreiviertelstunde haben wir einen Spa-Termin gebucht und wir können dich noch unterbringen. Komm doch mit und wir lassen uns heute so richtig verwöhnen."

Ich sehe Regan strafend an und anscheinend spürt sie das. Sie grinst und wendet sich Clarke zu, um sie noch mehr zu verlocken. „Maniküre, Pediküre, Gesichtsbehandlung, Massagen. Ein Nachmittag voller Genuss."

Ja, ich werde Regan umbringen. Sie übertreibt. Ich habe den Jungs die Nachricht geschickt, sie möchten ihre Frauen bitten, sich ein bisschen um Clarke zu kümmern, damit sie das Gefühl hat, dazuzugehören, anstatt eine Außenseiterin zu sein. Das hätte ich mir wohl sparen können, weil alle Teamfrauen generell nett, freundlich und sehr freigiebig sind.

Aber nun mischt sich Regan auch noch in meine Pläne mit Clarke ein.

Alle Zimmer in diesem Resort haben ihre eigene Privatsphäre mit Balkon oder Terrasse und Swimmingpool und Whirlpool, halb drinnen, halb draußen. Bei unseren Sexkapaden wird Wasser unser bester Freund werden.

Clarke sieht mich mit fragend erhobenen Augenbrauen an. Ich bezweifele, dass sie sich je eine kosmetische Behandlung oder Massage gegönnt hat. Zwar ist sie nicht pleite, sondern sparsam, was sie als Geschäftsfrau auch sein muss, aber hauptsächlich gönnt sie sich grundsätzlich keine Zeit für sich selbst.

Ich lege eine Hand in ihren Nacken. „Du solltest dich mit den Mädels entspannen gehen. Wir haben fünf Tage Zeit, die Matratze zu testen."

Clarke sieht besorgt aus und ein bisschen beschämt. Sie flüstert, damit die Frauen es nicht hören: „Weißt du, wie viel so was kosten wird?"

Verdammt.

Clarke ist eine stolze Frau, und ich musste sie mit Engelszungen überreden, mitzukommen, ohne einen Teil der Kosten zu übernehmen. Sie wollte nicht erste Klasse fliegen, aber ich hatte mein Ticket bereits und wollte nicht in die Holzklasse. Wir schlossen einen Kompromiss und sie erlaubte mir, die Differenz zu bezahlen.

Ich nehme sie am Ellbogen, werfe einen kurzen Blick auf die Frauen und führe Clarke ein paar Schritte weiter. Dieses Thema muss ein für alle Mal geklärt werden, sonst können wir den Urlaub nicht genießen, weil es immer wieder aufkommen wird.

„Mein Vertrag mit den Vengeance läuft über vier Jahre und ist zweiunddreißig Millionen Dollar wert", sage ich rundheraus.

Clarke erbleicht und ihr Mund klappt auf.

Ich ziehe sie noch ein Stück weiter. „Hör zu, ich weiß, dass du hart arbeitest für das, was du besitzt. Und ich weiß, dass das mit uns beiden noch frisch und ungewohnt ist. Aber ich möchte, dass du diese Woche einfach nur Spaß hast, und will dich deshalb zu allem einladen. Ich verdiene so unglaublich viel Kohle, dass es für mich so ist, wie wenn dir ein Durchschnittsverdiener Rosen schenkt. Es ist nur ein Tropfen auf einen Eimer Wasser." Sprachlos und irgendwie ungerührt sieht sie mich an. „War das zu angeberisch? So war es nicht gemeint. Ich will nur, dass du dich verwöhnt fühlst und eine tolle Woche erlebst, und zwar ohne eine einzige Sorge in deinem schönen Kopf."

Clarke wirft einen Blick auf die wartenden Frauen. Sie legt eine Hand auf meine Brust und sieht mich an. Ein kleines Lächeln umspielt ihre Lippen.

„Was du gesagt hast, war unglaublich sexy und gar nicht angeberisch. Und das von mir, die versucht, die Vergangenheit zu vergessen. Ich habe verstanden, dass du einfach du und nicht mit einem anderen zu vergleichen bist. Also akzeptiere ich dein großzügiges Geschenk und zeige dir meine Dankbarkeit heute Abend, indem wir die Matratze testen und versuchen werden, das Bett zu zerbrechen.“

Falls Clarke und ich dauerhaft zusammenbleiben werden, unsere Beziehung den Test der Zeit übersteht, so wie es bei einigen meiner glücklichen Teamkameraden geschah, werde ich irgendwann zurückdenken und feststellen, dass dies der Augenblick war, an dem ich mich restlos in sie verliebt habe.

„Ein guter Plan“, murmele ich und mein Kuss ist innig und von Versprechen erfüllt. Anscheinend ist der Kuss – er gehört eigentlich nicht in die Öffentlichkeit – so gut, dass die Frauen anfangen, zu kichern.

Ich entlasse Clarke aus der Macht meines Mundes und liebe ihren verträumten Ausdruck, den sie nach meinen Küssen hat. Extra theatralisch packe ich sie an den Schultern und drehe sie in Richtung der Frauen. Mit einem Klaps auf den Hintern schubse ich sie an. „Geh und amüsiere dich mit den Mädels. Die Drinks sehen lecker aus.“

Clarke grinst und geht zu der Gruppe Frauen, die aussehen, als könnten sie gleich mehrere Wässerchen trüben. Brooke hakt sich bei Clarke unter. Sie gehen durch die Lobby und verschwinden durch eine Seitentür.

„Möchten Sie jetzt einchecken?", werde ich von der Rezeption her gefragt.

Hinter mir kichert jemand. Ich drehe mich um und sehe, dass sich zwei der jungen Rookies über mich amüsieren. Vance Gather und Trace LaForge.

„Klappe halten", knurre ich.

KAPITEL 17

Ich komme mir deplatziert vor, aber auch wieder nicht.

Das Champagnerglas in meiner Hand wird mir helfen, mich wohler zu fühlen. Am meisten verunsichert mich die fremdartige Umgebung. Ich liege nackt in einem flauschigen, weißen Bademantel auf einem Behandlungssessel, während meine Füße verschönert werden. Wir sind in einem großen Raum mit indirekter Beleuchtung und acht Behandlungssesseln. Hinter uns stehen blubbernde Fußbadewannen mit Massagefunktion.

Jeweils vier Sessel befinden sich gegenüber. Willow, Pepper, Regan und Nora sitzen zusammen. Brooke sitzt links von mir und Blue, die direkt von ihrer Hochzeitsreise nach Australien hierhergeflogen kam, zu meiner Rechten. Sie erzählt uns von ihrem Horrorerlebnis, mit Erik zu schnorcheln. Sie hatte Angst, von einem Hai gefressen zu werden, machte jedoch ihm zuliebe das Abenteuer mit, weil er es sich so gewünscht hatte. Sie ist schwanger und trinkt daher als Einzige von uns Saft statt Champagner.

Diese Frauen sind mir noch ein Rätsel. Sie sind alle lieb und geben mir das Gefühl, willkommen zu sein. Aber sie sind auch ein eingeschworenes Grüppchen. Sie haben sich zusammengetan, seitdem ihre Männer im selben Team spielen. Ich freue mich, eingeschlossen zu werden, doch komme mir gleichzeitig wie eine Außenseiterin vor.

„Wie hast du Erik kennengelernt?", frage ich Blue.

Sie sieht mich verschwörerisch an. „Eigentlich haben wir uns schon vor Jahren kennengelernt. Und dann haben wir uns im Teamflugzeug wiedergetroffen. Ich bin dort Stewardess."

„Zweite-Chance-Liebe", sage ich. Eins meiner Lieblingsthemen in Romanen.

„Eher nicht." Blue schnaubt. „Er konnte sich nicht einmal mehr an unsere gemeinsame Zeit erinnern. Das war beleidigend."

Ich sehe sie erstaunt an und frage mich, wie sie es geschafft hat, darüber wegzukommen. Doch bevor ich so neugierig sein kann, sie zu fragen, mischt Pepper sich ein.

„Beleidigend ist, wenn man versucht, seinen heißen Nachbarn auf sich aufmerksam zu machen, indem man Plastikflamingos auf seinen Rasen stellt, aber trotzdem keinen einzigen Blick erntet."

Die Mädels gackern. Ich kichere und nehme an, Pepper war scharf auf Legend, aber der zierte sich etwas. Aaron hat mir ein bisschen darüber erzählt, wie sie zu Charlie gekommen sind. Das scheint mir eine echt romantische Liebesgeschichte zu sein, trotz Widrigkeiten und Gefahren, mit einem Baby als Krönung.

Ob all diese Frauen solche Geschichten erlebt haben? Schließlich ist es nicht alltäglich, einen Profispieler zu treffen, sich in ihn zu verlieben und das

Glück zu haben, dass er die Liebe auch erwidert.

Ich schaue nach links zu der Schönheit, die diese Woche die Liebe ihres Lebens heiratet. „Und wie hast du Bishop kennengelernt?"

„In einer Bar", sagt sie leicht verlegen. „Ich hatte keine Ahnung, dass er ein Spieler der Vengeance ist."

Alle lachen erneut, und mir wird klar, dass mir etwas entgeht. Brooke sieht es mir an und erklärt es mir. „Der Coach ist mein Dad. Er hat Bishop und mich in einer kompromittierenden Situation erwischt."

„Du machst Witze", sage ich und lache.

„Nein", sagt sie amüsiert. „Vor Schreck habe ich behauptet, er sei mein Verlobter. Danach mussten wir für eine Weile das verlobte Pärchen spielen."

„Das ist ja zum Piepen", antworte ich und schüttele erstaunt den Kopf. Dann sehe ich Regan und Nora uns gegenüber an. „Und wie war das bei euch?"

Nora beginnt und erzählt, dass sie Tackers Therapeutin war. Das klingt recht schlüpfrig, denn sicher gibt es moralische Regeln in ihrem Beruf, aber ich liebe es, wenn die Liebe siegt.

Regan ist dran. „Ich leide unter einer seltenen Blutkrankheit, deren Behandlung ein Vermögen kostet. Dax hat mich geheiratet, damit er mich krankenversichern kann, aber wir kennen uns schon unser ganzes Leben."

Regans Geschichte berührt mich ebenfalls. Mir entkommt ein Seufzen. Alle nicken verstehend, denn sie sind wandelnde Liebesromane.

Mir wird etwas über mich selbst klar.

Diese Geschichten erwecken etwas in mir, das ich lange für tot gehalten habe. Den Glauben daran, dass es die wahre Liebe gibt und sie sogar märchenhaft geschehen kann.

„Willows Geschichte ist die beste von allen", verkündet Regan mit einem kleinen Hicksen.

Sie scheint auf dem Weg zu sein, ordentlich beschwipst zu werden. Die Frauen hatten schon ein paar Cocktails, bevor ich dazugestoßen bin.

Willow schnaubt und hebt ihr Glas hoch. „Da bin ich nicht so sicher. Aber ich kann sagen, dass mein Mann der nervigste ist."

Ich frage mich, wie es wohl ist, mit dem Besitzer der Arizona Vengeance verheiratet zu sein. Aaron hat mich heute total perplex gemacht, als er mir sagte, wie viel er verdient, und ich nehme an, Dominik Carlson muss ein Milliardär sein. Laut Aaron besitzt er auch noch ein Basketballteam.

„Na klar", sagt Regan und verdreht die Augen. „Dein Mann ist ja so nervig. Er fliegt mitten in den Play-offs um die halbe Welt, um dich aus der Gewalt von Terroristen zu befreien. Wie kannst du es nur mit so einem aushalten?"

Die Frauen kichern und ich starre Willow mit entsetzter Faszination an. „Er hat dich vor Terroristen gerettet?"

Willows Ausdruck wird sanft und verträumt. „Nun ja, das ist leicht übertrieben, weil ich schon befreit war, als er ankam. Es stimmt jedoch, dass er mitten in den Play-offs in die Türkei kam, um mich abzuholen."

„Und dann sofort mit dir nach Vegas flog, um dich zu heiraten", fügt Pepper hinzu und klingt ebenfalls verträumt bei all der Romantik.

„Und dann ging es auf eine luxuriöse Hochzeitsreise auf die Malediven", ergänzt Blue. „Übrigens, ich hasse dich."

Willow grinst breit. „Ich habe mit Dominik wirklich das große Los gezogen, was?"

Alle bestätigen das mit einem „Amen".

Ich bin erstaunt und bewundere Willow. Diese kleinen Häppchen aus dem Leben der Frauen sind wohl nur die Spitze des Eisbergs ihrer Geschichten.

„Unsere Erfahrungen sind sicher spannend", sagt Willow und sieht mich an, „aber jetzt muss Clarke uns verraten, wie sie sich den schlimmsten Playboy der ganzen Liga geschnappt hat."

Echt jetzt? Der schlimmste Playboy?

„Es gibt einen Grund, warum man ihn Wylde nennt", merkt Regan an.

„Ich bin froh, dass mein Mann diesen Titel weitergegeben hat", murmelt Blue.

„So wild ist er gar nicht", meint Brooke und sieht mich an. „Der Mann ist völlig begeistert von dir. Wie habt ihr euch kennengelernt?"

Das mit der Begeisterung kann ich nicht sagen, aber unsere Begegnung war schon recht kurios. Ich trinke einen Schluck und erzähle ihnen, wie Aaron in meinen Laden kam und mich mit einem Trick

dazu brachte, ihn auf zwei Hochzeiten zu begleiten.

„O mein Gott", ruft Nora aus. Sie war bisher recht
still. Tacker ist Aarons bester Freund, also dachte
ich, sie kennt die Geschichte bereits. Allerdings
habe ich keine Ahnung, was Aaron seinen Freunden erzählt. „Das ist die beste Geschichte. Ich
wusste, dass Wylde mehrere Facetten hat, ich
wusste nur nicht, dass sie so multidimensional
sind."

„Er kann klassische Literatur rezitieren?", fragt
Blue mit gerunzelter Stirn. „Ich dachte immer, es
ist Sportlern physisch unmöglich, belesen zu sein."

„Autsch. Vorurteile?", fragt Regan.

Blue errötet und zuckt mit den Schultern. „Hey,
ich bin blond und nicht so belesen. Ich bin selbst
ein wandelndes Vorurteil. Ich will damit sagen,
dass wir alle wissen, wie viel unsere Männer in
ihren Job stecken müssen. Es ist mehr als ein Ganz-
tagsjob. Wann bleibt da noch Zeit zum Lesen?"

„Jedenfalls", sagt Brooke betont und kommt auf
das Thema zurück, „finde ich es süß, wie ihr beide
euch kennengelernt habt, und ich freue mich, dass
alles so gut läuft. Ich glaube, ich spreche für alle
hier, wenn ich sage, dass es Spaß macht, zu sehen,
wie jemand wie Wylde zum ersten und hoffentlich
zum letzten Mal erobert wird."

Das verunsichert mich enorm. Zwar ist es etwas
surreal, wie schnell sich meine Gefühle für Aaron
verändert haben, aber ich werde einfach die Angst
nicht los, dass mir das Ganze um die Ohren fliegen

könnte. Dabei hilft die Erinnerung daran, was für ein Playboy er gewesen ist, kein bisschen.

„Haben wir etwas Falsches gesagt?", fragt mich Brooke.

Ich möchte die Braut nicht in Sorge versetzen und lege daher wieder einen fröhlichen Ausdruck auf. Ich möchte überhaupt niemanden besorgen, da ich hier Gast bin. „Nein!", antworte ich schnell und übertrieben lächelnd. „Alles okay. Wirklich."

„Denn du musst dir wegen der Playboy-Sache keine Sorgen machen", fährt sie fort. „Aaron ist ganz verrückt nach dir, glaub mir."

„Ich weiß", sage ich. Aber mein frustrierter Tonfall fällt ihr auf. Sie wirft einen Blick in die Runde und sieht dann mich wieder an. Sie merkt, dass mehr dahintersteckt. Ich komme mir vor, als würde der sprichwörtliche Spot mein Gesicht erleuchten und als würden alle ein Geständnis aus mir herauspressen wollen.

„Okay, also, Folgendes ist mir passiert." Ich bin selbst überrascht, mit welcher Leichtigkeit ich das sage, besonders, weil ich gar nicht vorhatte, mein Geheimnis mit den Frauen zu teilen. Trotzdem rede ich weiter. „Ich war einmal in der Realityshow *Celebrity Proposal*."

Ich lasse alles heraus. All den Schmerz, die Blamage und Entwürdigung. Ich erzähle ihnen von dem Meme und dass es mich heute noch verfolgt. Und wie blöd ich war, diesem Mann meine Unschuld zu opfern, den ich so falsch eingeschätzt habe, und dass der Schatten dieser Sache noch heute meine Entscheidungen beeinflusst.

Heute, wo ich Aaron besser kenne, kann ich kaum glauben, dass mich die Vergangenheit beinahe davon abgehalten hätte, mich auf ihn einzulassen.

Gott, was ich alles verpasst hätte.

„Ich habe diese Sendung oft gesehen", sagt Nora. Alle sehen sie an. „Ich kann mich an dich erinnern."

Scham treibt mir die Röte ins Gesicht. Es ist etwas anderes, davon zu sprechen, als zu wissen, dass eine der Frauen die Sendung gesehen hat.

„Du brauchst dich für nichts zu schämen", sagt Nora streng. „Du hast nichts falsch gemacht. Du bist nur deinem Herzen gefolgt. Leider hat es dich schlecht beraten."

„Das kann man wohl sagen", bestätige ich.

„Jedenfalls", sagt Nora, und ich kann nicht wegsehen, denn sie ist Psychiaterin und weiß bestimmt, wovon sie spricht, „hat dich dieses Erlebnis zu dem Menschen gemacht, der du heute bist. Ich nehme an, heute bist du sehr vorsichtig und gehst ungern Risiken ein. Daran ist nichts falsch, aber nur weil du heute so bist, heißt das nicht, dass du morgen immer noch so sein musst. Du hast dich schon etwas getraut, indem du dich auf Aaron eingelassen hast. Das bedeutet, dass du bereit bist, deine Flügel weiter auszubreiten. Das ist wunderbar. Und ich persönlich finde, dass Aaron der richtige Mann dafür ist."

Ich lächele sie leicht schief an. „Auch wenn ihr

ihn alle Wylde nennt? Auch wenn er der Playboy des Teams ist?"

„Besonders dann." Nora kichert. „Es gibt nichts Schöneres, als zu sehen, wie ein solcher Mann einer Frau verfällt."

Die anderen stimmen zu.

„Schön, dass du es uns erzählt hast", sagt Brooke. „Jetzt bist du eine von uns. Ein offizielles Mitglied der Vengeance-Familie."

Das stimmt nicht, denn ich date Aaron ja erst seit wenigen Wochen, aber es ist süß, dass sie das sagt.

„Hört, hört!", sagen die anderen und erheben ihre Gläser.

„Übrigens", sagt Pepper und man hört ihrem Ton an, dass sie jetzt das Thema wechselt, wofür ich dankbar bin. „Wusstet ihr, dass Rafe auch kommt und seine neue Verlobte mitbringt?"

„Verlobte?", fragt Willow. „Er ist doch erst zwei Monate weg, wie kann er da schon eine Verlobte haben?"

„Sagt die Frau, die mit einem Mann nach Vegas geflogen ist, den sie erst ein paar Monate kannte", wirft Regan Richtung Nora ein, die daraufhin kurz schnaubt.

Willow sieht Regan an und dann Pepper und wartet auf die Antwort zu ihrer Frage.

Pepper zuckt mit den Schultern. „Keine Ahnung."

„Das finden wir morgen bestimmt heraus", meint Brooke und trinkt ihr Glas leer.

Ein Kellner materialisiert sich aus dem Nichts,

füllt ihr Glas auf und geht dann herum, um uns allen nachzuschenken.

Das Blubberwasser gibt mir ein schwebendes Gefühl, und ich frage mich, was Aaron dazu sagen wird, wenn ich später betrunken in unser Zimmer komme. Entweder wird es dann total verrückt oder ich werde restlos versagen. Eins weiß ich jedenfalls genau. Und das sage ich, weil ich bereit bin, Aaron nach ihm selbst zu beurteilen und nicht nach meinem vergangenen Erlebnis. Egal, in welcher Verfassung ich ins Zimmer kommen werde: Aaron wird auf mich aufpassen, mich beschützen, und er würde meinen Zustand niemals und auf keine Weise ausnutzen.

Dass ich das so sehen und zugeben kann, macht mir einiges über mich selbst klar.

KAPITEL 18

Wylde

Ich bin kein romantischer Typ. Schöne Aussichten bedeuten mir nichts. Details wie Blumen oder Spitze an Hochzeitskleidern auch nicht. Aber wenn ich mich auf dieser Hochzeit so umsehe, die in vollem Gange ist, muss ich sagen, dass ich mir keinen angemesseneren Ort vorstellen kann, um zwei Leben miteinander zu verbinden.

Heute haben Brooke und Bishop auf einer Klippe über der Caneel Bay geheiratet. Sie sprachen ihre Schwüre bei Sonnenuntergang, als das Meer golden und orange schimmerte. Es gab keine Stühle und keinen Mittelgang, durch den Brooke auf Bishop zukam. Freunde und Familie standen im Halbkreis dabei und blickten auf das Karibische Meer. Brooke kam in einem Golfwagen, und ihr Vater führte sie durch die Menge, die sich für sie teilte. Sie trug ein trägerloses, schlichtes, weißes Kleid, das ihr bis zu den Knöcheln reichte. Es floss um ihre Füße, als sie barfuß über das Gras auf ihren Zukünftigen zuging. Bishop wartete mit dem Rücken zum Meer auf sie. Ein lokaler Pfarrer der Insel St. Thomas stand neben ihm.

Dort tauschten sie ohne tragende Musik, Blumen oder Sitzplätze ihre handgeschriebenen Gelübde aus. Es war die minimalistischste Zeremonie, die ich je gesehen habe. Sollte ich jemals heiraten, möchte ich es genau so tun.

Die Feier ist verdammt cool und findet in einem ehemaligen Zuckerwerk aus dem 18. Jahrhundert statt, das sich auf dem Gelände des Resorts befindet. Es besteht nur aus alten, halb verfallenen Backsteinmauern, einem erneuerten Holzfußboden und hat kein Dach mehr, das den Blick auf den Sternenhimmel verwehren könnte. Runde Tische stehen überall, gehen bis nach draußen in ein großes Zelt über, das auf dem gepflegten grünen Rasen für die Gäste bereitsteht. Ein edles Dinner wird serviert, bestehend aus Rinderlende mit Hummer, der Champagner fließt endlos und ein DJ wird bald die Musik aufdrehen. Alles verspricht eine großartige Party. Gott sei Dank reist niemand vor übermorgen ab, denn ich bin sicher, dass es eine Menge Kater geben wird.

Momentan befinden wir uns im Ablauf irgendwo zwischen dem ersten Tanz des frisch gebackenen Paares und dem Anschneiden der Hochzeitstorte. Zeit für die Gäste, sich unters Volk zu mischen und das wunderbare Festmahl zu verdauen. Clarke sitzt links neben mir und sieht umwerfend aus in dem pfirsichfarbenen hautengen Kleid, das nur auf einer Seite einen kurzen Ärmel und einen recht tiefen Ausschnitt hat. Zwar stört mich ihre Brille nicht, aber heute trägt sie Kontaktlinsen und hat die Haare offen. Anstatt ihrer normalen Locken hat sie die Haare diesmal geglättet und sie reichen ihr noch weiter auf den Rücken als sonst. Wenn wir wieder auf unserem Zimmer sind, werde ich ihre Haare um mein Handgelenk wickeln und Clarke von hinten nehmen.

Sofort verdränge ich den Gedanken, weil ich hier nicht mit einem Ständer sitzen will, und spreche Rafe an. Gestern ist er mit seiner Verlobten Calliope angekommen, und ich hatte noch keine Gelegenheit, länger mit ihm zu sprechen. Er hat uns nur kurz vor der Zeremonie seine Verlobte vorgestellt, und ich freue mich, dass er zusammen mit Tacker und Nora an unserem Tisch sitzt.

Am Ende der Saison sind Rafe und ich uns nähergekommen, allerdings aus Gründen, die man niemandem wünscht. Rafes Vater erkrankte an Bauchspeicheldrüsenkrebs und hatte nur noch ein paar Wochen zu leben. Durch Absprachen zwischen Dominik Carlson und der Managerin der Carolina Cold Fury, Gray Brannon, kam Rafe in deren Team und konnte seinem Vater beistehen.

Und jetzt hat Rafe plötzlich eine Verlobte.

„Also, was geht ab bei dir?", frage ich an Clarke vorbei. Ich lege einen Arm um ihre Stuhllehne und zwinkere Calliope, die neben Rafe sitzt, kurz zu. Sie grinst. „Du haust ab und vier Monate später kommst du mit einer Verlobten wieder. Mann, erzähl!"

Rafe runzelt die Stirn und nickt zu Clarke. „Ich bin nicht der Einzige mit Überraschungen."

Ich lache und nicke, was so viel wie *Touché* bedeuten soll. „Aber meine Geschichte ist bestimmt viel simpler als deine."

„Aber viel witziger, wenn ich sie erzähle", merkt Clarke an. Ihre Augen glänzen wegen des amüsanten Abends und des Champagners.

Dann unterhält sie Calliope und Rafe mit der Geschichte, wie ich in ihren Laden kam und sie mit einer Wette reinlegte, da sie keine Ahnung hatte, dass ich im Vorteil war. Sie hält nichts zurück. Nicht einmal ihre Absicht, nach den beiden Hochzeiten nichts mehr mit mir zu tun haben zu wollen.

„Wie schön! Eine tolle Geschichte." Calliope klatscht in die Hände und deutet dann um uns herum. „Aber ihr zwei scheint wirklich gern auf Hochzeiten zu daten."

Clarke lacht auf. „Ja, vielleicht ist das unser Ding."

„Hochzeiten sind definitiv unser Ding." Ich beuge mich zu ihr und gebe ihr einen Kuss auf die Lippen.

Ich schaue zu Rafe hinüber. Er sieht mich mit einer Mischung aus Erheiterung und Zustimmung an. Er weiß, dass es alles andere als normal für mich ist, bei einer Hochzeit zu sein und eine Frau dabei zu haben, an der ich schwer arbeiten musste, damit sie mich überhaupt wahrnimmt. Doch ich mag jetzt nicht über mich reden und sehe Rafe an. „Erzähl, wie es zu eurer Verlobung kam."

Clarke und ich lauschen gemütlich, wie Rafe und Calliope ihre Geschichte erzählen. Einer beginnt mit der Einführung, der andere übernimmt und gibt der Story eine Wendung. Abwechselnd erzählen sie, wie zwei Menschen, die sich gut kennen, was nicht überrascht, als wir erfahren, dass sie zusammen aufgewachsen sind. Es ist eine echte

Zweite-Chance-Liebesgeschichte, die darin gipfelt, dass er ihr vor einem Monat einen Heiratsantrag gemacht hat.

„Es tut mir leid, was deinem Dad passiert ist", sage ich zu Rafe, was die Stimmung etwas trübt, doch es muss gesagt werden. „Ich bewundere deine Kraft dabei."

Rafes Dad erlag dem Krebs, als die Cold Fury in den Conference Finals gegen die L.A. Demons standen. Rafe verpasste das erste Spiel, doch wegen des Versprechens an seinen Vater ließ er kein weiteres mehr aus. Nach der Saison wurde die Beerdigungsfeier begangen.

„Ohne deine Unterstützung hätte ich es nicht geschafft", gibt Rafe zu. „Da du dasselbe mit deinem Vater durchgemacht hast, warst du mir eine große Hilfe."

Aus diesem Grund haben wir uns angefreundet. Beide mussten wir durch die unglaubliche Traurigkeit und Hilflosigkeit gehen, einen geliebten Menschen an Krebs sterben zu sehen. Während Rafes Eingewöhnung bei den Cold Fury, wobei er versuchte, ein normales Leben aufrechtzuerhalten, sprach oder chattete ich täglich mit ihm, um zu sehen, wie es ihm ging, um ihn seelisch zu stützen und zu stärken. Ich konnte aus meiner Erfahrung schöpfen und ihm helfen, den schlimmen Schicksalsschlag zumindest ein wenig erträglicher zu machen.

Clarke legt eine Hand auf mein Bein. Bestimmt, weil sie soeben erfahren hat, dass mein Vater tot ist. Ich lege meine Hand auf ihre und drücke sie sanft.

Wir unterhalten uns weiter über andere Themen. Brooke und Bishops erster Tanz findet zu dem Klassiker *Unchained Melody* statt, und die Hochzeitstorte wird angeschnitten, ohne dass eine Kuchenschlacht stattfindet.

Leute kommen an unseren Tisch und gehen wieder. Clarke und ich tun schließlich dasselbe, mischen uns unter die Gäste und ich stelle sie einigen vor. Dann tanzen wir ebenfalls. Eng umschlungen zu den langsamen Songs und locker und uns gegenseitig anstoßend zu den schnellen. Vom Champagner gehen wir irgendwann an die Bar über. Gegen zehn Uhr abends ziehen sich Brooke und Bishop zurück. Wahrscheinlich genießen sie jetzt das schönste Ritual – die Ehe zu vollziehen. Die Party geht ohne sie weiter. Als Nächstes verlassen einige der älteren Gäste und Freunde, die genug haben, die Party. Clarke und ich tanzen weiter, lachen, albern herum und amüsieren uns köstlich, umgeben von meinen besten Freunden.

Gegen Mitternacht gähnt Clarke zum dritten Mal, und ich merke, dass ich ebenfalls müde bin. Die jungen Rookies mit ihren ebenso jungen Freundinnen trinken und tanzen immer noch. Ich betrachte sie gerührt, denn ich habe dasselbe getan, als ich in die Liga kam.

Clarke und ich halten uns an den Händen. Sie lehnt sich an mich und umfasst meinen Arm mit der anderen Hand, während wir den beleuchteten

Weg zu unserem Zimmer entlanggehen. Nach ein paar Schritten merke ich, dass ihr die Füße wehtun und sie sich deshalb so an mich klammert. Doch sie verneint meine Frage danach. Ich gehe vor ihr leicht in die Hocke und bitte sie, aufzuspringen. Sie lacht, und ich liebe diesen Klang, als ich sie so huckepack zum Zimmer trage.

Im Zimmer setzt sie sich aufs Bett und zieht sofort die High Heels aus. Erleichtert stöhnt sie. Sie sieht erschöpft aus. Eigentlich hatte ich vor, sie so schnell wie möglich nackt auszuziehen, sobald wir in unser privates Paradies kommen. Aber Gott weiß, wie oft wir diese Woche schon gevögelt haben. Wir haben uns am Strand entspannt, sind wieder ins Zimmer gekommen und hatten Sex. Gingen essen, kamen zurück und fickten die ganze Nacht. Wir gingen schnorcheln, kamen zurück und rammelten wie die Hasen.

Und jetzt will ich sie auch. Immer. Und das wird wohl niemals nachlassen, aber wie gesagt, sie ist erschöpft.

„Du siehst aus, als ob du Schlaf brauchst", sage ich und bleibe vor ihr stehen.

Sie hebt das Kinn und lächelt. „Aber vorher würde ich gern zum Abkühlen in unseren Pool gehen."

„Das können wir gern tun." Ich reiche ihr die Hand, sie greift zu, ich ziehe sie vom Bett hoch und sie landet direkt vor mir.

Ich bin überrascht, als sie mich an der Taille packt, mich liebevoll drückt und kurz ihre Wange an meine Brust presst. „Danke, dass du mich eingeladen hast. Das war der netteste Abend, den ich seit Langem erlebt habe."

Ich erwidere das kurze Drücken und tue beleidigt. „Und ich dachte schon, ich wäre das Netteste, was du seit Langem erlebt hast."

Sie kichert und sieht mich an. „Einzeln betrachtet bist du das auch. Als Event oder Date oder wie immer du es nennen willst, hat die Hochzeit viel Spaß gemacht."

„Das stimmt. Willst du im Badeanzug oder nackt in den Pool?"

Wie für Clarke typisch, errötet sie. Zwar war sie schon sehr oft vor mir nackt, doch sie fühlt sich immer noch nicht hundertprozentig wohl dabei. Bisher musste ich sie immer ausziehen oder es geschah erst direkt vor dem Sex. Als Teil des Vorspiels sozusagen.

„Badesachen erscheinen mir recht albern", sagt sie mit einem schelmischen Grinsen.

„Ich mache auch die Augen zu, wenn es dir dann leichter fällt", biete ich galant an. Aber ich werde trotzdem hinsehen, und das weiß sie auch.

„Mir egal", antwortet sie frech.

Ich verschlucke mich beinahe an meiner Zunge, als sie das Kleid packt und es sich über den Kopf zieht. Ich betrachte sie gierig, während sie das Kleid abstreift. O Mann, die Reizwäsche sitzt perfekt. Das beigefarbene Höschen ist hüfthoch und bauchfrei geschnitten, durchsichtig und zeigt, dass sie rothaarig ist. Ein passender trägerloser BH bedeckt ihre Brüste, die schnell zu einer meiner Lieblingsstellen an ihr geworden sind. Sie greift nach hinten und öffnet den BH. Dabei hält sie den Blickkontakt, was ich bewundere, da sie immer noch Hemmungen hat.

Ich muss mich beherrschen, nicht sofort über sie herzufallen. Mein Körper steht unter Anspannung, als sie sich aus dem Höschen rekelt und endlich wunderbar nackt vor mir steht.

Clarke nickt mir zu. „Kommst du mit in den Pool?"

Ich komme in Bewegung, kicke meine Schuhe von den Füßen. Clarke dreht sich dem Pool zu, der in unser Zimmer ragt und nach draußen unter ein Glasdach führt. Sie öffnet die Schiebetür zur Terrasse. Ich werde gerade meinen Gürtel los, als sie bereits in den schmalen Pool steigt. Da sie kein Licht eingeschaltet hat, taucht sie nun ins verdammt dunkle Wasser ab.

Ich schäme mich nicht für meinen Ständer, der schon entstanden ist, als sie sich ausgezogen hat, denn das kühle Wasser wird ihn etwas zähmen. Nackt folge ich Clarke in den Pool.

Der Pool ist ungefähr eins fünfzig tief, sodass ich leicht hindurchlaufen kann. Clarke ist nicht viel größer, sodass sie auf Zehenspitzen gehen oder schwimmen muss. Ich begebe mich ans äußerste Ende zu ihr. Die Zimmer sind so gebaut, dass sie an einem Berghang liegen und zu beiden Seiten Sichtschutzmauern haben, sodass man splitternackt auf die Terrasse gehen könnte, ohne beobachtet zu werden. Aber natürlich schallen Geräusche überall hin, sodass ich leise spreche. „Magst du noch etwas trinken?"

Sie schüttelt den Kopf und breitet die Arme über den Rand des Pools aus. „Ich will nur das Wasser genießen vor dem Schlafengehen. Ich glaube, wir werden beide einen kleinen Kater bekommen."

Das ist wahr. Ich bin recht angeheitert und sie auch. Dadurch hat sie auch den Mut gefunden, sich vor mir auszuziehen und zusammen nackt im erfrischenden Pool zu dümpeln.

Ich wate durchs Wasser, das mir nicht einmal bis an die Schultern reicht, und halte vor Clarke an. Ich tauche kurz vor ihr unter, tauche auf und wische mir das Wasser aus dem Gesicht. Clarke lächelt mich an. Die Beleuchtung besteht nur aus dem Mondlicht und zwei schummrigen Wandlampen rechts und links, aber ich kann sehen, dass Clarke entspannt ist. Das bin ich auch, abgesehen von der Hitze, die mich gepackt hat, als ich Clarke nackt gesehen habe. Ich ergreife den Rand des Pools unter Clarkes Armen. Sie tritt Wasser mit den Füßen zwischen meinen Beinen und berührt mich ab und zu dabei.

„Darf ich dich etwas fragen?" Sie legt die Hände auf meine Schultern.

„Natürlich."

„Rafe und du, ihr habt über eure Väter gesprochen. Dein Dad ist gestorben?"

„Ja", sage ich leise und muss mich immer noch dazu zwingen, diese Tatsache anzuerkennen. „Vor zwei Jahren."

Sie streichelt meine Schultern, als wollte sie mich trösten. „Du musst es mir nicht erzählen, wenn du nicht willst."

Ich umfasse ihre Taille und spiele mit dem Gedanken, sie zu küssen, das Thema einfach fallen zu lassen und dies die Antwort sein zu lassen. Es wird sonst weiterführen und auf meine Mom kommen. Zwei Themen, über die ich nicht gern rede. Für Rafe habe ich eine Ausnahme gemacht, weil er litt und Hilfe brauchte, und selbst er kennt nicht die ganze Geschichte.

Doch als ich Clarkes Ausdruck sehe, der nichts weiter zeigt als Sorge und Wissensdurst über mich statt Sensationsgier, stelle ich fest, dass ich mich für meine Vergangenheit nicht zu schämen brauche. Meine Verbindung zu ihr wird von Tag zu Tag enger und ich brauche ihr nichts zu verheimlichen.

„Als ich noch ein Kind war, war mein Vater ein Trinker." Clarke weitet die Augen. Damit hat sie nicht gerechnet. „Er war in dem Zustand aber nicht gemein oder gewalttätig. Nur unglaublich gleichgültig. Er interessierte sich nicht für seine Familie, und besonders nicht für mich. Er trank viel, jeden Tag nach den Vorlesungen, saß nur in seinem Büro zu Hause und ignorierte Mom und mich. Mom war auch alkoholkrank, aber sie ignorierte mich nicht. Im Gegenteil, sie versuchte, das Desinteresse meines Vaters auszugleichen. Und das war echt erdrückend."

„Das … das tut mir leid", sagt Clarke entsetzt.

Ich gebe ihr einen Kuss. „Schon gut. Sein Trinken war nicht mal das Schlimmste. Noch dazu hatte er eine Affäre und hat sich in eine andere Frau verliebt. Er hat meine Mutter verlassen, als ich vierzehn war. Er blieb nüchtern – das war die Bedingung seiner neuen Frau – und fing ohne uns ein neues Leben an."

„Du hast gesagt, du hast eine Schwester?"

„Sie ist jetzt zwölf."

„Wow. Und ihr steht euch nicht nah?"

Ich schaue in die sternenreiche Nacht und sehe das Mondlicht in der Bucht glitzern. „Weißt du, warum ich Klassiker rezitieren kann? Das war mein kläglicher Versuch, mit meinem Vater eine Beziehung aufzubauen, nachdem er uns verlassen hatte. Ich habe seine Lieblingsbücher gelesen, die er zurückgelassen hatte. Der Mann liebte diese Bücher wie nichts auf der Welt, und trotzdem hat er sie zurückgelassen, als er ein neues Leben anfing. Ich habe sie gelesen, mir Stellen gemerkt, Dad angerufen und sie mit ihm diskutiert. Er war schließlich nun nüchtern. Ich dachte, es würde ihm gefallen, wenn wir ein gemeinsames Interesse hätten. Aber es war ihm egal. Ihn interessierten nur noch seine neue Frau und seine kleine Tochter. Jahrelang habe ich versucht, durch die verfluchten Bücher eine Beziehung zu ihm aufzubauen, aber es war eine zähe Angelegenheit."

„Und irgendwann hast du aufgegeben", vermutet sie. Sie drückt ihre Traurigkeit nicht nur in ihrem Tonfall aus, sondern umarmt mich fester.

„Genau. Er ließ mich auch nie Teil seiner neuen Familie werden, sodass ich meiner Schwester gar nicht näherkommen konnte. Als ich achtzehn war, packte ich die Bücher in eine Kiste und ließ Dad innerlich los. Danach haben wir kaum noch miteinander gesprochen."

„Ich weiß, dass er tot ist, aber das klingt wirklich, als wäre er ein Arsch gewesen", sagt sie empört.

„Ja." Ich lache in mich hinein, weil sie sich für mich so aufregt. „Er war wirklich ein Arsch. Kein guter Vater. Zumindest nicht für mich."

„Aber du warst bei ihm, als er starb?", fragt sie, weil sie das aus meinem Gespräch mit Rafe herausgehört hat.

„Er war schon sehr krank, als er mit mir sprechen wollte." Es ist schockierend gewesen, von ihm zu hören, noch dazu zu erfahren, dass er im Sterben lag. „Ich glaube, er wollte etwas wiedergutmachen, bevor er starb, also bin ich zu ihm gefahren. Er war im Krankenhaus, und ich blieb dort, bis er gestorben war. Er hat sich bei mir entschuldigt und ich habe ihm verziehen."

„Das war aber sehr großmütig von dir."

Ich zucke mit den Schultern. Seine Entschuldigung ist zu spät gekommen, aber ich habe sie akzeptiert, um den Mann in Frieden sterben zu lassen. Diesen Rat habe ich auch Rafe gegeben. Er sollte seinem Vater den Übergang so leicht wie möglich machen.

Ich bin froh, Clarke das alles problemlos erzählen zu können und ihr mehr von dem Mann zu zeigen, dem sie vertrauen soll. Aber ich habe auch die Nase voll von dem Thema. Es tut nie gut, an meinen Vater zu denken, dem ich scheißegal gewesen bin. Bis zum bitteren Ende, an dem er nur sein Gewissen erleichtern wollte. Es hilft auch nichts, ihr zu erzählen, dass meine Mom nicht viel besser war, noch mehr trank, als Dad uns verließ, und dass wir jetzt gar keine Beziehung mehr haben.

Ich weiß nur, dass ich eine schöne, süße und liebevolle Frau in den Armen halte, die sehr nackt ist. Da ich sie, seit wir in unser Zimmer gekommen sind, nicht mehr habe gähnen sehen, bin ich nicht mehr so galant und denke, dass sie jetzt schlafen sollte. Wir können ja morgen ausschlafen.

Ich hebe Clarke aus dem Wasser. Sie stemmt sich auf meine Schultern und japst überrumpelt auf. Ich setze sie auf den Rand des Pools. Wasser rinnt an ihrem Körper herab. Mit einer Hand auf ihrer Brust presse ich sie auf den Holzboden der Terrasse. Kurz wehrt sie sich, gibt aber nach. Langsam legt sie sich unter Einsatz der Ellbogen auf den Rücken und spreizt die Beine, sodass ich mich dazwischen stellen kann.

Die beste Art, den Abend abzuschließen.

KAPITEL 19

Clarke

Ich habe so tief geschlafen, dass ich mich als Erstes aufrege, geweckt zu werden. Ein Ton wiederholt sich ständig.

Da ist es wieder. Ein Klopfen.

Ich stöhne und kuschele mich näher an Aarons warmen, muskulösen Arm, der mich umschließt.

„Mach das weg", jammere ich schlecht gelaunt, denn ich will jetzt noch nicht aufstehen. Jemand Bestimmtes, der unglaublich gut aussieht und sehr gut mit seinen Händen, der Zunge und anderen Körperteilen umgehen kann, hat mich bis in die frühen Morgenstunden wachgehalten.

Ich spüre ein Vibrieren in Aarons Brust, weil er lacht, und merke, dass er mich auf den Kopf küsst. Dann ist er fort. Eine erschreckende Kälte macht sich dort breit, wo er eben noch war, und ich werde vollständig wach. Ich erhebe den Oberkörper und stütze mich mit den Ellbogen auf. Dann reibe ich mir die Augen, kann aber immer noch nicht klar sehen. Also greife ich nach der Brille auf dem Nachttisch und sehe Aarons nackte Rückseite, während er zur Tür geht. Unterwegs greift er nach dem Hotelbademantel. Bedauernd verziehe ich das Gesicht.

O Gott. Ich habe mich in eine Nymphomanin verwandelt. Das ist alles seine Schuld.

Aaron öffnet die Tür nur einen Schlitz breit, damit ich nicht gesehen werde, doch ich ziehe trotzdem die Decke über mich. Ich strecke mich aus. Mir tut alles weh von der vielen Sexakrobatik.

Aaron spricht leise mit der Person, die geklopft hat. Ich drehe mich auf den Rücken und starre an die Zimmerdecke. Bevor Aaron zurückkommt, frage ich mich, was wohl passieren würde, wenn ich über ihn herfiele. Ich habe noch nie den Anfang gemacht. Würde er darauf eingehen? Oder ist er zu müde? Würde er mich für unmoralisch oder eine Schlampe halten?

Bei dem Gedanken muss ich kichern. Ich kenne Aaron inzwischen gut genug, um zu wissen, dass er sich über einen ersten Schritt von mir freuen würde.

Ich glaube, ich werde es tun.

Aber Mist … ich sollte erst meine Zähne putzen gehen, oder? Außerdem muss ich zur Toilette. Zwar fühle ich mich in seiner Gegenwart nackt inzwischen wohler, aber würde es nicht seltsam wirken, wenn ich jetzt schnell ins Bad renne?

Die Tür geht zu, ich hebe den Kopf und sehe Aaron zurückkommen. Er hat einen Picknickkorb mit einer Karte in der Hand.

„Was ist das?", frage ich.

Er zuckt mit den Schultern. „Ich weiß nicht. Es wurde gerade abgegeben, und mir wurde gesagt, dass wir es sofort öffnen sollen."

Ich rutsche im Bett höher und ziehe die Decke über meine Brüste. Aaron setzt ein Knie aufs Bett und lässt sich neben mir nieder. Ich versuche, nicht darauf zu achten, wie der Bademantel aufklappt und den Blick auf sein goldenes Brusthaar und alles Wunderbare weiter südlich freigibt.

Er lächelt. „Du siehst morgens süß aus, mit den verwuschelten Haaren und der Brille."

Ich verdrehe die Augen und nicke zu der Karte. „Mach sie auf."

Sie steckt in einem weißen Umschlag und ist mit einem gelben Band am Korb befestigt. Aaron zieht die Karte mit einer handschriftlichen Notiz heraus.

Liebe Clarke, lieber Aaron,
bitte kommt um zehn auf die Klippe über der Caneel Bay für ein sehr spezielles Treffen unter Freunden. Bis dahin erfreut euch an dem Früh-stück in dem Korb.
Bis dann, um zehn.
In Liebe,
Nora und Tacker

„Vergiss es", murmelt Aaron. Er wirft die Karte hinter sich und stellt den Korb auf den Boden. Er legt sich über mich, küsst meinen Hals, zieht mir die Decke weg und flüstert sinnlich: „Ich liebe meine Freunde, aber ich verbringe den Morgen lieber mit dir im Bett."

Ich lache und muss furchtbar kichern, weil seine Bartstoppeln meinen Hals kitzeln. Sein Mund fühlt sich gut an, und ich weiß, wie gern er ihn überall an mir einsetzt.

Aber mir kommt ein Gedanke. „Meinst du nicht,

dass diese Einladung mehr bedeutet als nur ein simples Miteinander-Abhängen-Wollen?"

Aaron runzelt die Stirn. „Zum Beispiel?"

„Na ja, bei euch scheint das Heiratsfieber ausgebrochen zu sein und vielleicht wollen sie uns ihre Hochzeit bekannt geben."

„Sie sind aber noch nicht einmal verlobt." Er zieht die Augenbrauen zusammen.

Ich grinse und boxe ihm leicht gegen die Schulter. „Dafür, dass du gern Spontaneität predigst, verstehst du sie anscheinend selbst nicht so sehr. Man muss nicht verlobt sein, um zu heiraten, Dummerchen. Man kann es auch einfach so tun."

Aaron denkt kurz darüber nach und schüttelt dann entschieden den Kopf. „Auf keinen Fall. Sie sind erst seit ungefähr vier Monaten zusammen."

„Na und? Meine Eltern waren erst zwei Monate zusammen, als sie geheiratet haben."

Er schaut einen Moment ins Leere. „Trotzdem, nein. Tacker hat ein zu großes Hochzeitstrauma, um das so schnell schon zu tun."

„Was meinst du damit?"

Aaron legt sich neben mich, stützt den Kopf auf eine Hand und legt die andere auf meinen Bauch. Ernst erzählt er es mir. „Tacker hat einiges erlebt. Er flog ein kleines Flugzeug mit seiner Verlobten an Bord. Sie stürzten ab und seine Verlobte starb. Das war, bevor er zu den Vengeance kam. Danach war er in der Saison nicht spielfähig. Er wurde mit der Trauer nicht fertig."

Ich habe schon von der Geschichte gehört, aber

nicht näher nachgefragt, weil es so persönlich ist.

„Er war total verzweifelt." Aaron erzählt es mir im Detail und ist dabei in die Vergangenheit versunken. Er und Tacker sind beste Freunde, also hat er bestimmt alles genau miterlebt. „Ich dachte schon, er wird sich nie mehr erholen. Und auch wenn er Nora von ganzem Herzen liebt, würde ihn der Gedanke ans Heiraten nicht erschrecken? Hätte er keine Angst, dass ihm die Verlobte wieder genommen wird?"

„Also glaubst du, dass es zu früh wäre?"

Unsicher fragt er zurück: „Ist es das denn nicht?"

„Nicht, wenn sie sich lieben und sich sicher sind." Daran glaube ich ganz fest. Wenn es wirklich passt, dann weiß man es tief drinnen. Ich weiß das von mir selbst, denn mein kleines Geheimnis ist, dass ich mir nicht sicher gewesen bin, ob ich Tripp meine Unschuld opfern sollte. Ich hatte Zweifel, aber der Druck dieser Sendung war enorm. So einen Fehler werde ich jedenfalls nie wieder machen.

Plötzlich sieht mich Aaron verwundert an. „Sie wollen heiraten!"

Ich grinse. Jetzt ist er sich ganz sicher und sein erstauntes Gesicht ist hübsch anzusehen. Es sagt aus, wie viel ihm Tacker bedeutet.

„Ich kann nicht glauben, dass der Kerl es mir nicht vorher gesagt hat." Er grinst jedoch immer noch.

„Vielleicht war es ganz spontan und sie haben es erst letzte Nacht beschlossen", vermute ich.

Aaron schaut auf die Uhr auf dem Nachttisch.

„Es ist fast acht."

Ich blicke zwischen Aaron und der Uhr hin und her. Sein Ausdruck hat sich abrupt verändert. Die Augen funkeln abenteuerlustig.

Aufregung rast durch meinen Körper. Ich spiele mit dem Kragen seines Bademantels und entscheide mich, direkt zu sein. „Ich gehe jetzt auf die Toilette. Und dann haben wir noch jede Menge Zeit für einen Orgasmus oder zwei, bevor wir zur Klippe gehen."

Aarons Augen glänzen geradezu fiebrig und er schiebt mich aus dem Bett. „Beeil dich. Und genug zu essen haben wir auch. Was auch immer in dem Korb ist."

Lachend und ohne auch nur ein bisschen verlegen zu sein, stehe ich auf und gehe nackt ins Bad. Ich spüre Aarons Blick auf mir, doch es fühlt sich gut an.

***

Wir wandern zu der Klippe, auf der Brooke und Bishop geheiratet haben, und begegnen sonst niemandem. Falls Nora und Tacker wirklich heiraten wollen, sind die Einladungen anscheinend streng limitiert.

Wir gehen die Anhöhe hinauf zur Klippe. Ich sehe eine Handvoll Leute. Nach dem, was Aaron mir über das Team erklärt hat, sieht es so aus, als wären nur die First Line und der Besitzer des Teams eingeladen.

Aaron und ich wussten nicht so recht, was wir anziehen sollen, aber wegen der kurzfristigen Einladung und da Nora und Tacker entspannte Menschen sind, haben wir uns für hübsche Freizeitkleidung entschieden. Ich trage ein geblümtes Sommerkleid in Pink, Apricot und Gelb. Aaron hat blaue Shorts und ein rotes Hawaiihemd an. Somit beißen sich unsere Farben, doch darauf haben wir nicht geachtet.

Ebenfalls locker gekleidet sind Dominik und Willow, Erik und Blue, Legend und Pepper und Dax und Regan. Dass Brooke und Bishop auch da sind, erstaunt mich, weil sie auf Hochzeitsreise sind und bestimmt lieber im Bett geblieben wären.

„Guten Morgen, allerseits", sagt Tacker mit seiner tiefen Stimme, als wir bei der Gruppe ankommen.

Alle sehen ihn an. Nora und er gehen Hand in Hand die Anhöhe hoch. Derselbe Priester von gestern folgt ihnen.

„Yep", sagt Aaron leise zu mir, „sie heiraten."

Zweifellos. Der Priester ist ein verräterischer Hinweis.

Tacker und Nora umarmen jeden Einzelnen und bedanken sich für das spontane Teilnehmen.

Mir wird klar, dass sich diese Gruppe unglaublich nahesteht. Sie haben eine Verbindung, die weit über eine Teamdynamik hinausreicht und beinahe unerklärlich tief geht.

Nora ergreift meine Hände, drückt sie und strahlt mich an. „Ich freue mich, dass du hier bist und daran teilhast."

„Ich fühle mich geehrt", antworte ich und bin dankbar, dass ich so einfach in diesen Freundeskreis aufgenommen wurde. Natürlich liegt das daran, dass ich mit Aaron zusammen bin, aber nach dem Spa-Nachmittag mit den Spielerfrauen weiß ich, dass sie weiterhin zu meinen Freunden gehören werden. Selbst falls es mit Aaron und mir nicht lange hält, werden sie noch Teil meines Lebens sein.

Dieser Gedanke fühlt sich wie ein Stich in die Brust an. Das zeigt mir, wie tief ich bereits drinstecke. Unfassbar, wie schnell sich das Leben ändern kann.

Der Priester ruft uns alle zu sich. Anstatt dass das Hochzeitspaar vor uns steht, sind wir alle um es herum versammelt. Die grelle Morgensonne wird kurzzeitig von vorbeiziehenden Wolken verdeckt, die salzige Meeresbrise kitzelt mein Gesicht. Der Tag könnte nicht schöner sein für eine Hochzeit.

Obwohl wir an derselben Stelle stehen wie gestern, fühlt es sich heute anders an. Persönlicher und spiritueller. Die Liebe zwischen Nora und Tacker, als sie sich ansehen, hat etwas Magisches. Ich sehe hier etwas, das ich wahrscheinlich nie wieder so erleben werde.

Der Priester begrüßt uns zu dieser privaten Zeremonie und versichert, dass der erforderliche bürokratische Teil bereits erledigt ist. „Also habe ich heute nicht viel zu tun. Das Paar möchte hauptsächlich die Ehegelübde sprechen. Nora, möchtest du anfangen?"

Nora nickt und nimmt den Blick nicht von Tacker. Sie trägt ein einfaches mintgrünes Kleid mit einem zarten beigefarbenen Blumenmuster am Saum. Es flattert um ihre gebräunten Beine, das Haar fällt über ihre Schultern. Der Wind pustet ihr ein paar Strähnen ins Gesicht. Sie schiebt sie hinters Ohr und spricht ihr Gelübde.

„Tacker, es gab eine Zeit in meinem Leben, in der ich nicht an Liebe, Wunder, Gott oder Menschlichkeit geglaubt habe. Vor langer Zeit habe ich es geschafft, aus dieser Dunkelheit zu kriechen, aber ein dunkler Schatten hing immer über mir. Vielleicht, weil mir mein wahres Schicksal nicht klar war. Aber seit du in mein Leben getreten bist, sind die Dinge klar. Du bist es, auf den ich gewartet habe. Du bist meine Belohnung für alles, was ich durchmachen musste. Du bist mein Schicksal und all die Qualen wert. Ich fühle mich geehrt, den Rest meines Lebens mit dir verbringen zu dürfen."

Ich kenne Noras Geschichte nicht, aber offensichtlich ist es eine heftige. Man spürt, dass etwas Schreckliches geschehen sein muss und dass Tacker ihre Heilung war. Und da ich weiß, dass Nora seine Therapeutin war, hat sie wahrscheinlich dasselbe für ihn getan.

Tackers Augen sind feucht geworden, und er macht sich nicht einmal die Mühe, die Tränen fortzublinzeln. Er lächelt Nora nur an, als wäre sie das Wunderbarste, das er je gesehen hat. „Ich liebe dich", antwortet er.

„Tacker, jetzt dein Gelübde", sagt der Priester.

Tacker lässt Noras Hände los, hüstelt entschuldigend und holt einen Zettel aus seiner Hosentasche. Als er ihn entfaltet, sehe ich, dass es mehrere kleine Notizzettel sind, wie die von dem Block auf unserem Zimmer. Er hält die Zettel hoch und grinst Nora verlegen an.

„Gestern Abend, als du schon geschlafen hast, habe ich mit ein paar Worten experimentiert. Ich kann mir keine Texte merken und ich bin kein guter spontaner Redner wie du. Ich hoffe, du bist nachsichtig mit mir, dass ich es ablese.“

Niemand sagt etwas. Obwohl Tacker versucht, den Moment aufzulockern, weiß jeder, wie schwer dieser für den Mann wiegt, der seine erste Liebe verloren hat und nun versucht, mit einer neuen Frau ein neues Leben zu beginnen.

Er überfliegt seine Notizen kurz und beginnt dann, zu sprechen. „Ich weiß nicht, ob ich verstehe, was wahre Liebe ist, oder ob diese nur eine Idealvorstellung ist. Ich weiß nicht, ob es Seelenpartner gibt und ob wir für nur eine spezielle Person bestimmt sind. Das mag für jeden anders sein und ich kann nur aus meinem eigenen Herzen sprechen. Ich kann dir nur sagen, liebste Nora, was ich für dich empfinde. Der Rest der Welt muss das einfach akzeptieren.“

Leises Gelächter geht durch die Gruppe. Nora hat bereits angefangen zu weinen. Tacker zwinkert ihr zu. Sie lächelt ihn trotz der Tränen an.

„Aber ich glaube, dass ich durch eine harte Zeit gehen musste, um zu dir zu finden. Wenn man an

Dinge wie Schicksal und Vorbestimmung glauben mag, denke ich, dass du die ganze Zeit mein Endziel warst, ich aber alles erleben musste, um zu dem Mann zu werden, der ich heute bin. Ich glaube, du warst dazu bestimmt, mir durch diese Reise zu helfen, von der ich glaubte, dass sie mich eines Tages umbringen wird, aber es war wohl nur ein Test. Eine Prüfung. Ein Pfad zu einem Ende, an dem du an der Ziellinie auf mich wartest. Ich will damit das, was ich mit MJ hatte, nicht unbedeutend machen, denn es war auch Liebe. Du weißt das, denn wir haben endlos darüber geredet. Aber ich hatte ganz klar ein anderes Ziel. Genau wie du. Wir sind uns aus einem bestimmten Grund begegnet. Ich könnte ewig über den Grund spekulieren, aber er ist mir egal. Mich interessiert nur, dass du bei mir bist. Du liebst mich, ich liebe dich, und wir werden den Rest unseres Lebens zusammen sein."

Tacker hebt den Blick und steckt die Zettel in seine Hosentasche. Das war alles, was er aufgeschrieben hat. Doch er ist noch nicht fertig. Er umfasst Noras Hände wieder und zieht sie an sich. „Was ich geschrieben habe, mag albern klingen oder wie der Versuch, philosophisch zu sein. Was du daraus mitnehmen sollst, ist, dass ich dich mehr liebe als alles andere auf der Welt. Ich könnte nur noch glücklicher sein, wenn wir offiziell als Mann und Frau vereint werden."

Nora lacht und Tränen laufen ihr über die Wangen.

Tacker nickt dem Priester zu, der daraufhin

spricht. „Kraft meines Amtes erkläre ich Nora Wayne und Tacker Hall zu Mann und Frau. Du kannst die Braut jetzt ...“

Bevor der Priester zu Ende sprechen kann, beugt Tacker Nora nach hinten und küsst sie lange und innig.

Alle freuen sich mit dem Paar und beglückwünschen es. Meine Wangen sind feucht. Mit der Hand wische ich mir die Tränen ab, doch zuerst schnappt mich Aaron. Er zieht mich an seine Seite und drückt mich liebevoll.

KAPITEL 20

Wylde

„Warum bin ich nur so nervös?", flüstert Clarke neben mir.

Sie reibt sich die Hände und blickt unruhig durch den Laden. Das ist mal etwas anderes im Vergleich zu dem wilden Herumhetzen, während sie den Laden auf die bevorstehende Lesung mit Pepper vorbereitete.

Seit einer Woche sind wir wieder zu Hause und es hat sich eine Routine entwickelt. Clarke geht sechs Tage die Woche zum Arbeiten in den Laden und am siebten Tag arbeitet sie von zu Hause. Ich hänge bei ihr herum, sooft sie es toleriert, und erobere mir jede freie Minute, die sie hat. Ansonsten gehe ich mit meinen Jungs weg, intensiviere mein Training und genieße hauptsächlich die Sommerzeit.

Und natürlich Clarke.

Ich kann mir nicht erklären, warum oder weshalb es mit uns überhaupt klappt, aber es ist so. Und täglich kommen wir uns näher. Täglich merke ich, dass ich mir ein Leben ohne sie nicht mehr vorstellen kann.

Ich habe damit aufgehört, bei allem immer ein „Falls es mit uns klappt" hinzuzufügen. Nun ist nicht mehr die Frage ob, sondern wann es wer zuerst ausspricht. Wer wird mutig genug sein, dem anderen zu sagen, dass zwischen uns etwas

Besonderes, Dauerhaftes ist?

Innerlich habe ich das bereits getan. Ich habe akzeptiert, nicht mehr der Team-Playboy zu sein und diesen Lebenswandel nie mehr haben zu wollen. Ich will, was ich mit Clarke habe, und darauf aufbauen. Ich kann mir keine andere Frau mehr vorstellen, die mich genauso fasziniert und mich so glücklich macht wie sie.

Aber ich habe es mit einer Frau zu tun, die außer in diesem Moment, in dem sie mich unsicher Hilfe suchend ansieht, beim Thema Vertrauen Befürchtungen hat. Allein diese Woche hat sie genervt reagiert, als ich beim Ausgehen erkannt wurde. Nicht, weil sie mir nicht zutraut, mit der Situation umgehen zu können, denn sie weiß, wie verteidigend ich reagiere, wenn jemand unsere Privatsphäre stört. Sie mag einfach den Promistatus nicht, mit dem sie an meiner Seite leben muss. Allerdings glaube ich, dass sie sich mit der Zeit daran gewöhnen wird.

Ich greife nach Clarkes Hand. „Alles gut. Das wird ein großer Erfolg, versprochen."

„Wie kannst du das versprechen?", fragt sie genervt, mit einer Spur Hysterie in der Stimme. Sie betrachtet den Tisch, den sie für die Signierstunde für Pepper zurechtgemacht hat. Pepper überprüft noch ihr Make-up, bevor wir öffnen. Clarke sieht mich ängstlich an. „Was habe ich mir nur dabei gedacht, jemanden wie Pepper in meinen kleinen Laden zu bitten? Ich habe sämtliche Stammkunden eingeladen, aber die wenigsten kaufen Kinderbücher. Was, wenn niemand kommt? Pepper wird mich hassen und ..."

Es gibt keine bessere Ablenkung für eine gestresste Frau als einen heißen Kuss. Diesen führe ich fachmännisch aus, indem ich eine Hand in ihren Nacken lege, die andere auf ihren Rücken, sie eng an mich ziehe und meine volle Konzentration und Hingabe in einen anständigen Kuss lege. An der Kasse kichert Veronica. Mir ist aufgefallen, dass es sie amüsiert, zu sehen, wie ich ihre Freundin sprachlos mache. Als ich neulich im Laden half, gestand sie mir, dass sie glaubt, ich sei genau das, was Clarke braucht. Außerdem vertraute sie mir an, dass sie auf meiner Seite sei, falls Clarke aus Angst die Beziehung beenden wolle.

Ich weiß nicht so recht, was ich davon halten soll. Einerseits ist es schön, zu wissen, dass Clarkes Freundin glaubt, dass ich gut für sie bin, und mir hilft, Clarke davon zu überzeugen. Andererseits bedeutet es aber auch, dass sie anscheinend Gründe hat, sich Sorgen zu machen, dass Clarke doch noch einen Rückzieher macht.

Aber ich möchte nicht über ein Was-wäre-wenn-Szenario in der Zukunft nachdenken. Stattdessen küsse ich lieber meine Frau um den Verstand.

Als ich glaube, sie genug benebelt zu haben, damit sie nicht mehr nur an ihre Befürchtungen denkt, lasse ich sie Luft holen. Sie schiebt ihre Brille höher auf die Nase. „Puh, das war nett."

Ich halte sie immer noch fest und flüstere ihr ins Ohr: „Ich könnte dich auch schnell mit nach hinten ins Büro nehmen und dich noch ganz anders ablenken. Das würde dich garantiert ruhiger machen, wenn du mich lässt."

Clarke öffnet entsetzt den Mund und schiebt mich von sich. „Kommt nicht infrage. Die Leute würden es merken."

„Niemand würde es merken", versichere ich ihr und mein Blick fällt auf Veronica. Okay, sie würde es merken, aber das wäre egal.

Pepper kommt von der Damentoilette zurück. Sie ist ebenfalls eine umwerfende Frau. Nicht mein Typ, aber ich verstehe, warum Legend verrückt nach ihr ist. Sie hat unfassbar helle blaue Augen, die von dem schwarzen Pony auf der Stirn noch betont werden. Sie trägt einen kurzen Bob. In ihrer Kleiderwahl wirkt sie wie eine Rockerbraut aus den Fünfzigern. Sie trägt ein rotes Kleid mit weißen Punkten, schwarze Doc Martens, und ein Lederhalsband mit Stacheln komplettiert das Outfit.

Entspannt lächelnd kommt sie zu uns herüber. Als sie Clarke ansieht, die ihre Nervosität förmlich ausstrahlt, runzelt sie die Stirn. „Alles okay?", fragt sie beunruhigt.

„Ich habe nur Angst, dass das schiefgeht", antwortet Clarke ehrlich.

„Das wird es bestimmt nicht." Pepper winkt ab. „Und wenn, dann haben wir zwei wenigstens Spaß miteinander. Dein Laden ist wirklich bezaubernd. Ich habe ein paar Leute eingeladen, das wird schon."

„Ich will nur nicht, dass du enttäuscht bist."

Ich lege einen Arm um Clarke und will sie umarmen, sie beruhigen, aber das geht wohl nicht. Sie muss einfach da durch. Bevor ich sie an mich ziehen kann, klopft es an der Ladentür, die noch abgeschlossen ist. Ich schaue auf die Uhr. Es ist neun. Die Show beginnt.

Clarke japst auf, als sie zum Schaufenster blickt. Freude durchflutet mich. Eine lange Schlange wartet auf Einlass.

Anscheinend hat die Ankündigung meiner Teamkameraden in den sozialen Medien etwas gebracht. Ich gehe an die Tür, während sich Pepper an den Tisch setzt und Clarke sie begleitet. Sie hat einen Stapel von Peppers erfolgreichstem Kinderbuch geordert, der auf dem Tisch liegt. *Die großen Abenteuer von Penelope und Bert.* Mit einem mobilen Bezahlgerät kann Clarke die Bücher direkt am Tisch abkassieren. Veronica ist an der regulären Kasse für alle anderen Kunden, die vielleicht etwas kaufen wollen, wenn sie schon einmal da sind.

Ich habe den Schlüssel, der in der Ladentür steckt, zwischen den Fingern und werfe einen Blick auf die beiden Frauen. „Seid ihr so weit?"

„Ja", sagt Pepper voller Überzeugung.

Clarke wirkt, als ob sie sich gleich übergibt, aber nun aus einem anderen Grund. Nun befürchtet sie nicht mehr, dass keiner kommt, sondern macht sich Sorgen über den riesigen Ansturm und ob sie die vielen Leute alle bedienen kann. Ich zwinkere ihr zu, schließe die Tür auf und öffne sie weit. Die

Leute strömen herein. Ich werfe einen Blick auf den Bürgersteig. Heilige Scheiße! Die Schlange geht bis zum Ende des Blocks und wohl sogar noch um die Ecke weiter.

Vielleicht war die Werbung von uns Spielern ein bisschen zu übertrieben. Aber eigentlich habe ich nur Tacker, Dax und Erik gebeten, die Signierstunde zu teilen. Bishop habe ich ausgelassen, weil er noch auf den Jungfraueninseln auf Hochzeitsreise ist. Auch Dominik habe ich nicht gefragt, denn der Mann führt Multimillionen-Geschäfte und hat sicher Besseres zu tun. Und natürlich brauchte ich Legend nicht anzusprechen, denn er postet sowieso immer alle Signierstunden seiner Frau. Aber Tacker, Dax, Erik und ich kommen zusammen auf über hunderttausend Fans, wovon sich viele hier in Phoenix befinden. Ich habe gehofft, wenigstens eine Handvoll Leute erreichen zu können, doch wie es aussieht, interessieren sich viel mehr für den Laden und Peppers Bücher.

Vielleicht ist mein Post ein wenig zu persönlich geworden. Auf Instagram habe ich ein Selfie von Clarke und mir gepostet, als wir am Strand waren. Wir sitzen auf Liegestühlen, beugen uns beide vor zur Kamera und grinsen albern. Wir wirken sonnengebräunt und sorglos. Ich habe kurz vorher Clarke angesehen und mein Ausdruck geht daher noch leicht in Anbetung über, während Clarke einfach nur strahlend lächelt.

Der Text dazu lautet: Mein Mädchen und ich, letzte Woche in St. John. Kommt vorbei und seht euch ihren Laden an: *Clarke's Corner.*

Ich schrieb dazu, dass Pepper ihre Bücher signiert, und taggte Pepper und Legend. Clarke konnte ich nicht hinzufügen, denn sie hat keinen Account. Das kann ich ihr nicht verübeln. Sie findet, was sie nicht weiß, macht sie nicht heiß, und will lieber keine Kommentare über sich lesen.

Allerdings bereue ich nichts, denn Peppers Signierstunde ist ein voller Erfolg, und Clarke wird eine Menge neue Kunden gewinnen.

Kurz nach Ladenöffnung erscheint Legend und entschuldigt sich bei Pepper für das Zuspätkommen. Auf dem Weg zu seinen Eltern, denen er Charlie gebracht hat, ist er in ein Verkehrschaos geraten. Er setzt sich zu Pepper an den Tisch und macht Selfies, wenn ein Fan darum bittet. Aber ich bin beeindruckt, dass die meisten Leute nur wegen der Autorin und des Buchladens gekommen sind.

Ich helfe den Kunden, sich im Laden zurechtzufinden, da ich mich inzwischen super auskenne. Veronica ist an der Kasse ausgelastet. Viele Kunden kaufen Kleinigkeiten und andere Bücher, nachdem sie sich eine Signatur abgeholt haben.

Die Signierstunde ist eigentlich von neun bis zwölf geplant, aber die Schlange reißt nicht ab. Pepper bleibt großzügig bis zwei Uhr. Um halb zwei müssen wir die Tür abschließen und den Event beenden.

Danach schalten wir das Licht im Laden aus und lassen uns auf den Lesesesseln nieder. Veronica öffnet einen Champagner, den sie für besondere

Gelegenheiten kalt gestellt hat. Wir stoßen miteinander an und reden über die erfolgreiche Veranstaltung. Als ich auf Clarkes Gesicht die Zufriedenheit und Freude über den Erfolg sehe, wenn auch auf angestrengte Weise, beschließe ich, ihr immer zu helfen, wo ich nur kann. Ihr Erfolg ist mir wichtig, also ist es ab jetzt mein erklärtes Ziel, ihr zu helfen.

Clarke lehnt sich auf ihrem Stuhl vor und sieht Legend an. „Ich nehme an, dass du etwas mit dem Ansturm zu tun hast", sagt sie neckend. „Du hast bestimmt bei deinen Fans mit deiner Frau angegeben."

Natürlich muss Clarke zu dem Schluss kommen. Viele Kunden von heute haben Legend gekannt und natürlich auch nach Selfies gefragt. Ich schweige und lasse Legend das Lob für die Hilfe allein kassieren.

Er zuckt mit den Schultern und legt hinter ihrem Rücken einen Arm um Peppers Stuhllehne. „Was soll ich sagen? Ich bin eben stolz auf meine Frau und würde es sogar von den Dächern rufen."

„Vielen Dank", sagt Clarke und nickt dankbar. „Das hat uns auf jeden Fall eine Menge Kunden gebracht."

„Ja, danke, Baby", sagt Pepper, beugt sich zu ihm und bekommt einen Kuss von ihrem Mann.

Ich bin erleichtert, dass Clarke glaubt, sie hätte dies allein Legend zu verdanken. Doch es wirft ein Licht auf ein Thema, das in unserer Beziehung eine komplizierte Rolle spielt. Ich glaube nicht, dass es ihr gefällt, wenn ich sie über die sozialen Medien bekannter mache. Dazu ist sie immer noch zu vorsichtig, was Ruhm und Rampenlicht angeht, und vielleicht ist sie sogar beleidigt, wenn sie von meiner Hilfe erfährt.

Natürlich könnte sie auch furchtbar dankbar sein, aber das werde ich nicht erfahren, denn ich habe nicht vor, es ihr zu verraten. Ich brauche ihr Lob nicht und definitiv auch nicht ihre Wut. Gern belasse ich es so, wie es jetzt ist.

Nachdem wir den Champagner getrunken haben, verlassen Pepper und Legend den Laden. Veronica und ich helfen beim Aufräumen, rücken alles wieder an seinen Platz und ich sauge schnell einmal durch. Um drei Uhr öffnen wir den Laden wieder, aber die Meute ist verschwunden.

Veronica geht nach Hause, und ich setze mich auf einen Lesesessel und bin zufrieden damit, den Rest des Tages hier bei Clarke zu sein. Wenn Nina übernimmt, werde ich mit Clarke nach Hause gehen, und bis dahin habe ich nichts zu tun.

„Ich möchte dich etwas fragen und hoffe, dass es dich nicht erschreckt", sagt Clarke plötzlich.

Ich blättere durch einen Gedichtband, der mir nichts gibt, und der noch nie an mich ging. Das hat sich anscheinend auch nach dem Erwachsenwerden nicht geändert.

Ich hebe den Blick und mache mir keine Sorgen über ihre Befürchtung. Ich mag sie viel zu sehr, als dass mich etwas erschrecken könnte. „Leg los."

„Hast du etwas dagegen, meine Eltern kennenzulernen?“, fragt sie leicht zögernd.

Überrascht blinzele ich. Nicht, weil das eine ungeheuerliche Frage wäre oder zu früh. Ich finde sogar, dass sie genau zur rechten Zeit kommt. Ich bin nur schockiert, oder besser gesagt erstaunt, dass Clarke genau wie ich glaubt, dass es mit uns ernst wird, obwohl wir es noch nicht ausgesprochen haben.

„Mich hat noch nie eine Frau gebeten, mit zu ihren Eltern zu kommen“, antworte ich grinsend.

Sie verdreht die Augen. „Wahrscheinlich hast du auch noch nie eine Frau nach ihrem Nachnamen gefragt.“

Ich lache auf und freue mich, dass sie in der Lage ist, meinen Ruf mit Humor zu nehmen. Ich stehe auf, schnappe sie um die Taille und setze mich mit ihr wieder hin.

„Ich würde sehr gern deine Eltern kennenlernen“, antworte ich und küsse ihren Hals.

KAPITEL 21

„Hör auf, so nervös zu zappeln", sagt Aaron. Ich werfe von der Beifahrerseite seines Wagens aus einen Blick auf ihn. „Ich kann nichts dafür", knurre ich. Ich falte die Hände zusammen, um die Finger stillzuhalten. „Schließlich hast du noch nie die Eltern einer Frau kennengelernt."

Dafür, dass er der Fahrer ist, sieht mich Aaron viel zu lange an, bevor er wieder nach vorn blickt. „Willst du damit sagen, dass du noch nie einen Mann mit nach Hause gebracht hast?"

„Doch, natürlich." Es ist frustrierend, dass er mein ungutes Gefühl nicht versteht. „Ich habe ein paar mit nach Hause gebracht."

„Mann", brummt Aaron trocken. „Da fühle ich mich gleich wie etwas Besonderes."

Ich schnaube und greife nach seiner Hand, die ich erreichen kann, weil er den Arm auf die Mittelkonsole gelegt hat. Ich drücke seine Finger. „Du solltest dich auch wie etwas Besonderes fühlen, denn die anderen Kerle waren einfach."

„Das macht es nicht gerade besser."

„Damit meine ich, dass sie alle nett und unkompliziert waren, sodass ich sie leicht zum Essen bei meinen Eltern mitnehmen konnte. Du hingegen …"

„Ich bin nicht unkompliziert?"

Ich sehe ihn an, und auch wenn er nur geradeaus schaut, merke ich ihm an, dass ich seine volle Aufmerksamkeit habe. „Du bist auf die schönste Art kompliziert. Das macht diesen Besuch viel wichtiger als die anderen, und deshalb bin ich nervös."

Aaron sieht mich kurz an. „Das ist das Netteste, was du je über mich gesagt hast."

„Ja, nicht wahr?" Ich grinse und lasse mich nach hinten fallen. „Wer hätte gedacht, dass ich auf kompliziert stehe?"

Aaron hebt meine Hand an seinen Mund, küsst meine Handfläche und legt sie auf sein Bein, wo ich sie den Rest der Fahrt lasse.

Wir kommen an, und ich atme tief durch, während Aaron in der Einfahrt hinter Dads Cadillac parkt. Meine Eltern wohnen noch in dem Haus, in dem ich aufgewachsen bin. Wenn ich die Lichter hinter den Fenstern sehe, überkommt mich immer ein heimeliges Gefühl. Meine Eltern freuen sich darauf, den Mann kennenzulernen, auf den ich anscheinend ein Auge geworfen habe, denn sie hatten längst aufgegeben, daran zu glauben, dass ich je eine feste Beziehung finden werde. Zwar haben sie mich bei der Entscheidung unterstützt, an der Realityshow teilzunehmen, aber sie hatten auch Befürchtungen. In ihrer unendlichen Weisheit erahnten sie das Potenzial für Schmerz und Leid, das ich nicht erkennen konnte. Allerdings gehören sie zu der Sorte Eltern, die glauben, dass Fehler zu machen, die lange genug nachwirken, um einen bleibenden Eindruck zu hinterlassen, die beste Art ist, erwachsen zu werden.

Wir kommen auf der vorderen Veranda an und Dad öffnet die Tür. Perry Webber wirkt nicht wie ein typischer Steuerberater. Mein Vater kommt eher wie ein Liegestuhlhocker oder Surfer rüber, was irgendwie auch stimmt. Er ist in Süd-Kalifornien groß geworden und hat das Surfbrett schon im Alter von fünf beherrscht. Er hat etwas zu langes, welliges, blondes Haar, blassblaue Augen und einen Vollbart. Auch ist er groß und muskulös und fast so breitschultrig wie Aaron.

Aaron ist sichtlich schockiert von seinem Anblick. Besonders, weil Dad ausgewaschene Jeans mit Rissen über den Knien trägt, ein altes Billabong-T-Shirt und keine Schuhe.

Ich kann nicht anders, ich muss Aaron ein bisschen necken. „Du hast eine dicke Brille und ein Kugelschreiberetui in seiner Brusttasche erwartet, oder?", sage ich leise, bevor wir die Treppe hochgehen.

Aaron grinst. Er gibt meinem Vater die Hand und dieser bittet uns hinein. Dad gibt mir einen Kuss auf die Wange, was kitzelt, und schlägt Aaron auf die Schulter.

„Aaron und ich sorgen für etwas zu trinken. Deine Mom ist in der Küche."

„Sehr subtil, Dad", murmele ich.

Dad zwinkert. Es war zu erwarten, dass Dad Aaron zur Seite nehmen wird, um ihn allein unter die Lupe zu nehmen. Das hat er zwar noch nie getan, aber ich habe Mom gesagt, wie sehr ich Aaron mag. Und das hat sie anscheinend Dad erzählt.

Ich treffe Mom in der Küche an, wo sie ein Stir-fry im Wok kocht. Ich bin fast eine Klon-Version meiner Mutter Amy. Falls Aaron wissen will, wie ich mit Ende vierzig aussehen werde, braucht er sich nur meine Mom anzusehen. Wir haben das gleiche feurige Haar, haselnussbraune Augen, deren Farbe bei Emotionalität ins Grünliche übergehen, und die kleine Körpergröße. Im Gesicht sehen wir uns auch ähnlich. Mom wird oft für meine ältere Schwester gehalten. Ich hoffe, ich habe auch ihre jugendliche Erscheinung und die wenigen Falten geerbt und werde in ihrem Alter noch blendend aussehen. Sie ermahnt mich stets, immer Sonnencreme zu benutzen, was ich meistens auch tue.

„Hi, Baby", sagt Mom erfreut, als sie mich sieht. Ich umrunde die Kücheninsel und wir umarmen uns lange. Im Wok brutzelt das Essen. „Du hast mir gefehlt."

„Du mir auch." Wir lassen uns los und ich beuge mich über den Wok. „Das riecht gut."

Mom lächelt, späht durch den Küchenbogen und hebt eine Augenbraue. „Hat Dad Aaron schon geschnappt?"

„Ja." Ich setze mich an den Küchentresen auf einen Stuhl. „Ich bin sicher, dass er ihn nach Strich und Faden ausfragt."

Mom stemmt eine Hand in die Hüfte und spritzt

mit der anderen Sojasoße in den Wok. Sie ist immer entspannt und sorglos. Das habe ich leider nicht von ihr geerbt, ich strebe aber danach, es zu übernehmen. „Nun, die Männer sind beschäftigt, also erzähl mir von der Reise nach St. John."

Mom ist nicht ganz ahnungslos. Ich habe ihr Fotos geschickt und mit ihr gechattet. Da ich ihr sehr nahestehe, weiß sie auch, was ich für Aaron empfinde. Seit ich wieder da bin, haben wir uns noch nicht persönlich gesehen, sodass ich noch nicht ins Detail gehen konnte.

„Es war wundervoll." Ich stütze das Kinn auf der Hand ab. „Total entspannend. Und Aarons Freunde sind echt nett. Die Spieler in seiner Line sind alle verheiratet und ihre Frauen sind offen und haben mich gleich aufgenommen. Ich habe mich nie außen vor gefühlt."

„Sie klingen wunderbar."

„Das sind sie wirklich." Sie waren so viel mehr, als ich erwartet hatte. Ich erzähle ihr eine Weile vom Resort, wie wir in kristallklarem Wasser schnorcheln waren und dass das Essen eins der besten war, das ich je gehabt habe. Ich erzähle ihr nicht von dem vielen Sex und den unzähligen Orgasmen. Und dass Aaron mir mehr über Intimität und Begehren beigebracht hat als jede andere Quelle, indem er sich Zeit für mich nimmt und dafür sorgt, dass ich es auch genieße. Ich liebe meine Mutter und wir stehen uns nah, aber so nah nun auch wieder nicht.

Daher sage ich lediglich: „Aaron ist wunderbar.

Ich bin so froh, ihn kennengelernt zu haben.“

„Und ihm eine Chance gegeben zu haben“, ergänzt Mom. „Du bist ein Risiko eingegangen, das es wert war.“

Das stimmt. Nur Veronica und Mom wissen, wie sehr Tripp mich verletzt hat. Stundenlang habe ich in Moms Armen geweint, und weil sie meine Mutter ist, tat es ihr genauso weh wie mir. Und daher versteht sie auch am besten, warum ich so zögerlich bin, es noch einmal zu versuchen.

Dad kommt in die Küche und Aaron folgt ihm. Sie haben je zwei Gläser in den Händen. Dad hat einen Whiskey und stellt Mom ein Glas Weißwein hin. Er gibt ihr einen schnellen Kuss auf den Hals. Aaron hat ein Bier und reicht mir ebenfalls ein Glas Weißwein. Er weiß, dass ich nicht festgelegt bin und gern verschiedene Weine probiere. Er stellt sich neben mich an den Tresen.

„Aaron hat mir erzählt, wie ihr zwei euch begegnet seid“, sagt mein Vater und wirkt amüsiert.

Mom kichert, denn sie kennt die Geschichte und hat sie anscheinend nicht detailliert Dad erzählt. Aaron stößt mich mit der Hüfte an und grinst.

„Er hat nicht locker gelassen“, sage ich zu Dad.

„Ich finde es witzig“, antwortet er. „Und ich mag einen Mann, der alles daransetzt, seine Lady zu erobern.“

In diesem Haus ist Dad der wahre Romantiker.

Aarons Handy klingelt. Er macht ein entschuldigendes Gesicht, stellt es auf Vibrieren und legt es auf den Tresen. „Sorry.“

„Keine Ursache", sagt Dad.

„Schatz", sagt Mom und sieht Dad an, „nimmst du bitte die Teller heraus? Wir bedienen uns einfach hier am Wok und essen in der Küche in der Essecke. Hier ist es gemütlicher als im Esszimmer."

Daran erkenne ich, dass meine Eltern Aaron mögen. Und noch wichtiger, dass sie damit einverstanden sind, dass ich ihn mag. Ansonsten hätte Mom ganz formell im Esszimmer eingedeckt. Doch sie belässt es beim Familien-Stil. Obwohl sie ihn erst seit eben kennen, spüren sie schon, dass er ein guter Mensch ist.

Aarons Handy vibriert erneut. Ich schaue ebenfalls aufs Display. Es ist Tacker.

Aaron lehnt den Anruf ab, doch Tacker ruft sofort noch einmal an. Aaron sieht mich besorgt an.

„Geh lieber ran", sage ich. Tacker würde nicht dreimal hintereinander anrufen, wenn es nicht wichtig wäre.

„Es tut mir echt leid", sagt Aaron zu Mom, aber die hält die Hand hoch und schüttelt den Kopf, um damit zu sagen, dass es okay ist.

Aaron nimmt das Handy und verlässt die Küche. „Was ist los?", höre ich ihn sagen.

Ich weiß nicht, ob ich ihm folgen soll, denn ein ungutes Gefühl sagt mir, dass es nichts Gutes bedeuten kann.

Mom sieht mich besorgt an. Ich zucke mit den Schultern. Dad holt die Teller und stellt sie wortlos auf den Tisch. Schweigend sitzen wir da und warten auf Aaron.

Als er wiederkommt, ist er blass im Gesicht. Ich stehe sofort auf und gehe auf ihn zu. „Was ist passiert?"

„Es geht um Baden." Er sieht meine Eltern an. „Einer meiner Teamkameraden. Der Ersatztorwart."

Dad nickt wissend, denn er ist ein Sportfan und folgt den Vengeance. Aaron wendet sich wieder an mich. „Ich weiß noch keine Details, aber er hat sich wohl in einen Überfall eingemischt und wurde angegriffen."

„O Gott." Ich greife nach Aarons Hand. „Wie geht es ihm?"

„Er ist im Krankenhaus und es sieht schlecht aus."

„Jesus", murmelt Dad.

Mom dreht den Herd ab.

„Es tut mir sehr leid", sagt Aaron zu meinen Eltern. „Aber ich muss ins Krankenhaus. Das ganze Team ist dort versammelt."

„Natürlich", sagt Mom.

Ich nehme meine Handtasche von dem Stuhl, auf dem ich sie abgelegt habe.

„Du musst nicht mitkommen", sagt Aaron. „Du solltest bleiben und mit deiner Familie essen."

Für einen kurzen – schrecklichen – Moment denke ich, er will mich nicht mitnehmen, weil ich nicht dazugehöre. Das ist eine Team-Tragödie, die mich nichts angeht. Doch ich lasse das Gefühl vergehen. Meinen eigenen Unsicherheiten will ich nicht zum

Opfer fallen. Aaron ist offensichtlich schockiert von diesen Neuigkeiten.

Ich schüttele den Kopf und greife erneut nach seiner Hand. „Ich komme mit. Und wenn du mir deinen Koloss von einem Wagen anvertraust, kann ich auch fahren."

Aarons Ausdruck wird entspannter. Ich erkenne Dankbarkeit in seinem Blick und dass er mich jetzt braucht. „Freut mich, dass du mitkommst, aber ich fahre selbst."

An der Tür umarmt Aaron Mom und verspricht ihr, das Essen nachzuholen. Dad muss ich versprechen, ihm eine Nachricht zu schreiben, sobald wir Genaueres wissen, und er gibt mir wieder einen kitzelnden Kuss auf die Wange. Ich drücke ihn fest und bin dankbar für die Liebe und Unterstützung meiner Eltern. Aaron weiß nicht, wie es ist, solche Eltern zu haben. Noch ein Grund, warum ich das Bedürfnis habe, an seiner Seite zu bleiben.

Meine Eltern stehen in der Tür und sehen zu, wie mir Aaron in den hohen Wagen hilft. Als wir abfahren, winke ich ihnen zu.

„Wie schlimm ist es wirklich?", frage ich Aaron.

Aaron sieht mich kurz an und drückt meine Hand, die er schon seit der Abfahrt hält. „Sehr. Drei Kerle haben eine Frau überfallen. Baden ist eingeschritten und mit einer Brechstange verprügelt worden und es wurde auf ihn eingestochen."

„O mein Gott." Still schicke ich ein Stoßgebet gen Himmel.

„Dominik und Willow kommen aus Los Angeles

in einem Privatjet her. Er will die besten Ärzte für Baden anheuern."

Ich mochte nie die Privilegien, die mit extremem Reichtum verbunden sind, und dass einem dadurch elitäre Möglichkeiten offenstehen, aber in diesem Moment bin ich froh, dass Dominik darüber verfügt. Zwar kenne ich Baden nicht wirklich, aber ich habe mich in St. John nett mit ihm unterhalten. Er ist Aaron und seiner sorglosen, lockeren Art ähnlich. Ein bescheidener, bodenständiger Mann. Ein Mann, der einer Frau, die überfallen wird, selbstlos hilft. Und dafür selbst schwer verletzt wird. Ein Schauer läuft mir über den Rücken, denn das hätte auch Aaron passieren können. Er wäre auch eingeschritten.

Die Übelkeit, die mich beschleicht, als ich mir vorstelle, Aaron könnte etwas passieren und ich könnte ihn verlieren, zeigt mir, wie tief ich in der Sache drinstecke.

KAPITEL 22

Clarke

Ich gehe in meinem Wohnzimmer auf und ab und schaue immer wieder aufs Handy. Vor fast vierundzwanzig Stunden sind wir ins Krankenhaus gefahren, als wir das mit Baden erfahren haben.

Es war eine traurige Sache. Er war in einer Tiefgarage angegriffen worden. Sieben Stichwunden und eine Hirnblutung hat er davongetragen und er musste notoperiert werden. Man konnte all diese Wunden erstaunlicherweise versorgen, doch das war noch nicht das Schlimmste. Ein Schlag mit der Brechstange ins Kreuz verletzte die Wirbelsäule und momentan ist er von der Hüfte an gelähmt. Das war eine schreckliche Nachricht. Die Trauer und Betroffenheit im Wartezimmer, das gefüllt war mit Spielern, Coaches, Verwaltungsmitarbeitern und Familienmitgliedern war fast greifbar und erstickte mich zeitweise beinahe. Dominik war nach zwei Stunden da, sprach mit allen Ärzten und Badens Angehörigen und ließ einen Spezialisten für Rückenverletzungen einfliegen.

Es ist jetzt Stunden her, seit ich etwas von Aaron gehört habe. Ich war gestern Abend bis kurz nach Mitternacht im Krankenhaus, und dann bestand er darauf, mich nach Hause zu fahren, da ich am Morgen den Laden öffnen musste. Das lehnte ich jedoch ab und wollte mir ein Uber rufen. Es entstand eine Diskussion, bis Nora anbot, mich zu fahren, weil sie ebenfalls wegen Terminen am Morgen gehen musste.

Baden wurde die ganze Nacht lang operiert. Um neun Uhr früh kam er endlich aus dem OP. Aaron hielt mich auf dem Laufenden, doch gegen Mittag wurden alle nach Hause geschickt, um sich auszuruhen. Dominik brachte Badens Eltern, die aus Montreal eingeflogen waren, in einem Hotel unter. Aaron fuhr nach Hause, um zu duschen und etwas zu schlafen.

Seine letzte Nachricht ist um fünfzehn Uhr gekommen. Seitdem … nichts.

Ich nehme an, dass er noch schläft. Aber es ist schwer, ihn nicht anzurufen und damit zu wecken. Das Schlimmste daran ist, dass ich das Bedürfnis habe, bei ihm zu sein. Wenn auch nur, um einfach anwesend zu sein, falls er mich braucht. Im Krankenhaus konnte ich sehen, wie furchtbar es für ihn war. Baden ist nicht nur irgendein Teammitglied. Er ist wie ein Bruder für ihn, und seine Verletzungen haben alle schwer getroffen. Bisher habe ich Aaron noch nie derartig von Emotionen erdrückt gesehen. Auch nicht derartig schweigsam und in sich zurückgezogen. Das bin ich nicht gewohnt. Es macht mir Angst, aber ich nehme es nicht persönlich. Nun lernen wir wieder etwas in unserer Beziehung. Nämlich, wie wir mit Tragödien umgehen.

Das Klopfen an meiner Tür erschreckt mich so sehr, dass ich einen kleinen Laut ausstoße. Doch sofort spüre ich, dass es Aaron ist.

Oder besser gesagt ... er muss es einfach sein.

Ich mache praktisch einen Hürdenlauf über den Wohnzimmertisch, eile zur Tür und reiße sie auf, ohne durch den Spion geschaut zu haben.

Verdammt, er sieht furchtbar aus.

Ohne zu zögern oder die eine Million Fragen zu stellen, die in mir brennen, ziehe ich ihn über die Schwelle und umarme ihn. Ich habe nicht gemerkt, wie sehr ich es brauchte, ihn zu spüren, bis mich eine enorme Erleichterung durchströmt, als er meine Umarmung erwidert. Er stützt sein Kinn auf meinen Kopf und wir saugen das Gefühl, uns gegenseitig zu spüren, einfach nur auf.

„Hast du geschlafen?", frage ich schließlich.

„Ja." Er sieht mich an. „Eine Stunde am Nachmittag. Eben hatten wir ein Teammeeting, da dachte ich, ich komme bei dir vorbei. Ich hoffe, das ist okay."

„Das ist immer okay. Wäre es zu schräg, wenn ich dir einen Hausschlüssel geben würde?"

Er lächelt matt, aber ich sehe ihm an, dass ihm das Angebot gefällt. „Dann gebe ich dir auch einen Schlüssel von mir."

„Wow. Jetzt wird es ernst", sage ich neckend.

Sein Lächeln vergeht. Anscheinend hat er schlechte Nachrichten. Ich führe ihn zur Couch, wo er sich setzen soll. Er streckt die Beine aus und lehnt den Kopf an ein Kissen zurück. Ich setze mich neben ihn und streichele über seine gerunzelten Augenbrauen.

„Baden wird vielleicht nie wieder gehen können", sagt er leise und erstickt. Er hat die Augen geschlossen und sieht gequält aus.

Ich gebe ihm einen Kuss auf die Schläfe. „Aber er lebt noch. Und wenn es möglich ist, dass er nie mehr laufen kann, ist auch möglich, dass er es kann, nicht wahr?"

Er öffnet die Augen und starrt hoffnungslos geradeaus. Dieser Mann, der immer fröhlich ist, witzig und spontan, ist total niedergeschlagen. Mir verschlägt es den Atem vor Schwere auf der Brust. Sein Schmerz wird zu meinem.

„Wir dürfen die Hoffnung nicht aufgeben", sage ich leise, beuge mich über ihn und küsse ihn sanft. Aaron seufzt zittrig, schließt die Augen, und seine Hand gleitet an meine Taille. „Küss mich noch mal, Clarke."

Ich lege eine Hand auf seine Schulter und eine auf seine Brust. Unter meinen Fingern schlägt sein Herz. Ich küsse ihn erneut.

Aaron öffnet die Lippen und lässt meine Zunge eindringen. Er stöhnt tief in der Kehle und seine Hand an meiner Taille greift fester zu. Meine Küsse sind jetzt Medizin für ihn, und wenn dies die einzige Möglichkeit ist, ihm inneren Frieden zu bringen, dann bin ich voll dabei.

Ich setze mich ohne Zögern breitbeinig auf seinen Schoß. Er öffnet die Augen und der leere Blick ist verschwunden. Feuer glimmt darin. Und mein Körper reagiert trotz des Ernstes des Moments auf ihn.

Ich kralle mich an sein T-Shirt und streiche mit dem Mund seinen muskulösen Hals entlang. Mit einer Hand gleite ich unter sein Shirt, streichele seinen Bauch und aufwärts zu seiner Brust. Mit einem Finger streichele ich einen seiner Nippel.

Aaron stöhnt. Er packt meine Hüften und drückt mich auf seinen Schritt. Der Beweis, dass diese simplen Berührungen einen so großen Effekt auf ihn haben – einen sehr harten, wie es sich anfühlt –, bringt mich dazu, draufgängerischer zu werden. Gibt mir den Mut und die Kraft, Aaron nicht nur Lust zu verschaffen, wenn er es braucht, sondern auch, wenn ich sie unbedingt geben möchte.

Ich greife nach seinem Jeansknopf und sehe Aaron weiterhin an, um zu sehen, ob er einverstanden ist. Das Verlangen in seinem Blick sagt mir, dass ich auf der richtigen Spur bin.

„Das wollte ich schon lange mit dir machen", gebe ich zu und spüre Hitze in meine Wangen steigen. „Aber ich habe mich nie getraut und außerdem hast du immer das Kommando, Aaron."

Seine Lippen bilden ein kleines Lächeln. „Du darfst jederzeit die Kontrolle übernehmen, Babe."

„Auch wenn ich etwas wie das hier tue?" Eigentlich wollte ich nicht gehaucht und goldig wie ein Kätzchen klingen, kann es jedoch nicht verhindern. Gemessen an Aarons Blick scheint es ihm jedoch zu gefallen.

Ich öffne den Knopf und ziehe langsam den Reißverschluss über die große Wölbung. Aaron atmet tief durch, als ich mit dem Fingerknöchel über die Erektion kratze, von der mich nur der Stoff seiner Boxershorts trennt.

Doch es gibt ein Problem. In dieser Position, mit mir auf ihm und der Enge seiner Jeans, ist es nicht einfach, an ihn heranzukommen. Ich sehe auf.

Aaron betrachtet mich.

Wartend.

Verlangend.

Er will mich.

Ich steige von seinem Schoß, knie mich auf den Teppich zwischen seine starken Schenkel. Ich schiebe meine Finger unter den Bund seiner Boxershorts. „Heb dein Becken für mich an.“

Sofort hebt er den Hintern und ich ziehe ihm die Hosen herunter. Erst über die eine Seite der Hüften, dann über die andere, und schließlich über den harten Schaft, den ich endlich aus seiner Gefangenschaft befreie. Er ist lang und dick, samtig, mit Venen unter der dunklen Hautfarbe. Aaron pflegt und rasiert sich und ist ein optisches Kunstwerk. Nie habe ich besonders auf die männliche Anatomie geachtet, außer wenn es der Erregung dient, die dieses Anhängsel verursachen kann, wenn es richtig eingesetzt wird. Aber Aaron könnte ich mir stundenlang ansehen. So auf der Couch liegend, mit halb geschlossenen Augen und den Hosen auf den Schenkeln, sieht er wunderbar liederlich aus. Seine massive Erektion liegt auf seinem Bauch und wartet darauf, berührt zu werden.

Oder geküsst.

Gesaugt.

Ich beuge mich hinab und lecke seinen Schaft entlang. Es ist das erste Mal, dass ich ihn dort mit dem Mund berühre. Aaron stöhnt in einer Mischung aus Qual und Lust. Ich sehe auf, und was ich sehe, ist fast zu viel. Seine Augen schimmern beinahe gefährlich, doch der Schauer, der mir über den Rücken läuft, ist köstlich.

Ich streiche über seine Schenkel und lege eine Hand um seine Länge, drücke leicht zu, beuge mich erneut vor und nehme die Spitze in den Mund.

„Fuck, Clarke!", knurrt Aaron und stößt sein Becken nach oben.

Ich nehme ihn tiefer auf. Aber er ist viel zu lang für meinen Mund. Als die Spitze an meine Kehle stößt, kämpfe ich gegen den Würgereiz an. Zwar habe ich einst meine Unschuld an einen Mann gegeben, der es nicht verdient hat, aber dies ist das erste Mal, dass ich einen Schwanz im Mund habe. Und das kommt mir viel gewaltiger vor als alles, was ich Tripp je hätte geben können. Ich fühle mich Aaron unendlich viel näher, während ich an seiner Länge sauge, seinem Stöhnen zuhöre, mich an ihm auf und ab bewege und seine Lust kontrolliere.

Aaron legt seine Hände auf meinen Kopf, und kurz würde ich ihm gern die Kontrolle übergeben. Ich wünschte, er würde meinen Kopf festhalten und meinen Mund ficken, wie es ihm beliebt. Denn ich vertraue Aaron, mir nicht wehzutun, es sei denn, auf vereinbarte und lustvolle Weise. Doch er hält sich zurück, streichelt mit den Daumen meine Schläfen. Ich lege eine Hand um die Wurzel seines Schafts und pumpe ihn gegen den Rhythmus meines Mundes.

Aaron stößt abwechselnd Flüche und Lob aus. „Das ist so verdammt gut, Clarke."

An seiner Atmung und seinen Hüftbewegungen erkenne ich, dass er kurz davor ist. Plötzlich fasst er fester zu und stoppt meine Bewegungen. Ich habe ihn tief in mir, die Zunge an die Unterseite seines enormen Schafts gepresst, sehe zu ihm hoch. Seinen Ausdruck kann ich nicht klar einordnen. Ist es Bewunderung?

Mit dem Daumen streichelt er meine Wange. „Mein Schwanz in deinem Mund … das sieht unglaublich schön aus."

Ich schnurre zur Antwort und liebe, wie sehr er das hier genießt. Ich befreie mich von seinen Händen auf meinem Kopf und beginne, ihn heftiger zu bearbeiten. Aaron stöhnt und flucht erneut, kommt mir mit den Hüften entgegen, spornt mich weiter an.

Ich pumpe ihn hart, sauge ihn tief ein, streichele seine Eier mit der anderen Hand. Von meiner eigenen Lust wird mir schwindelig, denn was ich da tue, macht mich mehr an als alles andere zuvor.

Aaron greift mir in den Nacken, presst mich fest auf seinen Schwanz, bis dieser an meine Kehle stößt. Reflexartig schlucke ich, meine Kehle zieht sich um ihn zusammen und er stöhnt auf.

„O fuck, Clarke … ich komme.“

Es ist wunderbar, als sein heißer Samen meinen Mund füllt. Ich schlucke und schlucke. Das Gefühl, ihm etwas Besonderes zu geben, etwas fast Heiliges zwischen uns, überwältigt mich. Tränen brennen in meinen Augen. Das werde ich nie vergessen, denn wieder hat sich zwischen uns etwas Großes verändert. Jetzt besitze ich einen Teil von ihm, so wie er einen Teil von mir besitzt.

Aaron packt mich unter den Armen, und mir ist leicht taumelig von der Anstrengung, aber auch von der inneren Zufriedenheit. Er hebt mich mühelos hoch und setzt mich auf seinen Schoß, kuschelt mich an seine Brust, umschließt mich mit den Armen und schmiegt sein Gesicht an meinen Hals. „Du bist wunderbar, Clarke.“

Simple Worte, doch die Emotionen darin treffen mich voll. Ich brauche nichts zu antworten, aber ich frage mich, ob sich so die Liebe anfühlt.

Und ob Aaron ähnlich denkt.

Vielleicht reden wir bald darüber.

Eines Tages.

KAPITEL 23

Ich gehe in Badens Zimmer und beiße die Zähne zusammen beim Anblick von ihm im Bett, mit all den Schläuchen an ihm. Er steht unter schwerer Medikation seit den OPs, und ich begreife immer noch nicht, was genau er alles hat. Ich habe von einem Milzriss, einer Rückenmarksverletzung und einer Hirnblutung gehört... mir schwirrt der Kopf.

Als wäre das nicht schon genug, hat ihm einer der Angreifer auch noch das Gesicht von der Schläfe zum Kinn aufgeschlitzt. Schwarze Stiche einer Naht verlaufen an der Seite und erinnern an Frankenstein.

Ich sehe, dass er immer noch tief und bewegungslos schläft, gehe um das Bett herum und reiche seinen Eltern Kaffeebecher.

„Danke, Aaron", sagt seine Mutter mit einem erschöpften Lächeln.

Gern würde ich ihr versichern, dass ich ihre Ängste verstehe, aber das tue ich nicht. Würde ich hier liegen statt Baden, weiß ich nicht, ob meine Mutter an meiner Seite wäre. Und mein Dad ... tja, dafür ist es zu spät, aber würde er noch leben, wäre er mit Sicherheit nicht hier.

Ich gehe wieder auf die andere Seite des Bettes und setze mich mit meinem Kaffee ein paar Minuten schweigend dazu. Alle versuchen, seine Eltern nicht zu überlasten, sind aber besorgt. Als ich vor zehn Minuten gekommen bin, habe ich mich sofort bereit erklärt, ihnen Kaffee zu holen.

Bei einem leisen Klopfen an der Tür richte ich den Blick dorthin und sehe Dominik. Er hat einen Teddybären in der Hand, was seltsam erscheint. Er sieht Badens Mutter an und geht auf sie zu.

Dominik reicht ihr den Teddy und küsst sie auf die Wange. „Ich dachte mir, du kannst etwas Weiches zum Umarmen gebrauchen."

Überraschenderweise lacht sie und tätschelt seine Wange. „Das ist sehr lieb."

Dominik gibt Badens Vater die Hand. „Wie geht es ihm heute?"

„Noch ist er nicht aufgewacht, aber die Ärzte machen sich darüber keine Sorgen. Lieber soll er noch ein bisschen ruhen. Seine Hirnfunktionen sehen aber so weit gut aus."

„Das sind gute Neuigkeiten", sagt Dominik und sieht mich an. „Alles okay?"

„Ja, alles gut, Boss", antworte ich leise und erhebe mich. Es sind zu viele Besucher hier, also werde ich Dominik meinen Platz übergeben. Ich hebe eine Hand zum Gruß. „Ich gehe und überlasse Dominik das Feld. Ihr habt meine Nummer, ruft mich an, falls ihr etwas braucht."

„Danke für deinen Besuch, Aaron", antwortet Badens Vater.

Ich sehe Dominik an. „Hast du einen Augenblick Zeit?"

„Natürlich", sagt er und folgt mir raus auf den

Flur.

Wir gehen ein paar Türen weiter. Ich stecke die Hände in meine vorderen Hosentaschen und lehne mich an die Wand. „Wie steht es um Baden?" Seine Eltern wollte ich nicht fragen, und Dominik als sein Arbeitgeber ist genauso gut informiert.

Dominik zuckt verdrossen mit den Schultern. „Das lässt sich noch nicht genau sagen. Sieht so aus, als ob die Stichwunden verheilen werden und die Hirnblutung unter Kontrolle ist. Aber das mit der Wirbelsäule kann so oder so ausgehen. Das wissen wir erst, wenn er wach ist und sie weitere Tests mit ihm machen können."

„Fuck", murmele ich und blicke den Gang entlang. „Ich kann nicht glauben, dass das passiert ist."

„Gute Erinnerung daran, dass sich das Leben von einem Moment auf den anderen völlig ändern kann, nicht wahr?"

„Da will man sich seine Lieben schnappen und immer in der Nähe behalten", sage ich zustimmend.

Dominik gibt mir einen Klaps auf die Schulter und wendet sich wieder Richtung Badens Zimmer um, doch ich halte ihn auf. „Ich möchte noch über etwas anderes mit dir reden."

Bei meinem ernsten Ton hebt Dominik eine Augenbraue.

„Über etwas Persönliches", sage ich rundheraus. „Es hat nichts mit der Organisation zu tun."

„Was kann ich für dich tun?", fragt er. Nicht, was

los ist, sondern was er für mich tun kann. So ist Dominik. Stets da, um seinen Jungs zu helfen.

„Das mag eine seltsame Frage sein, aber hast du zufällig Kontakte in Los Angeles zur Filmbranche?“

Dominik blinzelt überrascht. „Warum? Willst du Filmstar werden?“

Lachend schüttele ich den Kopf. „Auf keinen Fall. Ich bin sehr zufrieden damit, für dich Eishockey zu spielen.“

„Na klar“, antwortet er locker auf meine Frage. „Frank Cannon ist ein Freund von mir.“

Jetzt bin ich es, der überrascht blinzelt. Cannon ist ja nur momentan der angesagteste Regisseur Hollywoods, und selbstverständlich ist Dominik mit ihm befreundet. Warum auch nicht? Schließlich ist Dominik einer der einflussreichsten Männer und besitzt nicht nur das Team, das den Stanley Cup gewonnen hat, sondern auch noch ein Basketballteam, und er ist ein Multimilliardär.

„Okay. Also, das klingt jetzt seltsam, aber ich brauche Hilfe, um mich an jemandem zu rächen.“

„Wie bitte?“ Er dreht mir das Ohr zu, als hätte er sich verhört.

Ich schaue nach links und rechts, um zu prüfen, ob wir immer noch so gut wie allein sind. „Gut, ich werde es dir erklären. Es gibt einen Schauspieler namens Tripp Horschen ...“

„Das Arschloch, das deine Freundin bloßgestellt hat“, sagt er direkt.

„Du weißt davon?“

„Willow und ich erzählen uns alles. Sie hat es mir gesagt und fühlt mit Clarke. Aber du weißt schon, dass ich dir nicht helfen werde, etwas Kriminelles zu tun, ja?“

Ich wende kurz den Blick ab. Streng genommen ist es leicht kriminell, aber die Gefahr, erwischt zu werden, ist sehr gering.

„Okay, also Folgendes habe ich vor.“ Ich atme tief durch und erzähle es ihm. Die Idee ist zwar gemein und kleinkariert, aber besser, als nach L.A. zu reisen und dem Kerl die Fresse zu polieren.

Dominik schüttelt den Kopf und grinst. „Ich rufe Frank an und lasse ihn alles organisieren.“

„Echt?“, frage ich skeptisch. „Du findest es nicht zu kindisch und ungerechtfertigt?“

Dominik schnaubt. „Wäre das Willow passiert, würde ich mir auch etwas Teuflisches einfallen lassen. Wahrscheinlich etwas noch Schlimmeres.“

„Vielen Dank, Dominik.“ Ich schüttele ihm die Hand. Er greift zu und zieht mich in eine kurze Männerumarmung. „Ich muss schließlich auf meine Jungs aufpassen“, sagt er lachend und klopft mir auf den Rücken. „Glückliche Spieler sind Gewinner.“

„Stimmt“, antworte ich grinsend.

Seltsam, dass ich immer gedacht habe, ich wäre glücklich. Jetzt, mit Clarke in meinem Leben, erkenne ich, dass etwas Wichtiges gefehlt hat. Wenn ich es schaffe, nur noch diese eine Sache zu erledigen, wäre das die verdammte Krönung. Diese brennende Wut in mir zu löschen, die ich für das

Arschloch hege, das Clarke das angetan hat.

„Kommst du heute Abend auch ins Sneaky Saguaro?", frage ich, als wir wieder auf dem Rückweg sind. Dort hinten befindet sich auch der Ausgang.

Unser Rookie Guy Demere hat heute den Cup und feiert eine Party mit seinen Fans. Dafür hat er sich unser Stammlokal ausgesucht.

„Ja." Dominik nickt. „Für eine Weile zumindest. Ich will ihm den Abend nicht verderben, auch wenn diese Tragödie passiert ist."

Das Team hat lange überlegt, ob wir mit den Cup-Feiern weitermachen können, die schon vorgeplant sind. Badens Vater hat uns schließlich freie Bahn gegeben, da wir den Sieg hart erarbeitet haben. Außerdem glaubt er, dass Baden es so wollen würde.

„Dann sehen Clarke und ich dich heute Abend", sage ich. „Auch wenn wir nicht lange bleiben werden."

„Wir auch nicht. Irgendwie finde ich Partys gar nicht mehr so toll wie früher."

„Stimmt." Vor Badens Zimmer stoße ich Dominik freundschaftlich an die Schulter.

Viel lieber würde ich heute mit Clarke zu Hause bleiben, aber den Cup zu gewinnen, ist eine verdammt coole Sache und es wert, dass sämtliche Spieler, von den Ältesten bis zu den Rookies, ihn feiern. Den Rookies bedeutet es wahrscheinlich sogar noch mehr.

KAPITEL 24

Clarke

Obwohl die Stimmung leicht überfordernd ist, ist der Abend schön.

Zumindest die meiste Zeit.

Es ist meine erste wahre Begegnung mit Aarons Berühmtheit in der Eishockeywelt. Meine erste Erfahrung, wie treu die Vengeance-Fans sind.

Im Sneaky Saguaro stehen die Leute Schulter an Schulter und die Schwingung ist geladen, als stünden alle unter Strom. Guy Demere, den ich auf Brooke und Bishops Hochzeit kennengelernt, aber noch nie näher gesprochen habe, ist der Gastgeber der Party. Der Cup ist oben ausgestellt, mit lila Bändern verziert und wird von Bodyguards beschützt. Fans dürfen sich mit ihm fotografieren, wenn sie bereit sind, sich in die lange Schlange zu stellen.

Die Spieler haben sich Tische reserviert und wir sind in einem Bereich unter uns. Aber die Fans dürfen überall hinlaufen, sodass Aaron mit Selfies und Autogrammen schwer beschäftigt ist.

Damit habe ich gerechnet. Aber mir gefällt nicht, aus erster Hand mitzubekommen, wie die weiblichen Fans Aaron belagern. Ich weiß, dass das eben so ist und immer so sein wird. Und Aaron geht wirklich anständig und locker damit um. Wird eine Frau zu übergriffig, bricht er das Gespräch ab. Allerdings muss ich sagen, dass die meisten Fans sehr respektvoll und vor allem von seinem Spieltalent begeistert sind, statt ihm an die Wäsche zu wollen.

Doch mir ist klar, dass es auch solche gibt, weshalb ich Aaron etwas zu genau beobachte. Noch immer habe ich diesen Zweifel in mir – wie kann ich Aaron genügen, wenn er jede haben könnte?

Er will aber nur dich haben, Dummerchen, sage ich mir immer wieder.

„Einen Penny für deine Gedanken", sagt eine tiefe Stimme links von mir.

Es ist Tacker. Er ist allein hier, da Nora Migräne hat.

Ich erröte und fühle mich ertappt, als ob Tacker in meinem Gesicht ablesen könnte, was ich denke, während Aaron mit Fans vor der Kamera steht.

„Ich frage mich nur, wie ihr mit all dieser Anbetung umgeht. Das muss anstrengend sein."

Tacker lacht und stützt sich mit den Armen auf dem Stehtisch ab. Er nähert sich mir, da es hier sehr laut ist. „Ehrlich gesagt hasse ich diesen Teil."

Erstaunt sehe ich ihn an. „Wirklich?"

Er nickt. „Für den Scheiß spiele ich nicht Eishockey. Okay, vielleicht früher, als ich noch jünger war. Sieh dir Guy da drüben an. Er amüsiert sich prächtig. Das ist etwas für die Jüngeren."

Ich schaue zu Guy, der von einer Schar Frauen umschwärmt wird. Mit Sicherheit hat Aaron das auch schon erlebt und genossen. Warum auch nicht?

„Ich hoffe, du machst dir keine Sorgen wegen

Aaron", sagt Tacker leiser.

Wieder erröte ich, denn der Mann hat meine Gedanken gelesen. „Natürlich nicht", antworte ich schnell. Laut. Fast hysterisch.

Tacker lacht und legt einen Arm um mich. Er drückt mich freundschaftlich und lässt mich los. „Ich bin Aarons bester Freund. Der Mann ist hoffnungslos verrückt nach dir, Clarke. So habe ich ihn noch nie erlebt."

Beide blicken wir zu Aaron hinüber. Mit einem lockeren Lächeln gibt er Autogramme. „Glaub mir", fährt Tacker fort, während wir den Mann ansehen, der uns beiden viel bedeutet. „Er wäre jetzt lieber mit dir allein als hier. Aber manchmal müssen wir unsere Pflicht gegenüber den Fans erfüllen."

„Ich weiß", sage ich seufzend. „Und das würde ich ihm nie vorwerfen."

Tacker nickt und nimmt mich beim Wort.

„Es ist nur ...", sage ich und Tacker sieht mich aufmerksam an. „Manchmal ist es immer noch schwer zu glauben."

„Dass er so verrückt nach dir ist?"

„Das auch." Ich schäme mich leicht, so ein geringes Selbstbewusstsein zu haben. „Aber ich meine alles. Es ist überwältigend. Ich hätte nie gedacht, mich einmal mitten in so einem ..."

„Aufregendem Trubel?" Er grinst.

„Ich wollte sagen Spektakel, aber ja, aufregender Trubel passt auch."

Wir lachen und Tacker nimmt sein Bier und trinkt

es aus. Er stellt die Flasche ab. „Ich haue ab. Ich habe eine Lady mit Kopfschmerzen zu Hause, um die ich mich kümmern muss. Aber ich würde mich freuen, wenn du und Aaron bald zu Besuch auf die Ranch kommen würdet.“

„Sehr gern“, sage ich lächelnd.

Tacker umarmt mich und flüstert: „Ich bin froh, dass Aaron dich gefunden hat.“

„Ich auch“, versichere ich ihm.

***

Vierzig Minuten nachdem Tacker fort ist, bin ich schon wieder sauer. Wahrscheinlich macht der steigende Alkoholpegel die Leute hemmungsloser. Unmöglicher.

Aaron gibt sich alle Mühe, so oft wie möglich an meiner Seite zu sein, aber er wird ständig fortgerufen. Spieler und Fans wollen mit ihm posen oder sich über erfolgreiche Spiele unterhalten. Und Aaron ist voll in seinem Element. Er ist extrovertiert und gesellig. Er mag zwar nicht durch die Aufmerksamkeit für seine Person aufblühen, aber er fühlt sich sichtlich wohl dabei.

Ich muss mich gegen betrunkene Männer wehren, die mich anbaggern wollen, und Aaron wird von mehr als genug Frauen bestürmt. Nur die kurzen Momente, in denen er bei mir sein kann, machen es wieder gut. Wie er sich dann um mich bemüht, mit süßen Worten oder kleinen Küssen. Er stellt klar, dass wir zusammen sind.

Das Dumme ist nur, dass sich die Frauen davon immer weniger abhalten lassen, je betrunkener sie werden. Puck-Häschen nennt man sie. Eine lächerliche Bezeichnung. Noch unmöglicher finde ich, dass sie alle wie Topmodels aussehen. Schön, groß, mit üppigen Brüsten und wenig Kleidung am Körper. Wenn Aaron für Fotos posiert, legen sie sich wie ein Vorhang um ihn. Am schlimmsten ist, dass ich ständig angestarrt werde. Natürlich nur, weil ich mit einem Starspieler hier bin, aber ich finde es trotzdem unangenehm. Vielleicht bin ich paranoid, aber mir kommt es vor, als ob das im Laufe des Abends zugenommen hätte. Ich sehe sogar, dass Leute beim Herstarren miteinander flüstern und offensichtlich über mich reden. Ich hasse das.

Zum hundertsten Mal sehe ich auf meine Uhr, ohne zu wissen, auf welche Zeit ich eigentlich warte. Es ist noch nicht einmal elf und die Party ist in vollem Gange. Aaron ist zu den Toiletten gegangen und hat mir vorher mit einem heißen Kuss versichert, dass er gleich wiederkommt. Ich sah kurzzeitig Sternchen. Die anderen Pärchen mit den Frauen, die mich in St. John in ihre Gruppe aufgenommen haben, sind schon nach Hause gegangen. Das würde ich auch gern tun und werde Aaron darum bitten, wenn er wiederkommt.

Ich sehe seinen Schopf über der Menge auf mich zukommen. Man versucht, ihn aufzuhalten, aber er weicht aus und entschuldigt sich. Als sein Blick auf meinen trifft, deutet er an, gehen zu wollen.

Ich lächele und nicke so heftig, dass ich Angst habe, ein Schleudertrauma zu bekommen.

Aaron erwidert mein Lächeln, und kurz sind wir eng verbunden.

Doch dann wird sein Gesicht verdeckt, weil sich eine schöne Blonde mit sonnengebleichtem Haar und endlosen Kurven in einem trägerlosen Kleid, das kaum ihren Hintern bedeckt, vor ihn stellt. Sie trägt Plateauschuhe und ihre Möpse sind so groß, dass sie gleich aus dem Kleid quellen. Sie legt die Hände auf Aarons Brust und flüstert ihm etwas zu.

Mein Blutdruck steigt und meine Ohren werden heiß vor Wut und Scham, weil dies frech direkt vor meiner Nase geschieht.

Aaron muss man aber dafür bewundern, dass er den Kopf schüttelt und versucht, an ihr vorbeizugehen. Sie stellt sich ihm erneut in den Weg und hält elegant ein Stück Papier zwischen den Fingern. Unverschämt steckt sie es ihm in die Hosentasche und flüstert wieder etwas.

Ich sehe rot. Soeben hat sie ihre Telefonnummer in die Hosentasche meines Freundes gesteckt. Und ihn an intimer Stelle berührt.

In Aarons Gesicht spiegelt sich Wut. Schnell geht er um sie herum und kommt zu mir. Er weiß, dass ich alles gesehen habe.

Ich kann nichts machen, als ihn enttäuscht anzusehen. Nicht enttäuscht von ihm, sondern darüber, dass wir uns solche Sachen gefallen lassen müssen. „Können wir jetzt gehen?", frage ich ihn müde, als er vor mir steht. „Wenn du noch bleiben willst, kann ich mir auch ein Uber rufen."

„Natürlich gehen wir jetzt", antwortet er. Er nimmt meine Handtasche und hängt sie mir über die Schulter. An der Hand führt er mich zum Ausgang.

Wieder will man ihn aufhalten, doch er schiebt sich unerbittlich mit der Schulter durch die Menge und zieht mich mit.

Auf dem Parkplatz gehen wir zu seinem Wagen. „Es tut mir leid, dass das passiert ist", sagt er.

„Damit werde ich nie konkurrieren können", murmele ich.

Er hält abrupt inne und sieht mich an. „Wie kommst du darauf, dass du das müsstest?"

Mit gesenktem Blick zucke ich mit den Schultern. Das ist blöd von mir und es ist mir bewusst.

Er umfasst mein Gesicht, sodass ich ihn ansehen muss. „Mir bedeutet das alles nichts, Clarke."

Ich schweige.

„Ich hatte genug davon, jede Menge."

Das sollte mich wohl schocken, was auch gelungen ist. Ich schließe die Augen.

„Verdammt noch mal, Clarke", knurrt er. „Ich will nur dich. Wir sind zusammen. Was zur Hölle soll ich tun, damit du das verstehst?"

Ich seufze und grinse verlegen. „Ich weiß. Das ist nur so neu für mich. Ich werde mich daran gewöhnen."

Er sieht mich lange an. Ich hoffe, er sagt etwas Witziges, damit wir beide über meine Dummheit lachen können.

„Ich hoffe es. Denn das gehört zu meinem Leben und ich kann es nicht ändern."

Dann führt er mich weiter zu seinem Wagen, öffnet wie immer meine Tür und hilft mir beim Hochsteigen. Er schließt die Tür ohne ein Wort, und das tut weh.

Ich glaube, das war unsere erste Auseinandersetzung. Das hasse ich mehr, als zu sehen, wie die Frauen über ihn herfallen.

Ich will mich bei ihm entschuldigen, aber da ertönt mein Handy mit Veronicas Klingelton.

Ich gehe ran, noch ehe Aaron seine Tür zugemacht hat. Die Ablenkung passt jetzt vielleicht ganz gut.

„Hallo, Veronica", sage ich absichtlich, damit Aaron weiß, wer es ist. Er sieht nicht einmal herüber und ist mit Ausparken beschäftigt.

„Hi", sagt sie zögerlich. Als ob sie mir etwas zu sagen hätte, was sie lieber nicht sagen würde. Was seltsam ist, da sie meine beste Freundin ist und mir als solche alles sagen kann.

„Alles in Ordnung?", frage ich, was Aaron aufmerksam macht. Er wirft mir einen Blick zu. Ich schaue nur nach vorn und Beklommenheit überkommt mich.

„Äh, da ist etwas, was du wissen solltest", sagt sie vorsichtig. „Da du nicht die sozialen Medien liest ..."

Sie hält vielsagend inne und in mir kommt Übelkeit hoch. Da hat sie recht, ich lese die sozialen Medien nicht. Ich hasse diesen Mist, seit ich selbst zum Meme geworden bin und sich alle auf kranke Weise über mich lustig machen.

„Sag's mir." Irgendwie muss ich wohl schon wieder viral gegangen sein.

„Ähm …"

„Sag es mir einfach!", fordere ich laut.

Aaron bremst abrupt den Wagen ab und fährt rechts ran. Ich achte nicht auf ihn und umklammere fest mein Handy.

„Letzte Woche hat Aaron ein Foto von euch beiden auf Instagram gepostet. Ein hübsches Bild. Sieht wie ein Selfie am Strand aus."

Ich weiß, welches sie meint. Es ist das Einzige, das wir im Selfie-Stil gemacht haben, und ich habe ihn gebeten, es auf mein Handy zu schicken. Ich sehe es mir oft an, weil der Tag so schön war und wir so unglaublich glücklich waren. „Dieser Post hat dich als seine Freundin geoutet. Ganz süß. Und er hat auch deinen Laden und die Signierstunde erwähnt."

Langsam sehe ich Aaron an. Er hat geparkt und sieht mich besorgt an. Er weiß nicht, was Veronica mir erzählt, aber er merkt, dass ich sauer werde. Kein Wunder, dass an dem Tag so viele Menschen da gewesen sind. Doch das allein ist noch nichts Schlimmes.

„Das ist aber nicht der Grund, warum ich anrufe", sagt sie.

Ich drücke meinen Nasenrücken mit zwei Fingern, weil ein Kopfschmerz einsetzt. „Sondern?" Ich bereite mich darauf vor, wieder auf unschmeichelhafte Weise im Rampenlicht zu stehen.

„Es geht ein neues Meme überall herum." Ich höre ihre Qual, es mir sagen zu müssen. „Ich schicke es dir. Es ist aber eigentlich nicht so schlimm, bitte reg dich nicht zu sehr auf."

„Okay, schick es mir", sage ich durch zusammengepresste Zähne und beende das Gespräch.

„Was ist los?", fragt er neugierig.

Ich antworte nicht, sondern öffne den Chat mit Veronica, als das Handy einen Piepton von sich gibt. Ich schlucke gegen den Kloß im Hals an und öffne das Bild. Tränen brennen in meinen Augen. Das Meme besteht aus zwei Bildern nebeneinander. Das linke zeigt das alte Meme mit meinem entsetzten Ausdruck, als Tripp mich aus der Show geschmissen hat. Rechts daneben ist das Foto von Aaron und mir mit dem breiten Lächeln, das deutlich eine intime Ebene zwischen uns offenbart. Der Text darunter lautet: „Hey, Tripp ... seit damals habe ich eine ganze Menge dazugelernt."

Ich blinzele die Tränen fort und reibe mir die Stelle auf der Brust, die höllisch brennt. Das ist der Stich der Scham.

Ich verstehe, warum Veronica das Meme nicht so schlimm findet. Immerhin werde ich glücklich und zufrieden neben einem gut aussehenden Eishockeystar gezeigt, der Tripp allemal in den Schatten stellt. Die zugrunde liegende Bedeutung ist allerdings höchst demütigend. Dass ich eine Menge dazugelernt habe, bestätigt das alte Meme, in dem ich weltweit als schlecht und jungfräulich unerfahren im Bett bezeichnet werde. Tief innerlich weiß ich natürlich, dass das alles Blödsinn ist. Und dass es mich nicht so berühren sollte. Ich sollte an das Schöne in meinem Leben denken und diesen Mist vergessen.

Aber das funktioniert nicht.

Ich halte Aaron das Handy hin, doch dann explodiere ich und er nimmt es mir ab. „Bist du jetzt zufrieden? Dein Post hat mich schon wieder zu einem Meme gemacht, über das die Leute lachen."

Das Licht ist gering im Wagen, aber ich sehe, wie Aarons Augenbrauen nach oben schnellen, als er sich das Meme ansieht. „Verdammt noch mal", knurrt er.

Ich reiße ihm das Smartphone aus der Hand und betrachte das Bild erneut. Ein hysterisches Kichern entkommt mir, doch es vergeht schnell. Die Welle der Emotionen, die mich überrollt, ist das Schlimmste, was ich je erlebt habe. Viel schlimmer als das erste Meme, denn ich war gefühlsmäßig nicht mit Tripp verbunden.

Jedenfalls nicht so wie mit Aaron.

Das macht den Verrat noch viel schmerzvoller. Es drückt mir fast den Brustkorb ein.

„Es tut mir leid, Babe." Aaron streckt die Hand nach mir aus.

Ich weiche ihm aus und presse mir das Handy an die Brust. „Fährst du mich jetzt bitte nach Hause?" Meine Stimme bricht. Erbarmungsloses Schluchzen will aus mir herausbrechen.

„Clarke", sagt er leise.

Das Mitleid in seiner Stimme gibt mir den Rest. „Bitte", sage ich und sehe ihn an. Meine Tränen sprechen für sich. „Bitte fahr mich nach Hause."

Kummer zeichnet sein Gesicht, mir diesen Schmerz verursacht zu haben. Er nickt und fährt los.

Ich lehne mich an die Beifahrertür, den Kopf an der Scheibe. Die Stille während der Fahrt ist tröstlich.

Ich weiß, was als Nächstes kommt, und werde nichts daran ändern. Wenn wir angekommen sind, lasse ich mir von ihm aus dem Wagen helfen. Wenn ich mich weigere, wird er nur darauf bestehen, genau wie darauf, mich an die Tür zu begleiten. Also erlaube ich ihm, neben mir herzugehen, während ich immer noch das Meme an meine Brust drücke.

Vor der Haustür drehe ich mich zu ihm um. „Ich kann das nicht."

„Was denn?", fragt er zögerlich, aber ich höre ihm an, dass er genau weiß, wovon ich rede.

„Mit dir zusammen sein. Es ist zu schwer für mich."

„Wegen eines dummen Internet-Posts?", fragt er ärgerlich.

Ich bin entsetzt, dass er die Sache so leicht nimmt, was mich noch wütender macht. „Dumm? Es ist demütigend. Genau wie Tripp ..."

„Halt, stopp! Wage es ja nicht, mich mit dem Arschloch zu vergleichen. Tripp hat dir etwas angetan, nicht ich!"

„Du hast mein Foto gepostet", beschuldige ich ihn.

„Na und? Das habe ich getan, weil ich stolz war, mit dir zusammen zu sein. Ich wollte meinen Fans zeigen, in wen ich mich verliebt habe. Es ist nicht mein Fehler, dass jemand das Bild missbraucht hat."

Ich bin sprachlos. Die Worte verlassen mich bei der Bemerkung, dass er sich in mich verliebt hat. Was genau soll das bedeuten?

Ich schüttele den Kopf. Die bitteren Gefühle verdrängen die warmen und die Neugier, die sein Geständnis in mir auslöst. Meine Würde lässt nicht zu, mich näher damit zu befassen. Es spielt auch keine Rolle. Denn momentan kann ich nicht darüber hinwegsehen, dass ich wieder ein Witz für die Welt geworden bin. Und das wird sicherlich nicht das letzte Mal geschehen sein.

„Ich bin nicht fürs Rampenlicht gemacht", sage ich inständig und hoffe, er versteht mich. „Ich dachte, ich komme damit zurecht, aber es geht nicht."

„Also war's das jetzt? Du willst einfach alles beenden?" Verständnislos lacht er kurz auf.

Verdammter Mist! Der Gedanke, Aaron nie wiederzusehen, bringt mich fast um. „Ich weiß es nicht", jammere ich. „Aber das ist genau derselbe Scheiß, den ich schon mal erlebt habe. Und deinetwegen kommt das alles wieder hoch. Vielleicht brauche ich einfach mehr Zeit, um darüber nachzudenken."

Aaron tritt einen Schritt zurück. Er ist wütend. Sein Verständnis ist erschöpft. „Weißt du was? Denk so lange darüber nach, wie du willst. Ich bin raus."

Er macht auf dem Absatz kehrt, springt die Stufen hinab und stößt dabei Flüche aus. Ohne zurückzublicken, steigt er in seinen Wagen, tritt aufs Gas und fährt mit quietschenden Reifen los.

Traurig lasse ich mich auf der obersten Stufe der Veranda nieder und schaue ihm hinterher, bis die Rücklichter verschwunden sind. Ich presse immer noch das Handy an mich. Meine Hand schmerzt inzwischen. Ich nehme sie fort und das Meme starrt mich immer noch an. Wut steigt in mir auf. Mit Schwung werfe ich das Handy auf den Bürgersteig. Wie erhofft zerbricht es und ich muss das furchtbare Meme nicht mehr sehen.

Ich ziehe die Knie an, umschlinge sie mit den Armen und fange an zu weinen.

KAPITEL 25

Wylde

„Alter, du zitterst ja", sagt Tacker und legt fest eine Hand auf meine Schulter. „Du musst tief durchatmen, bevor wir da reingehen."

Damit meint er den Konferenzraum, vor dem wir stehen. In Los Angeles, im Büro von Frank Cannon. Die Wände bestehen aus massiven Eichenpaneelen, doch neben der Holztür ist ein Streifen Glas, durch den ich Frank sehe. Er sitzt in dem riesigen Konferenzraum an einem Tisch mit einem ziemlich nervösen Tripp Horschen, der ständig an seiner Krawatte zerrt.

Dominik hat mir den Gefallen getan und ein Telefonat zwischen mir und Frank Cannon arrangiert. Ich hätte mir blöd vorkommen sollen, diesen Plan durchführen zu wollen, aber dem war nicht so. Nachdem Clarke vor vier Tagen praktisch mit mir Schluss gemacht hat, will ich den Mann auf jeden Fall drankriegen, der der Frau, die ich liebe, geschadet hat und es ihr unmöglich macht, mein Leben zu akzeptieren.

Überraschenderweise fand Frank meinen Plan genial. Er ist als seltsamer Kauz bekannt und dennoch hoch geschätzt in der Branche, und daher ist es wohl gar nicht so erstaunlich, dass er gern eine Rolle in meinem Komplott übernimmt.

Seine Rolle ist nicht groß, aber wichtig. Er hat sein

Team angewiesen, sich mit Tripps Agent in Verbindung zu setzen, um ein mögliches Casting für seinen nächsten Film zu besprechen. In Wahrheit würde Frank so etwas nie tun. Er arbeitet nur mit Hollywoods Eliteschauspielern zusammen. Alles A-Leute. Tripp gehört nicht einmal in die B-Kategorie. Mein Privatdetektiv hat mir eine Zusammenfassung seiner nicht sehr erfolgreichen Karriere gegeben. Eine beliebte Seifenoper kommt darin vor, die zwar ein Erfolg für ihn war, aber seitdem konnte er nichts Großes mehr reißen. Ich wusste, dass er auf die Chance anspringen wird, persönlich mit dem König der Regisseure zu sprechen.

Natürlich ist der Kerl ein Vollidiot, zu glauben, dass jemand wie Frank Cannon wirklich an ihm interessiert sein könnte. Hätte Tripp auch nur ein Gramm Gehirn, hätte er ahnen müssen, dass er verarscht wird. Ich bin froh, dass er dumm ist, denn er sitzt jetzt dort und hat keine Ahnung, was auf ihn zukommt.

Frank hat nicht viel Zeit, also spricht er nur kurz mit Tripp und steht dann auf. Geplant ist, dass er mich ihm vorstellt und dann geht, damit er nicht zum Komplizen wird.

Tripp nickt und Frank geht zur Tür.

„Viel Glück", flüstert Tacker.

Ich antworte nicht. Ich freue mich, dass er mitgekommen ist. Bisher ist es ein echt cooler Männertrip und Tacker hat mich wieder zentriert. Als wir gestern ankamen, wäre ich am liebsten einfach zu

Tripp gefahren und hätte ihn in den Boden gerammt. Tacker hat mich beruhigt und an meine Vernunft appelliert, wie es ein bester Freund tun sollte.

Frank zwinkert mir zu, als ich den Raum betrete. Ich warte, bis er rausgegangen ist und die Tür geschlossen hat.

Tripp runzelt die Stirn und erhebt sich halb, offensichtlich unsicher, weil er nicht weiß, wer ich bin. Ich sehe ihm an, dass er mich zu kennen glaubt, mich aber nicht zuordnen kann. Falls er kein Eishockeyfan ist, wird es ihm schwerfallen. Sollte er jedoch das Meme mit mir und Clarke gesehen haben, wird er mich erkennen.

Tripp richtet sich auf, schenkt mir ein Lächeln und knöpft sein Jackett zu. Er streckt mir die Hand entgegen, die ich jedoch ignoriere.

„Ich bin Aaron Wylde", sage ich und gehe um die Ecke des Tisches herum und auf ihn zu. „Klingelt da etwas bei dir?"

„Ähm …", sagt er unsicher.

„Aber du kennst Clarke Webber, oder?" Mein Ton ist tief und bedrohlich. Erkenntnis flackert in seinem Blick auf, als ich direkt vor ihm stehe. Ich gebe ihm einen harten Schubs, sodass seine Kniekehlen gegen seinen Stuhl stoßen. „Hinsetzen. Wir müssen uns unterhalten."

Er setzt sich und erhebt leicht die Hände. „Hör zu, Mann. Warum unterbrichst du mein Meeting mit Mr. Cannon?"

„Es gibt kein Meeting", sage ich gleichgültig. Ich

ziehe den Stuhl neben ihm hervor und lasse mich darauf nieder. „Frank hat dieses Treffen für mich arrangiert, damit ich mit dir reden kann.“

Enttäuschung spiegelt sich auf seinem Gesicht, dass ich Cannon mit Vornamen anreden darf und er nicht. Und dass keine oscarwürdige Filmrolle auf ihn wartet.

„Clarke Webber“, wiederhole ich. Ihr Name versetzt mir einen Stich. Die Frau hat mir das Herz gebrochen, weil sie sich nicht traut, den Mut aufzubringen, sich mit mir durch das Problem zu arbeiten.

Tripp zuckt leicht zusammen und wendet den Blick ab. „Das neue Meme ist nicht von mir.“

„Aha. Also weißt du sehr wohl, wer ich bin.“

Er nickt wie ein bockiges Kind und sieht mich immer noch nicht an.

Mit dem Fuß stoße ich sein Schienbein an. „Es wäre hilfreich, wenn du mir gut zuhörst, denn was ich zu sagen habe, ist wichtig.“

Er sieht hoch. „Was willst du?“

Ich spreche leise, doch es klingt in der Stille des Raums trotzdem durchdringend. „Ich will, dass du leidest.“

Tripps Augen weiten sich so sehr, dass sie sicher gleich rausfallen werden. Die Angst in seinem Ausdruck gefällt mir. Ich lege die Mappe, die ich dabeihabe, vor ihn auf den Tisch und nicke. Er sieht sie an, als würde eine Vogelspinne herausspringen, sobald er sie berührt. „Öffne die Mappe“, knurre ich.

Er beugt sich vor, ergreift vorsichtig eine Ecke und klappt die Mappe auf. Ein Hochglanzfoto von ihm, wie er eine Frau vor einem billigen Motel küsst, strahlt ihm entgegen. Tripp erbleicht beim Anblick des Beweismaterials, dass er fremdgeht.

Der Privatdetektiv hat wirklich interessante Dinge über ihn herausgefunden. Er ist ein ausgemachter Hurenbock, der regelmäßig seine Frau betrügt. Die Frau, die er in der Show gewählt und geheiratet hat und die er dringend zum Überleben braucht, denn sie ist die Hauptverdienerin in dem Haushalt. Nach dem kurzen Ruhm durch die Show wurde sie eine Reporterin und später Moderatorin bei einem Promi-News-Sender, während Tripps Karriere den Bach runterging.

Tripp klappt die Mappe zu. „Du willst mich also verraten?"

„Nicht, wenn du das mit Clarke wiedergutmachst."

Nicht, dass er es je ungeschehen machen könnte. Der Schaden ist angerichtet, und der Schmerz war zu stark, als dass Clarke ihn überwinden könnte. Momentan geht es mir mehr um mich selbst und meine Wut über das, was er ihr angetan hat, und über die Auswirkung, die das auf unsere Beziehung hat.

Oder die Nicht-Beziehung, so wie es jetzt aussieht.

„Was willst du?", fragt er vorsichtig. „Eine öffentliche Entschuldigung?"

Ein lautes Lachen entkommt mir und klingt fast

nach Wahnsinn. Ich schüttele den Kopf. Tripp weicht vor mir zurück.

Ich lache immer noch leise in mich hinein. „Nein. Das würde Clarke nicht gefallen. Im Gegensatz zu dir hasst sie zu viel Aufmerksamkeit. Sie will nicht, dass das Ganze auf irgendeine Weise neu in die Öffentlichkeit gerät. Sie ist das Gegenteil von dir, und deshalb kapierst du auch nicht, dass du diese wunderschöne Seele zerstört hast, und deswegen kannst du es auch nicht wiedergutmachen. Ich fürchte, was ich von dir will, wird dir ein bisschen mehr wehtun.“

Tripps Gesichtsfarbe nimmt einen ungesunden Grünton an. Er schluckt schwer. „Was soll ich machen?“

„Etwas ganz Einfaches.“ Ich beuge mich vor, lege die Arme auf die Armlehnen und sehe Tripp in die Augen. „Du wirst 200.000 Dollar an ein Literaturprojekt spenden, das Clarke sehr am Herzen liegt. Und zwar anonym, damit du nicht dafür geehrt wirst. Clarke würde es hassen, deinen Namen zu hören, auch wenn es für einen guten Zweck ist. Du machst also diese Spende und beweist es mir mit einem Kontoauszug. Und du wirst die Spende nicht von der Steuer absetzen. Wenn du gehorchst, werde ich die Beweisfotos vernichten.“

„Du bist ja irre“, meckert er. Traut sich, frech zu werden, als ich seinem Geldbeutel drohe. „Auf keinen Fall. Das ist fast alles, was ich angespart habe.“

„Ja, ich weiß.“ Der Privatdetektiv, dem ich einen

Haufen Geld bezahlt habe, nutzte illegale Wege, um an Tripps Finanzstatus heranzukommen. Das Arschloch besitzt nicht viel mehr als das. „Sieht so aus, als ob B-Promis in Hollywood nicht viel verdienen, aber ich weiß, dass du für Celebrity Proposal 200.000 bekommen hast. Daher halte ich diesen Betrag für eine angemessene Wiedergutmachung."

Tripp verzieht den Mund und lässt sich von seiner Wut übermannen. „Und all das nur wegen einer, die ihre Unschuld verschenkt hat?" Er schnaubt. „Ich habe sie nicht gezwungen, den Slip auszuziehen."

In all den Jahren, in denen ich Eishockey spiele, bei einem Konter übers Eis rase oder jemanden für einen Bodycheck ins Visier nehme, habe ich mich noch nie so schnell bewegt wie jetzt. Sekundenschnell packe ich Tripp am Jackettkragen, hebe ihn vom Stuhl und knalle ihn an die Plexiglasscheibe, durch die man den Stadtkern von L.A. sehen kann. Sein Hinterkopf schlägt hart an. Ich hole aus und schlage ihm in den weichen Bauch. Er knickt in der Mitte ein, doch ich richte ihn wieder auf und verpasse ihm noch einen Schlag.

Die Tür fliegt auf und ich sehe Tacker. Entweder hat er durch die Scheibe zugesehen oder die Vibrationen der Plexiglasscheibe gespürt. Jedenfalls sieht er mich streng an und schüttelt den Kopf, als wollte er sagen: „Tu das nicht."

Tripp würgt und ringt um Luft. Ich finde, er stellt sich lächerlich an. Seufzend stoße ich ihn auf seinen Stuhl zurück. Tacker verlässt wieder den

Raum und schließt die Tür.

Ich gehe neben Tripps Stuhl in die Hocke und lege die Hände auf seine Armlehne. Er sieht mich nicht direkt an. „Das ist keine Bitte, Tripp. Ich befehle dir, das zu tun, oder deine Frau sieht diese Fotos. Und dann verlierst du deine Ehe, die dir einen recht schönen Lebensstil ermöglicht, wie ich gehört habe. Außerdem wird Frank Cannon dafür sorgen, dass du in der Filmbranche auf die Schwarze Liste kommst, wenn du nicht zahlst. Danach wirst du nicht mal mehr einen Werbespot für Klopapier bekommen.“

Er sieht mich immer noch nicht an, aber die Botschaft ist angekommen.

Ich erhebe mich vor ihm. „Du hast Glück.“

Darauf reagiert er, hebt den Kopf und sieht mich hasserfüllt an.

„Ich hätte dich auf so viele Arten ruinieren können. Ich hätte die Bilder einfach an deine Frau schicken können. Ich habe die Verbindungen, dich in der Branche zu brandmarken. Ich hätte dich zu einem Obdachlosen machen können. Aber ich lasse dir einen Ausweg, indem du mit der Spende etwas Gutes tust. Das wird mein Bedürfnis stillen, dir die Fresse einzuschlagen. Denn das ist eigentlich das, was ich am liebsten tun würde.“

„Leck mich.“ Tripp weicht erneut meinem Blick aus. „Bist du fertig?“

Ich greife in meine Tasche und hole eine Visitenkarte heraus. Ich werfe sie auf den Tisch. „Du hast zwei Tage Zeit. Schick mir den Beweis.“

Ich drehe mich um und gehe zur Tür.

„Du weißt schon, dass das Erpressung ist, ja?“, knurrt er.

Ich grinse ihn breit an. „Ja. Ist das nicht geil?“

Er hebt den Mittelfinger, aber wir wissen beide, dass er das Geld spenden wird. Er kann es sich nicht leisten, mich anzuzeigen, denn dann erfährt seine Frau, dass er ein notorischer Fremdgeher ist, und seine Karriere ist zu Ende. Ich weiß genau, dass er das niemals riskieren würde, deshalb ist Erpressung die sicherste Sache.

Als ich in den Flur trete, lehnt Tacker an der Wand und sieht mich prüfend an. Dann grinst er. „Gut gelaufen, was?“

„Nun, ich durfte ihn hauen.“

Wir gehen durch den Flur und wollen noch kurz in Franks Büro, um ihm zu danken. Das mit der Schwarzen Liste war gelogen. Ich habe keine Ahnung, ob Frank das je für mich tun würde. Doch ich habe nicht vor, ihn noch weiter zu belästigen. Ich habe nur einen überzeugenden Ort für die Erpressung gebraucht. Die Drohung, was ich diesem Arsch antun könnte, reichte völlig aus.

KAPITEL 26

Clarke

„Das nennt man Depression", sagt Veronica, als ich mich auf den Stuhl an der Kasse sinken lasse.

Obwohl ich Besitzerin eines Ladens bin, der darauf angewiesen ist, dass Kunden reinkommen und etwas kaufen, starre ich nur ständig zur Tür und hoffe, dass niemand kommt.

„Ich bin nicht depressiv", murmele ich.

„Ständig den Tränen nah, du fühlst dich, als ob du dich durch zähen Matsch quälen musst, alles ist langweilig und monoton? Doch, du bist depressiv."

Ich lenke den Blick von der Tür auf Veronica, die am Tresen lehnt und mich ansieht. An dem Abend, an dem Aaron gegangen ist, habe ich mir die Augen ausgeheult und dann Veronica angerufen. Sie kam zu mir, hörte sich die Geschichte so geduldig an, wie es nur eine beste Freundin vermag, und unterbrach mich lediglich ab und zu mit ihrer Zustimmung. Sie gab mir keinen Rat oder sagte mir, dass ich unrecht hätte. Das sagte sie natürlich auch nicht über Aaron. Sie gab mir nur das Gefühl, dass ich mich nicht unnötig aufregte. Das brauchte ich in dem Moment.

Jetzt, vier Tage später, brauche ich einfach nur jemanden, der mich erschießt.

„Gehen wir die Sache noch einmal durch",

schlägt Veronica vor.

Ich drehe mich mit dem Stuhl, auf dem ich sitze, und verziehe das Gesicht. „Ich will nicht mehr darüber reden. Nicht mal mehr daran denken. Ich will Aaron Wylde und alle Erinnerungen an ihn vergessen."

„Ja", sagt Veronica trocken. „Und wie gut funktioniert das bis jetzt?"

„Sei still", murmele ich und drehe mich wieder der Tür zu.

Ich zucke zusammen, als diese sich öffnet und eine Frau hereinkommt. Groß und schön, mit dunklen Haaren und ebenso dunklen Augen in einem ausdrucksvollen Gesicht.

Nora.

Ich drücke das Kreuz durch und lächele, um Selbstbewusstsein und Lebensfreude vorzutäuschen. Doch ihr Blick durchbohrt mich und ich sinke wieder auf dem Stuhl zusammen.

Nora hebt eine Augenbraue und sieht Veronica an. „Ist sie depressiv?"

„Yep."

Ich funkele Veronica an. „Verräterin."

Dann erinnere ich mich wieder an meine Manieren und stelle die beiden einander vor. „Nora, diese Frau hier, die mich für depressiv hält, obwohl ich nur stoisch vor mich hin brüte, ist meine ehemalige beste Freundin Veronica."

„Freut mich, dich kennenzulernen", sagt Nora und gibt Veronica die Hand. „Ich bin Tackers Frau."

„Aarons bester Freund", sagt Veronica und zählt eins und eins zusammen. Ich habe ihr von allen, die ich kennengelernt habe, erzählt, aber es sind eine Menge Leute.

Nora legt ihre Handtasche auf den Tresen und sieht sich im Laden um. Sie geht auf die andere Seite und betrachtet die Ware. Sie hebt einen Kardinal-Vogel aus Keramik hoch, dreht ihn um, betrachtet das Preisschild am Boden und stellt ihn wieder ins Regal. Dann sieht sie mich an. „Was für ein schöner Laden. Aaron hat uns davon erzählt und ich wollte immer schon mal herkommen und ihn mir ansehen."

Das kaufe ich ihr nicht ab. Zwar glaube ich, dass Aaron mit seinen Freunden über mich spricht. Und dass Nora neugierig auf den Laden war. Aber ich glaube nicht, dass sie heute rein zufällig hier vorbeigekommen ist und keinen besonderen Grund hat, mich zu besuchen.

„Kann ich dir helfen, etwas Schönes zu finden?", biete ich ihr an.

„Eigentlich nicht." Sie kommt herüber, stellt sich vor den Tresen und legt die gefalteten Hände auf die Glasplatte des Schaukastens darin. „Ich bin hier, um dich zu fragen, warum du Aaron eiskalt abserviert hast."

Ich hebe das Kinn und setze mich aufrechter hin.

Veronica murmelt hinter mir: „O Mist, das geht nicht gut aus."

Ich sehe sie nicht an. Sie hat ihren Titel als beste Freundin sowieso schon verwirkt.

Nora sieht mich prüfend und autoritär an. Eine Welle der Wut schwappt über mich, dass sie es wagt, meine Gefühle einfach so zu bewerten. Doch das vergeht genauso schnell wieder, und mir entweicht die Energie wie die Luft aus einem Ballon.

„Es tut mir leid", stöhne ich und sacke noch tiefer auf dem Stuhl zusammen. Ich drücke die Unterarme auf den Tresen und lege die Stirn darauf ab. „Ich habe keine Ahnung, was ich angerichtet habe und was genau ich da tue. Ich habe alles zerstört."

Veronica tätschelt meine Schulter. „Sieh einer an." Es klingt, als würde sie zu Nora sagen wollen: „Du hast ihr das entrungen! Und was jetzt?"

„Dann bring es wieder in Ordnung", schlägt Nora vor. Diesmal in einem netten und verständnisvollen Ton.

Ich weite die Augen und hebe den Kopf. „Aber wie? Ich habe ihn aus meinem Leben geworfen. Ihn weggeschickt. Ich war nicht stark genug, zu dem zu stehen, was zwischen uns ist. Er muss mich für eine bemitleidenswerte Versagerin halten."

„Bitte! Du schätzt Aaron falsch ein. Der Mann ist verrückt nach dir. Natürlich hast du ihn verletzt, aber ich bin sicher, dass er dir vergeben wird. Du musst nur den ersten Schritt machen."

„Wirklich?", frage ich hoffnungsvoll. Denn der wahre Grund, dass ich so deprimiert bin, ist mein Glaube, alles zerstört zu haben. Als ich ihm gesagt habe, dass ich das nicht durchstehe, nahm er mich beim Wort, ohne um mich zu kämpfen. Dem entnahm ich, dass er mit mir abgeschlossen hat.

Nora stützt sich mit den Fingern auf die Kante des Tresens und beugt sich vor. „Ich gehe jetzt mal kurz in den Therapeuten-Modus über, okay?"

Ich nicke und bin gespannt auf ihren Rat.

„Du hast Unsicherheiten und ein Problem mit dem Vertrauen. Aber das geht uns allen so. Das muss man nicht leugnen oder sich dafür schämen. Es macht uns zu Menschen."

Ich nicke erneut und warte auf den erleuchtenden Ratschlag des Profis.

Und warte …

Schließlich frage ich: „Und?"

„Und?" Sie runzelt die Stirn. „Finde dich damit ab."

„Mich damit abfinden?", wiederhole ich, als würde ich probieren, wie sich der magische Rat auf der Zunge anfühlt.

„Finde dich damit ab", bestätigt sie. „Du hast einen wundervollen Mann gefunden, der dich trotz deiner Blockaden und Vergangenheit akzeptiert. Er hat geduldig und fleißig daran gearbeitet, dass du sein wahres Ich erkennst. Er ist ein Risiko mit dir eingegangen, hat etwas versucht, das ihm fremd ist, und ist mit voller Kraft hineingerast, trotz seiner eigenen Ängste und Befürchtungen. Und wenn du nicht erkennst und verstehst, was für ein wundervolles Geschenk das ist, dann verdienst du ihn nicht. Dann trete zurück und gib einer anderen die Chance, ihn zu erobern."

Oh, das höre ich gar nicht gern. Sie hat völlig

recht, aber es gefällt mir ganz und gar nicht.

„Stell dich deinen Ängsten, Clarke", rät Nora mir sanfter. „Ich kann dir versprechen, dass das Wunderbare, das dich dann erwartet, es wert ist, den harten Weg dorthin zu gehen."

„Hasst er mich nicht, weil ich ihn fortgeschickt habe?" Vor lauter Angst vor der Antwort ist meine Frage kaum hörbar.

„Ich glaube, Aaron hat nur Liebe für dich übrig", sagt sie lächelnd.

Und sofort ist meine Hoffnung wieder da. Noras Worte lösen meine alberne Depression auf, die mich von jeglichem Handeln abhielt, und bringen mich zu der Entscheidung, mich um das Wunderbare zu bemühen, das ich ganz sicher mit Aaron haben könnte.

Ich erhebe mich und sehe Veronica an. „Ich habe es mir anders überlegt. Du bist wieder meine beste Freundin. Kannst du im Laden bleiben, während ich zu Aaron fahre?"

„Klar", sagt sie strahlend und hat offensichtlich die Entlassung als beste Freundin sowieso nicht akzeptiert.

„Aber Aaron ist nicht zu Hause", wirft Nora ein.

Enthusiastisch wirbele ich zu ihr herum. „Wo ist er denn?"

„Äh …" Sie zögert, bevor sie es verrät. „In Los Angeles."

Ich runzele die Stirn. „Was macht er denn da?"

„Er und Tacker sind hingeflogen. Sie machen einen Männer-Ausflug."

Das klingt nicht nach den beiden. „Warum?"

„Ähm …"

„Nora, was machen die beiden in L.A.?"

Sie schaut kurz zu Veronica und dann wieder zu mir und wirkt verlegen. „Zwing mich bitte nicht dazu, es zu verraten."

Mir dämmert, dass die beiden etwas tun könnten, was mir nicht gefällt. Anders kann ich mir nicht erklären, warum ihr das Thema so unangenehm ist.

„Ist es ein Geheimnis?", rate ich ins Blaue hinein. „Hat Aaron gesagt, du sollst mir nichts verraten?"

„Nein. Er weiß gar nicht, dass ich hergekommen bin. Aber ich weiß, dass er wahrscheinlich nicht will, dass ich es dir sage."

„Sind sie dort auf Frauenjagd?" Ich weiß selbst, dass das eine alberne Vermutung ist.

Nora schnappt entsetzt nach Luft. „Natürlich nicht!"

„Sonst gibt es gar nichts, was mich aufregen würde."

„Oh, ich glaube doch", murmelt sie.

Flehend strecke ich die Arme aus. „Nora! Bitte sag es mir."

Ich sehe ihren inneren Kampf mit ihrer Loyalität für Aaron, die zuerst ihrem Mann gilt, dann seinem besten Freund und dann mir … einer Frau, die sie kaum kennt.

Mit erhobenem Kinn sagt sie: „Ich habe nicht das Recht dazu. Das musst du ihn selbst fragen."

Schweigend sehe ich sie an, und mir wird klar,

dass ich ihre Meinung nicht ändern kann. Sie nutzt mein Schweigen dazu, sich zu verabschieden.

Sie hängt sich ihre Handtasche um. „Ich muss jetzt gehen. Es war ein nettes Gespräch."

Ich nicke, in Gedanken bei Aaron und was er wohl in L.A. tut. Die Türglocke klingelt, als sie die Tür öffnet und sich noch mal umdreht. „Bist du sauer auf mich?"

„Ja", sage ich ehrlich. Aber nicht sehr. Ich will einfach nur die Wahrheit wissen, verstehe aber, warum sie es mir nicht sagt.

„Wenn du dich wieder beruhigt hast, können wir dann mal zusammen Mittagessen gehen?", fragt sie zögerlich.

„Gern", antworte ich spontan, was ihr beweisen sollte, dass ich nicht allzu böse auf sie sein kann. Sie lächelt strahlend. Mein Lächeln ist nicht so strahlend, aber dankbar. „Danke für deinen Rat, Nora. Den habe ich wirklich gebraucht."

Sie nickt. „Aaron und Tacker kommen heute Nacht spät zurück. Aber ich weiß, dass Aaron morgen Abend mit dem Team bei der Cup-Party bei Jim Steele zu Hause sein wird. Bestimmt würde er sich freuen, dich zu sehen."

Die Idee hat etwas für sich. Ich könnte Aaron zwar zu Hause auflauern, aber vielleicht ist er noch böse auf mich und würde nicht aufmachen. Ihn öffentlich zu treffen, mag die bessere Idee sein.

Wie klingt das von einer Frau, die das Rampenlicht meidet, aber es jetzt sogar zu ihrem Vorteil nutzen will?

„Noch eine Sache", sagt Nora in der Tür. „Sollte ich zu deiner Hochzeit eingeladen werden, versprich mir bitte, dass die Kleider der Brautjungfern nicht abgrundtief hässlich sein werden."

Lachend nicke ich. „Versprochen."

KAPITEL 27

Wylde

Ich muss sagen, dass es angenehm ist, auf einer Cup-Party nicht von betrunkenen Fans und Puck-Häschen belästigt zu werden, die kein Nein akzeptieren. Jim Steels Cup-Party ist recht teenagerlastig, da er eine dreizehnjährige Tochter hat. Scheinbar ist ihr ganzer Jahrgang der achten Klasse hier. Eine Mischung aus kichernden Mädchen und pickeligen Jungs mit ersten Haaren am Kinn, die versuchen, die Mädels zu beeindrucken. Das ist irgendwie niedlich und angenehmer als eine Erwachsenenparty.

Aber natürlich sind alle Spieler und ihre Partnerinnen da, sodass es trotzdem eine Menge Spaß und Alkohol gibt. Nur eben zurückhaltender und familiärer.

Der Unterschied zwischen Guys Party im Sneaky Saguaro und dieser hier liegt vor allem am Altersunterschied. Guy ist zwanzig und Jim ist fast dreiunddreißig.

Tacker und Nora kommen in Jims Wohnzimmer auf mich zu. Er und seine Frau haben sich vor ein paar Monaten getrennt, als die Play-offs starteten. Ich weiß nichts über die Gründe, aber Jim hat es nicht leicht als alleinerziehender Vater, der sich das Sorgerecht mit seiner Frau Lucy teilt.

Tacker reicht mir ein Bier.

„Danke", sage ich, und mir fällt auf, dass Nora

nichts trinkt. Ich ziehe sie auf. „Bist du heute die Fahrerin?“

„Ähm …“ Sie errötet und sieht Tacker panisch an.

Tacker schweigt.

„Was ist los?“, frage ich, weil ich seltsame Schwingungen empfange.

Dann trifft es mich … Nora trinkt nichts. Das tut sie zwar nie ausgiebig, aber wenn wir so zu zusammen sind, trinkt sie normalerweise ein Bier. „Heilige Scheiße“, sage ich. „Du bist …“

„Wir erzählen das nicht überall herum“, knurrt Tacker dazwischen.

„Schwanger?“, flüstere ich.

Nora kommt näher und wirkt aufgeregt. „Wir haben den Test erst heute Morgen gemacht. Ich kann nicht weiter sein als in der sechsten Woche, also sagen wir es noch niemandem.“

Ich mache die typische Handbewegung für *Meine Lippen sind verschlossen* und werfe den Schlüssel symbolisch hinter mich. „Pfadfinderehrenwort. Wäre es seltsam, wenn ich dich jetzt umarmen würde? Oder wäre das zu verräterisch?“

Nora grinst. „Ja, also, das würden die Leute bestimmt extrem seltsam finden.“

„Dann Faustschlag.“ Ich halte ihr die Faust hin und sie schlägt dagegen.

Tacker schnaubt. „Ihr seid so was von albern.“

Ich kann mich nicht zurückhalten, lege den Arm um Tacker und ziehe ihn in eine halbe Männerumarmung. Egal, ob das jemand seltsam findet. „Ich freue mich so für dich, Mann. Ich werde Onkel!“

„Eher Patenonkel", antwortet Tacker.

„Echt?" Ich weite die Augen. „Das ist eine große Verantwortung. Und ich bin total bereit dafür."

Tacker murmelt etwas, aber ich werde von meinem Handy abgelenkt. Seit Clarke mir vor fünf Tagen einen Korb gegeben hat, achte ich auf jede Nachricht, in der fruchtlosen Hoffnung, dass sie sich meldet. Bisher wurde ich immer enttäuscht.

Der Ton bedeutet, dass ich eine E-Mail erhalten habe. Ich klicke sie an und bin überrascht, eine erwartete Nachricht zu sehen, die mich trotzdem erstaunt. Von Tripp Horschen.

Kurz und bündig schreibt er:

Im Anhang findest du eine Kopie meines Kontoauszugs und die Spendenquittung der Hilfsorganisation. Und jetzt verpiss dich.

Ich lache in mich hinein und sehe mir die Belege an. Eine Last fällt mir von den Schultern, als ich den Beweis sehe, dass das Arschloch 200.000 Dollar ärmer ist und die Wohltätigkeitsorganisation reicher.

Ich halte Tacker und Nora das Handy hin. „Tripp hat geschrieben. Das Geld wurde gespendet."

Tacker und ich stoßen mit den Bierflaschen an, und ich schwelge in dem Gefühl der Genugtuung, das Arschloch erfolgreich erpresst zu haben, um meine Wut zu mildern. Wahrscheinlich habe ich mir dafür einen Platz in der Hölle gesichert, aber ich habe kein schlechtes Gewissen.

Ich stecke mein Handy in die Hosentasche, doch da piepst es schon wieder. Diesmal ist es eine

Textnachricht. Ich schaue sie an und ein Blitz durchfährt mich.

Clarke: *Es tut mir leid.*

Sie hätte eine Million Worte benutzen können. Ich hätte sie alle akzeptiert. Doch sie sagt genau die richtigen, die meine Welt mit einem Schlag wieder richten. Ich dachte schon, dass es unwiderruflich vorbei wäre, aber damit hat sie die Tür zu einer gemeinsamen Zukunft geöffnet.

Doch ich kann mir nicht helfen und muss es ihr ein wenig schwerer machen.

Ich: *Was denn?*

Ich lächele Nora und Tacker entschuldigend an. „Bin gleich wieder da."

Ich gehe durch die Menge, durch die Küche bis zur Garderobe an der Haustür, wo gerade niemand ist. Ich lehne mich an die Wand und warte auf ihre Antwort. Sie kann gar nicht schnell genug kommen, und als sie da ist, muss ich lachen.

Clarke: *Meine Dummheit.*

Gott, sie ist so wunderbar. Eigentlich würde ich sie gern fragen, ob sie zu Hause ist, damit ich so fort hinfahren kann, doch ich treibe das Spielchen noch ein bisschen weiter.

Ich: *Wie das?*

Clarke: *Weil ich dich für etwas verantwortlich gemacht habe, wofür du nichts kannst.*

Simple Worte, aber sie sagen genau das aus, was schiefgelaufen ist. Wäre sie jetzt hier, würde ich sie in die Arme nehmen und ihr sagen, dass ich ihre Ängste verstehe und einfach nur froh bin, dass sie wieder mit mir spricht. Solange wir reden, können wir alles überwinden.

Aber ich will noch etwas mehr von ihr. Sie hat mich durch die Hölle geschickt, und ich muss wissen, ob sie ihre Blockade wirklich überwunden hat.

Ich: *Und?*

Keine Antwort. Ich frage mich, ob ich sie zu sehr bedrängt habe, über ihre Gefühle zu reden. Eins habe ich inzwischen gelernt. Manchmal muss Clarke in kleinen Schritten vorwärtsgehen.

Jemand tippt mir auf die Schulter und ich zucke zusammen. Missmutig drehe ich mich um und will wissen, wer es wagt, mich zu stören, wenn ich mitten in etwas Wichtigem stecke … und erstarre.

Da steht meine schöne, aber auch frustrierende Frau vor mir und sieht mich durch ihre Brillengläser an. Sie lächelt verlegen und beantwortet meine Frage. „Und weil ich so lange mit der Entschuldigung gewartet habe. Ich hätte dir an dem Abend sofort nachfahren sollen."

Ich stecke das Handy in meine Hosentasche, packe Clarke an den Schultern und ziehe sie abrupt an mich. Mit der Nasenspitze streichele ich ihre Wange. „Ich bin nur froh, dass du wieder bei Sinnen bist."

Clarke schlingt die Arme um meine Schultern und umarmt mich fest. „Es tut mir wirklich leid, Aaron. Es war böse, dich zu beschuldigen. Besonders, weil du der liebste Mensch bist, den ich je kannte, und weil ich tief in mir weiß, dass du mir nie absichtlich wehtun würdest."

„Schon gut", versichere ich ihr und vergrabe das Gesicht an ihrem Hals.

„Ich liebe dich", sagt sie klar und aufrichtig.

Ich sehe sie an und finde nichts als Überzeugung in ihrem Ausdruck. Wir haben noch nie über die Tiefe unserer vorherigen Beziehungen gesprochen, doch ich glaube, dass sie diese Worte zum ersten Mal zu einem Mann sagt.

Genau wie ich sie zum ersten Mal zu einer Frau sage. „Ich liebe dich auch, Clarke. So sehr."

Ein Kuss folgt diesen Eingeständnissen. Wie immer verlieren wir uns darin. Ich versinke in ihm und würde gern für immer in diesem Moment verhaftet bleiben, doch anscheinend hat Clarke noch etwas auf dem Herzen. Sie schiebt mich leicht von sich.

„Erzählst du mir jetzt, was du in L.A. gemacht hast?"

Ich zögere viel zu lange. „Ähm, nicht wirklich."

Clarke hebt eine wunderschöne Augenbraue, und

ich erkenne, dass ich dieses Geheimnis niemals vor ihr werde verbergen können.

Ich seufze. „Ich habe mich mit Tripp Horschen getroffen."

Sie reagiert nicht erschrocken, also hat sie es sich wohl schon gedacht. „Und lebt er noch?"

„Er könnte jetzt Magenschmerzen haben", gestehe ich und kann das zufriedene Grinsen nicht verbergen. „Und sein Bankkonto ist jetzt leerer."

Clarke legt eine Hand an ihren Mund. „Du hast ihm Geld gestohlen?"

Ich verdrehe die Augen. „Natürlich nicht. Ich habe ihn nur überzeugt, deiner literarischen Wohltätigkeitsorganisation 200.000 Dollar zu spenden. Das ist die Gage, die er für die dumme Show bekommen hat."

Clarke verengt die Augen, und ich kann nicht sagen, ob sie böse ist oder nicht. Einerseits weiß ich, dass sie das Ganze lieber für immer vergessen würde. Andererseits habe ich nur für Gerechtigkeit gesorgt, was eigentlich eine noble Geste ist, das muss auch mal gesagt werden.

Anscheinend ist sie jedoch beeindruckt, denn sie umarmt mich stürmisch. „Du bist ein Held!"

O Mann, das fühlt sich genauso gut an, wie zu hören, dass sie mich liebt.

Man sollte meinen, dass wir diesen Moment länger genießen würden, uns freuen, wiedervereint zu sein und festzustellen, dass es wahre Liebe ist und die Zukunft vielversprechend ist. Aber nein, immer müssen einem Frauen alles verderben.

„Clarke? Ich wusste gar nicht, dass du da bist.“ Blues Stimme hinter Clarke. Clarke zieht sich von mir zurück und am liebsten würde ich sie festhalten. Bevor ich Blue anschnauzen kann, erscheint Pepper und zerrt Clarke buchstäblich davon. „Wie schön, dass du da bist! Wir wollen ein Gruppenfoto mit dem Cup machen.“

Ich sehe an Pepper vorbei und erblicke Brooke, Regan, Willow und Nora.

„Komm mit“, sagt Pepper und zieht Clarke an der Hand fort.

Ich folge ihnen, doch plötzlich habe ich eine Hand vor der Brust, die mich aufhält.

Tacker schüttelt grinsend den Kopf. „Das ist ein reines Frauenfoto, Bro. Wir Männer sind nicht eingeladen.“

Ich wäre gern beleidigt, aber als ich sehe, wie Clarke den Frauen mit einem strahlenden Lächeln folgt, kann ich das nicht. Die Botschaft ist klar. Clarke gehört jetzt zur Familie.

„Hast du ihr von Tripp erzählt?“, fragt Tacker.

„Bis auf die fiesen Details, aber genug, um heute Nacht flachgelegt zu werden.“

Tacker schnaubt und klopft mir auf die Schulter. „Das ist echt der Sommer der Hochzeiten.“

„Vier bis jetzt.“ Ich nicke und sehe Clarke zu, wie sie sich mit den Frauen um den Cup versammelt.

„Du könntest fünf daraus machen“, sagt er lächelnd. „Durchbrennen wäre mal cool.“

Zwar wird mir ganz warm bei dem Gedanken, doch ich weiß, dass es dafür noch zu früh ist. Außerdem ist Clarke mehr der Typ für die ganze Romantik mit überschwänglichem Heiratsantrag und einer großen Hochzeit. Das werde ich ihr nicht nehmen.

Aber ich werde dafür sorgen, dass sie weiß, wie sehr ich sie liebe und ehre. Jeden Tag.

Sie schaut durch die Menge, und unsere Blicke treffen sich. Alles um uns herum tritt in den Hintergrund, als wir die stumme Botschaft austauschen, dass soeben unser Für-Immer begonnen hat. Clarke lächelt, breitet die Arme um ihre neue weibliche Vengeance-Familie aus und nimmt eine alberne Pose für die Kamera ein.

Verdammt, ich liebe sie.

AUTORIN

Seit ihrem Debütroman „Off Sides" im Januar 2013, hat Sawyer Bennett mehr als 30 Bücher von New Adult bis Erotic Romance veröffentlicht und es wiederholt auf die Bestsellerlisten der New York Times und USA Today geschafft.

Sawyer nutzt ihre Erfahrungen als ehemalige Strafverteidigerin in North Carolina, um mitreißende und sexy Geschichten zu schreiben.

Sie mag ihre Helden stark und mit Ecken und Kanten. Wenn sie nicht gerade die Figuren ihrer Romane zum Leben erweckt, ist Sawyer Chauffeurin, Stylistin, Köchin, Putzfrau und die persönliche Assistentin ihres lebhaften Kleinkindes sowie Vollzeitbetreuerin zweier niedlicher, aber ungezogener Hunde. Sie glaubt an das Gute im Menschen, und auch daran, dass ein schlechter Tag durch ein Workout oder ein Stück Kuchen – gerne auch durch beides – besser wird.